UM PASSO EM FALSO

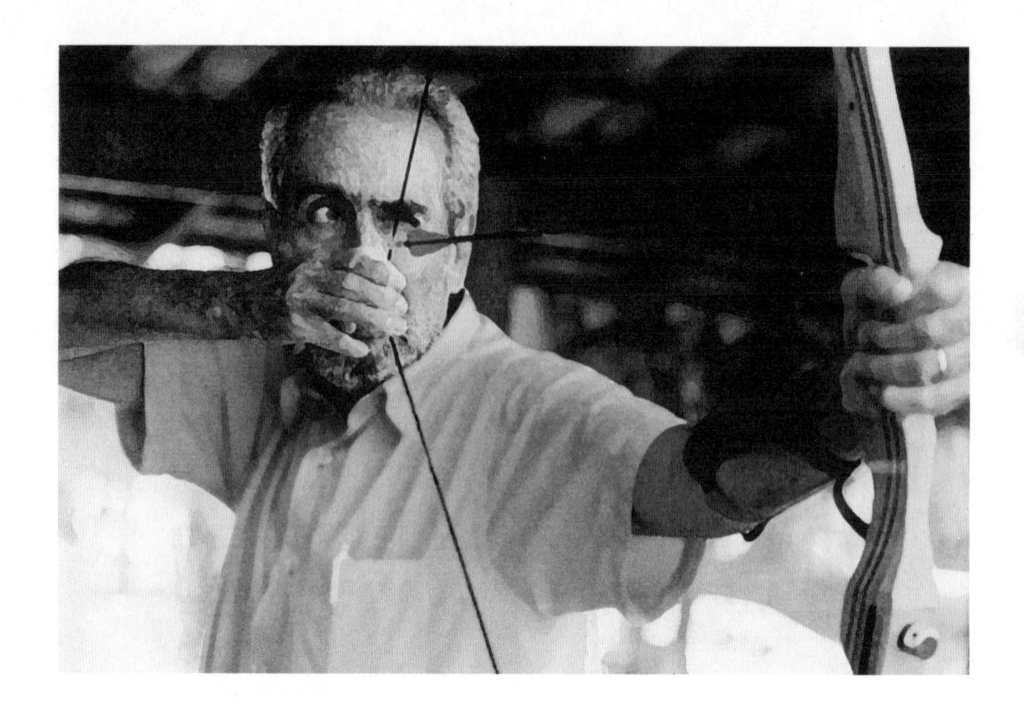

O ARQUEIRO

GERALDO JORDÃO PEREIRA (1938-2008) começou sua carreira aos 17 anos, quando foi trabalhar com seu pai, o célebre editor José Olympio, publicando obras marcantes como *O menino do dedo verde*, de Maurice Druon, e *Minha vida*, de Charles Chaplin.

Em 1976, fundou a Editora Salamandra com o propósito de formar uma nova geração de leitores e acabou criando um dos catálogos infantis mais premiados do Brasil. Em 1992, fugindo de sua linha editorial, lançou *Muitas vidas, muitos mestres*, de Brian Weiss, livro que deu origem à Editora Sextante.

Fã de histórias de suspense, Geraldo descobriu *O Código Da Vinci* antes mesmo de ele ser lançado nos Estados Unidos. A aposta em ficção, que não era o foco da Sextante, foi certeira: o título se transformou em um dos maiores fenômenos editoriais de todos os tempos.

Mas não foi só aos livros que se dedicou. Com seu desejo de ajudar o próximo, Geraldo desenvolveu diversos projetos sociais que se tornaram sua grande paixão.

Com a missão de publicar histórias empolgantes, tornar os livros cada vez mais acessíveis e despertar o amor pela leitura, a Editora Arqueiro é uma homenagem a esta figura extraordinária, capaz de enxergar mais além, mirar nas coisas verdadeiramente importantes e não perder o idealismo e a esperança diante dos desafios e contratempos da vida.

UM PASSO EM FALSO

HARLAN COBEN

Título original: *One False Move*

tradução: Luciano Machado

preparo de originais: Gabriel Machado

revisão: Flávia Midori e Rebeca Bolite

projeto gráfico e diagramação: Valéria Teixeira

capa: Elmo Rosa

impressão e acabamento: Lis Gráfica e Editora Ltda.

CIP-BRASIL. CATALOGAÇÃO NA PUBLICAÇÃO
SINDICATO NACIONAL DOS EDITORES DE LIVROS, RJ

C586p

Coben, Harlan, 1962-
Um passo em falso / Harlan Coben ; tradução Luciano Machado. - [2. ed.] - São Paulo : Arqueiro, 2021.
272 p. ; 23 cm. (Myron Bolitar ; 5)

Tradução de: One false move
ISBN 978-65-5565-236-9

1. Ficção americana. I. Machado, Luciano. II. Título. III. Série.

CDD 813
21-72426 CDU 82-3(73)

Meri Gleice Rodrigues de Souza - Bibliotecária - CRB-7/6439

Editora Arqueiro Ltda.
Rua Funchal, 538 – conjuntos 52 e 54 – Vila Olímpia
04551-060 – São Paulo – SP
Tel.: (11) 3868-4492 – Fax: (11) 3862-5818
E-mail: atendimento@editoraarqueiro.com.br
www.editoraarqueiro.com.br

Em memória de meus pais, Corky e Carl Coben,
e em homenagem a seus netos,
Charlotte, Aleksander, Benjamin e Gabrielle

prólogo

15 de setembro

O CEMITÉRIO DAVA PARA O PÁTIO de uma escola.

Myron raspava a terra com a ponta do sapato. Ainda não havia pedras, apenas uma placa de metal com um nome em letras maiúsculas. Ele balançou a cabeça. Por que estava ali? Imaginou-se em um seriado de quinta categoria e uma cena começou a se desenrolar em sua mente. A chuva torrencial martelaria suas costas, mas ele estaria desolado demais para se importar. Sua cabeça estaria abaixada, lágrimas brilhando em seus olhos, quem sabe uma rolaria pelo rosto, misturando-se com as gotas de chuva. Seria a deixa para uma música tocante. A câmera se afastaria bem devagar, mostrando os ombros curvados, a chuva aumentando de intensidade, mais túmulos, o resto do cemitério vazio. Por fim, apareceria Win, o fiel companheiro de Myron, parado a distância, deixando-o sofrer sozinho. A imagem congelaria e o nome do produtor executivo irromperia na tela com grandes letras amarelas. Depois de um tempo, uma voz instigaria os espectadores a assistir ao episódio da semana seguinte. E haveria o corte para os comerciais.

Porém, aquilo não iria acontecer. O sol brilhava como se aquele fosse o primeiro dia da Criação e o céu era de um azul cristalino. Win estava no escritório. E Myron não iria chorar.

Então por que estava ali?

Porque um assassino logo iria chegar. Ele tinha certeza.

Myron procurou algum sentido na paisagem, mas só lhe vieram à cabeça mais clichês. Já haviam passado duas semanas desde o funeral. Ervas daninhas e dentes-de-leão tinham começado a brotar da terra, erguendo-se em direção ao céu. Myron esperou que sua voz interior, que se ouviria em off, começasse a falar lugares-comuns como o simbolismo do crescimento das plantas, representando ciclos, renovação, a vida que continua, mas felizmente ela permaneceu calada. Ele buscou ironia na radiante inocência do pátio da escola – o giz apagado no asfalto preto, os velocípedes multicoloridos, as correntes dos balanços ligeiramente enferrujadas –, envolto nas sombras das pedras tumulares que observavam as crianças como sentinelas silenciosas, pacientes e quase convidativas. Mas não havia nada de irônico ali. Pátios de escolas não tinham nada a ver com inocência. Lá existiam também valentões, psicóticos em gestação e jovens mentes cheias de ódio.

Tudo bem, pensou Myron, chega de baboseiras por hoje.

Myron sabia que aquele diálogo interno não passava de mera distração, um truque, para evitar que sua mente frágil se partisse como um galho seco. Ele queria desmoronar, deixar suas pernas cederem, cair no chão e raspar a terra com as mãos, pedir perdão e implorar a uma força superior que lhe desse mais uma chance.

Porém, isso também não iria acontecer.

Myron ouviu passos se aproximando, vindo por trás dele. Fechou os olhos. Estava acontecendo como tinha esperado. O som ficou ainda mais próximo. Quando se fez silêncio, Myron não virou.

– Você a matou – disse Myron.

– Sim.

Myron sentiu um frio na barriga.

– Você se sente melhor agora?

A inflexão de voz do assassino provocou calafrios em Myron:

– A pergunta é: Myron, *você* se sente melhor agora?

capítulo 1

30 de agosto

– Eu não sou babá – disse Myron, mastigando as palavras, com os ombros curvados. – Sou um agente esportivo.

Norm Zuckerman pareceu penalizado.

– Você está tentando imitar o Drácula de Bela Lugosi?

– Não, o Homem Elefante. Lembra que ele fala "Eu não sou um animal! Eu sou um ser humano! Eu... sou... um homem!"?

– Mais ou menos. Mas quem falou em babá? Eu disse *babá* ou *cuidar de bebês* ou algo relacionado, como *bebê, cuidar, tomar conta...*

Myron ergueu a mão.

– Já entendi, Norm.

Os dois estavam sentados sob uma cesta de basquete no Madison Square Garden, em cadeiras de diretor de cinema. Elas eram tão altas que a rede quase roçava os cabelos de Myron. No meio da quadra, modelos participavam de uma sessão de fotos. Um monte de rebatedores, flashes e tripés, mulheres altas e magras se exibindo com crianças. Myron esperou que alguém o confundisse com um modelo. Esperou por um bom tempo.

– Uma jovem pode estar em perigo – explicou Zuckerman. – E eu preciso de sua ajuda.

Norm Zuckerman tinha quase 70 anos e, por ser proprietário da Zoom – um gigantesco conglomerado de artigos esportivos –, tinha mais dinheiro que Donald Trump. Contudo, mais parecia um beatnik numa viagem de ácido. Zuckerman explicara que ser retrô estava na moda e ele tentava se manter na crista da onda usando um poncho psicodélico, uma calça desbotada, um colar de contas pequenas e um brinco no formato do símbolo hippie da paz. Supimpa. Barba preta tendendo ao grisalho, desgrenhada o bastante para aninhar larvas de insetos. Cabelos recém-frisados, lembrando o ator de um musical gospel de baixa qualidade.

Che Guevara vive e faz permanente.

– Você não precisa de mim – afirmou Myron. – Precisa de um guarda-costas.

Zuckerman fez um gesto de desdém.
– Óbvio demais.
– Por quê?
– Ela nunca toparia. Escute, Myron, o que você sabe sobre Brenda Slaughter?
– Não muito.
Zuckerman pareceu surpreso.
– O que você quer dizer com "não muito"?
– Qual palavra você não entendeu, Norm?
– Pelo amor de Deus, você foi jogador de basquete.
– E daí?
– Brenda Slaughter talvez seja a maior jogadora de todos os tempos. Além de pin-up da minha nova liga.
– Isso eu sei.
– Bem, estou preocupado com ela. Se acontecer alguma coisa com Brenda Slaughter, toda a Associação de Basquete Profissional Feminino e boa parte de meus investimentos irão por água abaixo.
– Ah, que bom, tudo por razões humanitárias.
– Ótimo, eu sou um porco capitalista ganancioso. Mas você, meu amigo, é um agente esportivo. Não existe profissão mais gananciosa, vulgar, mesquinha do que essa.
Myron assentiu e disse:
– Pode puxar meu saco. Assim funciona.
– Ainda não terminei. Você é um agente esportivo, mas não um qualquer. Você é excelente. Na verdade, é o melhor. Você e a espanhola fazem um trabalho incrível. Conseguem o melhor para os clientes. Até mais do que eles deveriam ter, na verdade. Na época em que você rompeu comigo, me senti violentado. Juro por Deus, você é bom a esse ponto. Entrou em meu escritório, tirou minhas roupas e fodeu comigo.
Myron fez uma careta.
– Por favor...
– Mas eu sei de seus arranjos com os federais.
Grande segredo. Myron ainda esperava encontrar alguém que não tivesse conhecimento daquilo.
– Só quero que você me escute por um segundo, está bem, Myron? Ouça o que tenho a dizer. Brenda é uma jovem encantadora, uma jogadora maravilhosa... e uma pedra no meu sapato. Não a culpo. Se eu tivesse sido criado por um pai como o dela, também seria assim.

– Então o problema é o pai?

Zuckerman fez um aceno evasivo.

– Provavelmente.

– Consiga uma ordem de restrição – recomendou Myron.

– Já consegui.

– Qual é a complicação? Contrate um detetive particular. Se ele ficar a menos de 100 metros dela, chame a polícia.

– Não é tão simples assim – replicou Zuckerman, contemplando a quadra.

As pessoas se deslocavam freneticamente de um lado para outro. Myron bebericou o café. Até um ano atrás, ele não o tomava. Então, começou a frequentar uma das novas cafeterias que pipocavam feito filme ruim nos canais a cabo. Agora não conseguia passar a manhã sem seu café gourmet.

Há uma linha tênue entre cafeína e drogas.

– Não sabemos onde ele está – disse Zuckerman.

– Ahn?

– O pai dela. Ele sumiu. Brenda fica o tempo todo olhando por cima do ombro. Ela está apavorada.

– E você acha que o pai é uma ameaça para ela?

– O cara é um grosseirão. Ele também jogava basquete. O nome dele é...

– Horace Slaughter – completou Myron.

– Você o conhece?

Myron aquiesceu bem lentamente.

– Sim, conheço.

Zuckerman perscrutou o rosto de Myron.

– Você é muito jovem para ter jogado com ele.

Myron ficou em silêncio. Zuckerman não percebeu a deixa. Aliás, ele raramente percebia.

– Como você conhece Horace Slaughter?

– Deixe pra lá – tranquilizou Myron. – Me explique por que você acha que Brenda está em perigo.

– Ela tem recebido ameaças.

– Que tipo de ameaças?

– De morte.

– Você pode dar mais detalhes?

O frenesi da sessão de fotos continuava. Modelos com os últimos lançamentos da Zoom desfilavam fazendo caras e bocas, em inúmeras poses.

"Venha e entre na moda!" Alguém gritou por Ted. Onde diabo se enfiou Ted, essa estrelinha,? Por que Ted ainda não se vestiu? Ted ainda vai me matar, pode ter certeza.

– Brenda recebe telefonemas – explicou Zuckerman. – Um carro a segue. Esse tipo de coisa.

– E o que exatamente você quer que eu faça?

– Quero que você a vigie.

Myron balançou a cabeça.

– Mesmo que eu aceite... e eu não vou aceitar... você mesmo disse que ela não toparia ter um guarda-costas.

Zuckerman sorriu e deu um tapinha no joelho de Myron.

– Agora é o momento em que eu fisgo você. Como um peixe num anzol.

– Uma analogia bastante original.

– Brenda Slaughter está sem agente.

Myron ficou calado.

– O gato comeu sua língua, bonitão? – ironizou Zuckerman

– Achei que Brenda tinha assinado um grande contrato com a Zoom.

– Ela estava prestes a fazer isso, quando o pai desapareceu. Ele é que era seu agente. Mas ela o dispensou. Agora está sozinha. Ela confia em minha opinião, até certo ponto. A garota não é nada boba, pode acreditar. Portanto, eis o meu plano: Brenda estará aqui em alguns minutos, eu vou indicá-lo para ser o agente dela. Ela diz "Olá". Você diz "Olá". Então você a ataca com o famoso charme Bolitar.

Myron arqueou uma sobrancelha.

– Um ataque com todo o poder de munição?

– Pelo amor de Deus, não. Não quero que a moça tire a roupa.

– Prometi a mim mesmo usar meus poderes só para o bem.

– Esse é o caso, Myron, acredite.

Myron permanecia cético.

– Mesmo que eu concorde em embarcar nesse esquema maluco, por que não fazer isso só à noite? Você espera que eu a vigie 24 horas por dia?

– Claro que não. Win o ajudará nessa tarefa.

– Win tem mais o que fazer.

– Diga ao garotão que é por minha causa – disse Zuckerman. – Ele gosta de mim.

Um fotógrafo agitado dirigiu-se apressadamente até eles. Tinha cavanhaque e cabelos loiros espetados e parecia não tomar banho fazia um tempo.

Bufava o tempo todo, para que as pessoas em volta soubessem que ele era importante e estava incomodado.

– Onde está Brenda? – perguntou em tom choroso.

– Aqui.

Myron voltou-se na direção da voz e viu Brenda surgindo, a passos largos e resolutos. Ela com certeza tinha mais de 1,80 metro, a pele da cor do café Mocha Java de Myron, com um leve toque de leite desnatado. Usava um suéter de esqui e um jeans desbotado que deixava à mostra suas deliciosas curvas, mas sem obscenidade.

Myron fez um esforço para não exclamar "Uau!" bem alto.

Brenda podia ser descrita mais como uma pessoa eletrizante que como uma beldade. O ar em volta dela crepitava. Era muito alta e tinha ombros largos demais para ser manequim. Myron conhecia algumas modelos profissionais, que eram ridiculamente magras e sempre se jogavam em cima dele com risadinhas. Brenda transmitia solidez, poder e, ainda assim, era feminina, seja lá o que isso signifique, e bastante atraente.

Zuckerman se inclinou e sussurrou:

– Entendeu por que ela é nossa pin-up?

Myron anuiu.

Zuckerman desceu da cadeira de um salto.

– Brenda, querida, venha aqui. Quero lhe apresentar uma pessoa.

Seus grandes olhos castanhos encontraram os de Myron e houve um momento de hesitação. Ela deu um sorrisinho e andou até eles. Myron levantou-se, o cavalheiro de sempre. Brenda foi em sua direção e os dois se cumprimentaram. O aperto de mão dela era vigoroso. Agora que ambos estavam de pé, Myron percebeu que era no máximo 5 centímetros mais alto que ela.

– Ora, ora – falou Brenda. – Myron Bolitar.

– Vocês se conhecem? – perguntou Zuckerman.

– Ah, tenho certeza de que o Sr. Bolitar não se lembra de mim – afirmou Brenda. – Faz muito tempo.

Myron precisou de apenas alguns segundos para se dar conta de que o encontro anterior se dera em circunstâncias muito diferentes.

– Você estava perto da quadra – disse ele. – Com seu pai. Devia ter 5 ou 6 anos.

– E você estava acabando de entrar no ensino médio – acrescentou ela. – O único cara confiante. Você foi o que mais se destacou no Livingston

High, se tornou um dos melhores dos Estados Unidos, foi contratado pelo Celtics logo no primeiro turno...

Sua voz era melodiosa e Myron a adorava.

– Fico lisonjeado que você se lembre – agradeceu ele, já atraindo-a com seu charme.

– Eu cresci vendo você jogar. Meu pai acompanhou sua carreira como se você fosse filho dele. Quando você se machucou... – Ela se interrompeu, contraindo os lábios.

Myron sorriu para indicar que não só entendera como apreciara o sentimento dela.

Zuckerman aproveitou o silêncio para meter o bedelho.

– Bem, Myron agora é agente esportivo. E, aliás, um baita agente. O melhor, em minha opinião. Correto, honesto, fiel como o diabo... – Zuckerman parou de repente. – Estou usando essas palavras para qualificar um agente? – Ele balançou a cabeça.

O fotógrafo de cavanhaque reapareceu alvoroçado. Ele falava com um sotaque francês tão autêntico quanto o do gambá Pepe LePew.

– *Monsieur* Zuckerman?

– *Oui.*

– Preciso de sua ajuda, *s'il vous plaît.*

– *Oui.*

Myron quase pediu um intérprete.

– Sentem-se vocês dois – pediu Zuckerman, dando um tapinha na cadeira vazia. – Tenho que sair. Myron vai me ajudar a organizar a liga. Ele é uma espécie de consultor. Então, converse com ele, Brenda. Sobre sua carreira, seu futuro, qualquer coisa. Ele seria um bom agente para você. – Ele piscou para Myron.

Muita sutileza.

Quando Zuckerman se afastou, Brenda alçou-se a uma das cadeiras.

– Quer dizer que era tudo verdade? – perguntou.

– Em parte.

– Que parte?

– Eu gostaria de ser seu agente. Mas não é por isso que estou aqui.

– Sério?

– Norm está preocupado. Ele quer que eu fique de olho em você.

– Ficar de olho?

Myron assentiu.

– Ele acha que você está em perigo.

Ela levantou o queixo.

– Eu disse a ele que não queria ser vigiada.

– Eu sei. Eu deveria agir às escondidas. Shh.

– Por que você está me contando isso?

– Não sou bom em guardar segredos.

Ela balançou a cabeça.

– E daí?

– Se eu vou ser seu agente, não acho que valha a pena começar o relacionamento com uma mentira.

Ela se recostou e cruzou as pernas, mais longas que a fila do banco na hora do almoço.

– O que mais Norm lhe disse para fazer?

– Usar meu charme.

Brenda pareceu confusa.

– Não se preocupe – tranquilizou-a Myron. – Fiz um juramento solene de só usá-lo para o bem.

– Que sorte a minha. – Brenda ficou batendo um dedo no queixo, pensativa. – Então Norm acha que eu preciso de babá.

Myron levantou as mãos espalmadas e fez sua melhor imitação de Zuckerman.

– Quem falou em babá?

A imitação foi ainda melhor que a do Homem Elefante.

Brenda sorriu.

– Tudo bem – concordou, aquiescendo. – Estou dentro.

– Sério?

– Ora, se eu não fizer isso, Zuckerman talvez contrate outra pessoa que não seja tão fácil de lidar. Dessa maneira, eu fico sabendo o que se passa.

– Faz sentido – disse Myron.

– Mas preciso impor algumas condições.

– Já imaginava.

– Eu faço o que quero, quando quero. Ninguém tem autorização para invadir minha privacidade.

– Claro.

– Se eu lhe pedir que suma por algum tempo, você só deve me perguntar por quanto tempo.

– Certo.

– E nada de ficar me espionando sem que eu saiba.

– Tudo bem.

– Você mantém distância de meus negócios.

– Combinado.

– Eu passo a noite inteira fora e você fica de bico calado.

– De bico calado.

– Se eu resolver participar de uma orgia com pigmeus, você fica de boca fechada.

– Posso pelo menos dar uma olhada? – perguntou Myron.

Ela sorriu.

– Não quero parecer difícil, mas há figuras paternas demais em minha vida, obrigada. Quero me certificar de que você não vai ficar grudado em mim 24 horas por dia. Não somos Whitney Houston e Kevin Costner.

– Algumas pessoas me acham parecido com Kevin Costner. – Myron deu um breve sorriso cínico e malicioso.

Ela o encarou.

– Talvez no princípio de calvície.

Essa doeu. Na quadra, o fotógrafo tornou a chamar Ted. Sua equipe fez o mesmo. O nome ecoou por toda parte.

– Quer dizer que chegamos a um acordo? – perguntou Brenda.

– Perfeitamente – respondeu Myron, se remexendo na cadeira. – Agora você pode me dizer o que está acontecendo?

Ted enfim apareceu. Usava apenas um short da Zoom e seu abdômen era bem definido. Era um modelo bonitão de 20 e poucos anos, que encarava tudo com os olhos apertados. Enquanto caminhava de forma espalhafatosa em direção à sessão de fotos, passava a mão pelos cabelos pretos, e esse movimento inflava-lhe o peito, estreitava-lhe os quadris e mostrava suas axilas depiladas.

– Olha o pavão – murmurou Brenda.

– Isso é totalmente injusto.

– Já trabalhei com ele. Deus se esqueceu de lhe dar um cérebro. – Ela olhou para Myron. – Eu não entendo.

– O quê?

– Por que você? Você é um agente esportivo. Por que Norm lhe pediu que fosse meu guarda-costas?

– Eu trabalhava... – Ele parou e fez um gesto vago com a mão. – Para o governo.

– Nunca ouvi falar disso.
– É outro segredo. Shh.
– Segredos não duram muito com você, Myron.
– Pode confiar em mim.
Brenda refletiu um pouco.
– Bem, você era um branco muito bom no basquete. Talvez seja mesmo um agente confiável.
Myron riu e os dois caíram num silêncio um tanto constrangedor. Ele o quebrou, tentando novamente fazê-la falar.
– Então, você quer me contar sobre as ameaças?
– Não há muito a dizer.
– É tudo coisa da cabeça de Norm?
Ela não respondeu. Um dos assistentes aplicou óleo no peito sem pelos de Ted, que continuava estreitando os olhos, fazendo cara de durão. Excesso de filmes de Clint Eastwood. Ted cerrou os punhos, contraindo os peitorais sem parar. Myron concluiu que já era hora de começar a odiar Ted.
Brenda continuava calada. Myron resolveu tentar uma nova abordagem.
– Onde você está morando agora? – perguntou ele.
– Num alojamento da Reston University.
– Você ainda estuda?
– Medicina. Quarto ano. Acabei de conseguir uma licença para jogar profissionalmente.
Myron assentiu.
– Tem alguma especialidade em mente?
– Pediatria.
Ele voltou a anuir e resolveu ir um pouco mais fundo.
– Seu pai deve ter muito orgulho de você.
Uma sombra perpassou o rosto dela.
– Sim, imagino que sim. – Ela fez menção de se levantar. – É melhor eu me vestir para a sessão de fotos.
– Você não quer me dizer antes o que está acontecendo?
Ela se manteve na cadeira.
– Meu pai está sumido.
– Desde quando?
– Há uma semana.
– Foi então que começaram as ameaças?

– Você quer ajudar? – indagou ela. – Descubra onde meu pai está.

– É ele quem a está ameaçando?

– Não se preocupe com as ameaças. Meu pai gosta de controlar os outros, Myron. A intimidação é só mais um dos recursos dele.

– Não estou entendendo.

– Você não precisa entender. Ele é seu amigo, certo?

– Seu pai? Já faz mais de dez anos que não vejo Horace.

– Quem é o culpado? – perguntou ela.

As palavras amargas o surpreenderam.

– O que quer dizer com isso?

– Você ainda se importa com ele?

Myron não hesitou.

– Você sabe que sim.

Ela balançou a cabeça e, de um salto, saiu da cadeira.

– Ele está numa enrascada – informou ela. – Descubra onde ele está.

capítulo 2

BRENDA REAPARECEU COM UM short de lycra da Zoom e o que normalmente chamavam de sutiã esportivo. Seu corpo era bem definido e os modelos profissionais a examinavam com atenção. Myron pensou que ela se destacava como uma ardente supernova em meio a, humm, entidades gasosas.

Brenda estava visivelmente constrangida com as posturas provocantes que precisava simular – ao contrário de Ted, que saracoteava e semicerrava os olhos, pretendendo parecer sexy. Por duas vezes, Brenda não se conteve e riu na cara dele. Myron ainda odiava Ted, mas começava a gostar de Brenda.

Myron pegou o celular e digitou o número particular de seu amigo Win, um consultor de altíssimo nível da Lock-Horne Seguros e Investimentos, uma corretora de valores herdada, que começou a vender ações para os colonos que criaram os Estados Unidos. Seu escritório ficava no edifício da empresa na esquina da Park Avenue com a Rua 47, na parte central de Manhattan. Nesse endereço, Myron alugava um espaço de Win.

Depois de três toques, a secretária eletrônica atendeu. "Desligue sem deixar nenhuma mensagem e morra", disse a gravação com o tom irritantemente superior de Win. Bipe. Myron balançou a cabeça, sorriu e deixou o recado.

Ele ligou para o próprio escritório. Esperanza atendeu:

– MB Representações Esportivas.

O *MB* vinha de Myron Bolitar e *Representações Esportivas* era porque eles representavam esportistas. Myron inventara aquele nome sem auxílio de marqueteiros. Apesar de todas as honras, ele continuava humilde.

– Alguma mensagem? – perguntou ele.

– Um milhão, mais ou menos.

– Alguma coisa importante?

– Greenspan queria sua opinião sobre o aumento da taxa de juros. Fora isso, nada. – Esperanza, sempre engraçadinha. – Então, o que Norm queria?

Esperanza Diaz, a "espanhola", nas palavras de Zuckerman, trabalhava na MB desde a fundação da empresa. Antes disso, batalhara profissionalmente sob o codinome de Pequena Pocahontas, se atracando com outras mulheres de biquíni diante de uma multidão que babava. Esperanza considerava a mudança para o agenciamento de atletas uma piora na carreira.

– Tem a ver com Brenda Slaughter – começou ele.

– A jogadora de basquete?

– Sim.

– Eu a vi jogar algumas vezes. Na TV, ela parece sexy.

– Pessoalmente também.

Houve uma pausa.

– Você acha que ela se envolve em casos de amor que não ousam dizer o nome?

– Ahn?

– Ela brinca com mulheres?

– Desculpe, esqueci de perguntar.

A orientação sexual de Esperanza mudava o tempo todo, como os posicionamentos de um político em ano não eleitoral. Agora ela estava na fase de ficar com homens, mas Myron achava que aquela era uma das vantagens da bissexualidade: amar todo mundo. Para ele, aquilo não tinha o menor problema. No ensino médio, namorara quase exclusivamente garotas bissexuais.

– Não importa – falou Esperanza. – Eu gosto de verdade de David. – David era o queridinho atual. Não ia durar muito. – Mas você há de convir que Brenda Slaughter é sexy.

– Concordo.

– Deve ser divertido por uma ou duas noites.

Myron balançou a cabeça. Outro homem evocaria imagens da pequena beldade hispânica nos estertores da paixão com a encantadora amazona negra. Mas não Myron. Muito mundano.

– Norm quer que nós a vigiemos – explicou ele, e lhe deu todas as informações.

Esperanza suspirou.

– O que foi?

– Meu Deus, Myron, somos agentes esportivos ou detetives particulares?

– É para conseguir clientes.

– Continue se iludindo.

– Como assim?

– Esqueça. Então, o que você quer que eu faça?

– O pai dela está desaparecido. O nome dele é Horace Slaughter. Veja o que pode descobrir sobre ele.

– Vou precisar de ajuda – exigiu ela.

Myron esfregou os olhos.

– Pensei que iríamos contratar alguém.

– Quem tem tempo?

Silêncio.

– Tudo bem – cedeu Myron, com um suspiro. – Chame Big Cyndi. Mas deixe bem claro que é apenas temporário.

– Ok.

– E se aparecer algum cliente, quero que Cyndi se esconda em minha sala.

– Certo, como quiser.

Ela desligou.

Quando a sessão de fotos terminou, Brenda aproximou-se dele.

– Onde seu pai está morando agora? – perguntou Myron.

– No mesmo lugar.

– Você foi lá depois que ele desapareceu?

– Não.

– Então vamos começar por lá.

capítulo 3

NEWARK, NOVA JERSEY. Na parte ruim. Como se houvesse uma boa.

Decadência era a primeira palavra que vinha à mente. Os edifícios estavam em petição de miséria: pareciam estar desabando ou sendo derretidos por algum ácido potente. Ali, a revitalização urbana era uma ideia tão comum quanto uma viagem no tempo. O ambiente lembrava um documentário mostrando as ruínas da guerra – Frankfurt depois do bombardeio dos Aliados –, e não um lugar habitável.

O bairro estava ainda pior do que ele se lembrava. Quando Myron era adolescente, ele e o pai andaram de carro por aquela mesma rua e as portas do veículo foram trancadas de repente, como se até elas sentissem a aproximação do perigo. O rosto do pai se crispara. "Isto aqui é uma privada", resmungara ele. O pai crescera não muito longe dali, mas isso fora muito tempo atrás. O homem que Myron amava e venerava mais que qualquer um, a alma mais bondosa que ele conhecera, mal conseguia conter a raiva. "Olhe o que eles fizeram com o antigo bairro", costumava dizer.

Olhe o que eles fizeram.

Eles.

O Ford Taurus de Myron passava devagar pelo velho parquinho. Pessoas lhe lançavam olhares duros. Algumas crianças jogavam basquete e outras estavam espalhadas pelas laterais, esperando a vez. Os tênis baratos da época de Myron tinham sido substituídos por um tipo bem mais caro, que aqueles garotos mal podiam comprar. Myron não se sentia bem. Ele gostaria de ter uma atitude nobre em relação àquela situação – falar da corrupção dos valores, do materialismo, coisa e tal –, mas, como era um agente esportivo que ganhava dinheiro com patrocínios em tênis, seria hipocrisia de sua parte.

Ninguém mais usava short também. Todos os meninos vestiam jeans azuis ou pretos, exageradamente largos, como calças de palhaço. A cintura da calça ficava abaixo da bunda, revelando cuecas boxer. Myron não queria dar uma de velho ranzinza, criticando o gosto da nova geração, mas aquelas roupas faziam as calças boca de sino e os saltos plataforma parecerem itens práticos. Como se pode dar o melhor quando é necessário parar o tempo todo para levantar a calça?

Porém, a maior mudança estava naqueles olhares. Myron ficara assustado ao ir ali pela primeira vez, ainda um estudante de 15 anos, mas logo descobriu que, se quisesse se aprimorar, teria que enfrentar a competição. O que significava jogar ali. A princípio, não foi bem recebido. Nem um pouco. Mas os olhares curiosos e hostis que recebera à época não eram nada em comparação com os olhares homicidas daqueles garotos. Seu ódio era ostensivo, cheio de uma fria resignação. Era piegas falar isto, mas naquele tempo – havia menos de vinte anos –, existia algo diferente. Mais esperança, talvez. Difícil dizer.

Como se lesse seus pensamentos, Brenda comentou:

– Eu não jogaria mais aqui.

Myron assentiu.

– Não era fácil para você, era? Vir jogar aqui?

– Seu pai facilitava as coisas – explicou ele.

Ela sorriu.

– Nunca entendi por que ele gostou tanto de você. Normalmente odiava os brancos.

Myron fingiu surpresa.

– Eu sou branco?

Os dois deram um riso forçado. Myron tentou mais uma vez:

– Me fale das ameaças.

Brenda olhou pela janela. Eles passaram por um lugar que vendia calotas. Centenas, talvez milhares delas brilhavam ao sol. Pensando bem, era um negócio esquisito. As pessoas só precisam de calotas quando são roubadas. As roubadas vão parar num local como aquele. Um miniciclo financeiro.

– Recebi ligações – principiou ela. – A maioria, à noite. Certa vez disseram que iriam me machucar se não achassem meu pai. Depois, falaram que meu pai deveria continuar como meu agente, senão... – Brenda se interrompeu.

– Tem alguma ideia de quem são?

– Não.

– Tem alguma ideia do motivo para alguém querer encontrar seu pai?

– Não.

– Ou da razão para seu pai desaparecer?

Ela negou.

– Norm comentou que um carro estava seguindo você.

– Não sei de nada.

– A voz ao telefone – falou Myron. – É sempre a mesma?

– Acho que não.

– Homem ou mulher?

– Homem.

Myron assentiu.

– Horace está metido com jogo?

– Não. Meu avô jogava. Perdeu tudo o que tinha, e não era muito. Meu pai nunca chegaria perto disso.

– Ele pegava dinheiro emprestado?

– Não.

– Tem certeza? Mesmo com ajuda financeira, seus estudos tinham um custo.

– Eu sou bolsista desde os 12 anos.

Mais adiante, um homem cambaleava na calçada. Estava com uma cueca Calvin Klein, duas botas de esqui diferentes e um daqueles chapelões russos de pele. Nada mais. Nem camisa, nem calça. Ele segurava a boca de um saco de papel pardo como se o ajudasse a atravessar a rua.

– Quando os telefonemas começaram? – perguntou Myron.

– Há uma semana.

– Logo que seu pai desapareceu?

Brenda anuiu. Ela tinha mais a dizer; dava para perceber pela maneira como desviou o olhar. Myron ficou calado e aguardou que ela continuasse.

– Na primeira vez – falou ela em voz baixa –, me mandaram ligar para minha mãe.

Myron esperou que Brenda prosseguisse. Em vão.

– Você ligou?

Ela deu um sorriso triste.

– Não.

– Onde sua mãe mora?

– Não sei. Não a vejo desde os 5 anos.

– Como assim?

– É isso mesmo que você entendeu. Ela nos abandonou faz vinte anos. – Brenda se virou para ele. – Você parece surpreso.

– Estou mesmo.

– Por quê? Sabe quantos daqueles meninos lá atrás foram abandonados pelos pais? Você acha que uma mãe não pode fazer a mesma coisa?

Brenda tinha razão, mas aquilo parecia mais racionalização vazia que verdadeira convicção.

– Quer dizer que você não a vê há bastante tempo?

– Sim.

– Você tem ideia de onde ela possa estar morando? Cidade, estado, alguma coisa?

– Não – respondeu ela, se esforçando para parecer indiferente.

– Você não teve nenhum contato com ela?

– Só algumas cartas.

– Nenhum endereço de remetente?

– Elas são postadas em Nova York. É só o que sei.

– Será que Horace sabe onde ela mora?

– Não. Ele nunca mencionou o nome dela nos últimos vinte anos.

– Pelo menos não para você.

Ela assentiu.

– Talvez a voz no telefone não se referisse a sua mãe – arriscou Myron. – Você tem madrasta? Seu pai voltou a se casar ou vive com alguém?

– Não. Desde que minha mãe se foi, não houve mais ninguém.

Silêncio.

– Então por que alguém iria falar de sua mãe? – perguntou Myron.

– Não sei.

– Não tem a menor ideia?

– Não. Durante vinte anos, ela não passou de um fantasma para mim. – Brenda apontou para a frente. – Entre à esquerda.

– Você se importa se eu grampear seu telefone? Para o caso de ligarem de novo?

Ela balançou a cabeça e continuou a orientar Myron.

– Me fale de seu relacionamento com Horace – pediu ele.

– Não.

– Não estou querendo bisbilhotar...

– Isso é irrelevante, Myron. Independentemente de eu gostar ou não dele, ainda assim você precisa encontrá-lo.

– Você conseguiu uma ordem de restrição para mantê-lo longe de você, certo?

Por um instante, ela ficou calada, mas por fim indagou:

– Você lembra como ele era na quadra?

Myron aquiesceu.

– Um louco. E talvez o melhor professor que tive.

– E o mais impetuoso?

– Sim. Ele me ensinou a não jogar com muita finesse. Nem sempre era fácil seguir essa lição.

– Certo, e você era apenas um menino por quem ele se afeiçoou. Mas imagine ser seu filho único. Imagine essa impetuosidade da quadra somada ao medo de me perder. Ao medo de que eu fugisse e o abandonasse.

– Como sua mãe.

– Isso mesmo.

– Seria algo arrasador.

– "Sufocante" seria a palavra certa – corrigiu ela. – Três semanas atrás, estávamos promovendo amistosos no East Orange High School. Você conhece?

– Claro.

– Uns caras na multidão queriam aprontar uma arruaça. Dois alunos. Eram do time de basquete. Estavam bêbados ou chapados, ou talvez fossem punks. Não sei. Mas começaram a gritar coisas para mim.

– Que tipo de coisas?

– Indecências e coisas horríveis. Sobre o que eles queriam fazer comigo. Meu pai se levantou e foi atrás deles.

– Não o censuro por isso – comentou Myron.

Ela balançou a cabeça.

– Então você é mais um Neanderthal.

– O quê?

– Para que ir atrás deles? Para defender a minha honra? Sou uma mulher de 25 anos. Não preciso de nenhuma dessas bobagens cavalheirescas.

– Mas...

– "Mas" coisa nenhuma. Essa história toda, você estar aqui... Não sou uma feminista radical nem nada, mas é só sexismo.

– Ahn?

– Se eu tivesse um pênis, você não estaria aqui. Se meu nome fosse Leroy e eu tivesse recebido algumas ligações esquisitas, você não estaria tão ansioso para me proteger, estaria?

Myron hesitou.

– Além do mais, quantas vezes você me viu jogar?

A mudança de assunto o pegou desprevenido.

– O quê?

– Eu fui a jogadora número um por três anos seguidos. Minha equipe ganhou dois campeonatos nacionais. Estávamos na ESPN o tempo todo e, durante as finais do torneio nacional, na CBS. Fui para a Reston University, que fica a apenas meia hora de onde moramos. Quantos jogos meus você viu?

Myron abriu e fechou a boca, sem falar nada. Por fim, respondeu:

– Nenhum.

– Certo. Basquete de donzelas. Uma perda de tempo.

– Não é isso. Não tenho mais acompanhado esportes nos últimos tempos – alegou Myron, percebendo que não fora nada convincente.

Ela balançou a cabeça e permaneceu muda.

– Brenda...

– Esqueça. Foi besteira minha tocar nesse assunto.

O tom dela dava pouca margem para que a conversa continuasse. Myron queria se defender, mas não sabia como. Ele optou pelo silêncio, algo que deveria fazer com mais frequência.

– Entre na próxima à direita – orientou ela.

– E o que houve depois? – perguntou ele.

Brenda lhe lançou um olhar interrogativo.

– Com os dois punks que insultaram você.

– Os seguranças intervieram, evitando que algo grave acontecesse. Eles puseram os caras para fora do colégio. E meu pai também.

– Não tenho certeza se entendi bem o significado dessa história.

– Ainda não acabou. – Brenda fez uma pausa, abaixou a cabeça, parecendo reunir forças, e tornou a erguê-la. – Três dias depois, os dois garotos, Clay Jackson e Arthur Harris, foram encontrados no terraço do edifício de um conjunto habitacional. Alguém os amarrara e cortara seus tendões de aquiles com uma tesoura de poda.

Myron empalideceu, sentindo um nó no estômago.

– Seu pai?

Brenda assentiu.

– Ele fez coisas desse tipo durante toda a minha vida. Nunca uma tão brutal. Mas sempre se vingou de pessoas que ficaram no meu caminho. Quando eu era uma criança sem mãe, a proteção até era bem-vinda. Só que já estou bem crescida.

Inconscientemente, Myron tocou o próprio tornozelo. Cortar o tendão de aquiles. Com uma tesoura de poda. Ele tentou não parecer tão impressionado.

– A polícia deve ter suspeitado de Horace.
– Sim.
– Por que ele não foi preso?
– Não havia provas suficientes.
– As vítimas não poderiam identificá-lo?
Brenda voltou-se de novo para a janela.
– Elas estavam apavoradas demais. – Ela apontou para a direita. – Pare ali.

Myron estacionou. As pessoas andavam na rua a passos vacilantes e o olhavam como se nunca tivessem visto um homem branco; naquele bairro, aquilo era perfeitamente possível. Myron tentou parecer indiferente. Balançou a cabeça, num cumprimento. Só alguns retribuíram.

Um carro amarelo – aliás, um alto-falante sobre rodas – passou por eles tocando rap no volume máximo. O grave estava tão potente que Myron sentia as vibrações no próprio peito. Ele não conseguia entender a letra, mas, pelo tom, parecia raivosa. Brenda conduziu-o à entrada de um edifício. Dois homens estavam esparramados na escada como feridos de guerra. Brenda passou por cima deles sem hesitar. Myron a seguiu. De repente, ele se deu conta de que nunca havia estado ali antes. Seu relacionamento com Horace se limitara ao basquete. Os dois sempre passavam o tempo na quadra do bairro, num ginásio ou às vezes comendo pizza depois de um jogo. Um nunca tinha ido à casa do outro.

Não havia porteiro, fechaduras, campainhas, nada disso. O corredor era mal-iluminado, mas podia-se ver a pintura descascando das paredes. A maioria das caixas de correio não tinha portas.

Brenda subiu as escadas de cimento com corrimão de metal industrial. Myron ouviu um homem tossindo como se fosse botar os bofes para fora. Dois bebês choravam. Brenda dobrou à direita no segundo andar. As chaves já estavam em sua mão. A porta era feita de um tipo de aço reforçado e tinha um olho mágico.

Primeiro, os três ferrolhos foram abertos, provocando um ruído alto que lembrou a Myron celas de presídio. A porta se abriu. Myron foi impactado de imediato pela beleza da residência. Horace não deixara que a imundície e a podridão das ruas e do corredor do edifício se insinuassem ali dentro. As paredes eram de um branco impecável. O assoalho dava a impressão de ter sido recentemente polido. A mobília parecia uma combinação de peças de famílias tradicionais e de lojas chiques. Tratava-se de uma casa bastante confortável.

Além disso, Myron logo notou que alguém virara a sala de pernas para o ar.

Brenda precipitou-se para dentro.

– Pai?

Myron a seguiu, desejando estar armado. Ele faria sinal para que ela ficasse imóvel e quieta, sacaria a arma, lhe pediria que se mantivesse atrás dele, entraria em silêncio no apartamento, com ela agarrada ao seu braço livre, morrendo de medo. Ele apontaria a pistola para dentro de cada cômodo, o corpo curvado e preparado para o pior. Mas Myron normalmente não andava armado. Não que ele não gostasse de armas, mas uma arma é um objeto volumoso que esfola a pele como uma camisinha de tweed. E, convenhamos, para a maioria dos clientes, um agente armado não inspira confiança. Se inspirasse, Myron preferiria não trabalhar com essas pessoas.

Win, por sua vez, sempre andava com pelo menos duas armas, para não falar de outros apetrechos. Ele parecia um terrorista.

Eles percorreram os quatro aposentos às pressas. Ninguém. E nenhum corpo.

– Está faltando alguma coisa? – perguntou Myron.

Ela o olhou irritada.

– Como é que eu vou saber?

– Quer dizer, alguma coisa notável. A televisão está aqui. O DVD player também. Eu quero saber se você acha que foi um roubo.

Brenda deu uma olhada na sala de estar.

– Não. Acho que não.

– Tem ideia de quem fez isso e por quê?

Brenda balançou a cabeça, ainda observando a bagunça.

– Horace escondia dinheiro em algum lugar? Num pote de biscoitos, sob uma tábua do assoalho ou algo assim?

– Não.

Eles começaram a verificação pelo quarto de Horace. Brenda abriu o armário. Ela ficou parada, em silêncio.

– Brenda?

– Estão faltando muitas roupas – disse ela em voz baixa. – A mala dele também.

– Isso é bom sinal – confortou Myron. – Significa que provavelmente ele fugiu; torna mais improvável um assassinato.

Ela assentiu.

– Mas é horrível.
– Como assim?
– Exatamente como minha mãe. Ainda me lembro de meu pai parado aqui, olhando os cabides vazios.
Os dois voltaram para a sala, depois entraram num pequeno cômodo.
– Seu quarto? – perguntou Myron.
– Não passo muito tempo aqui, mas, sim, este é meu quarto.
Os olhos de Brenda se fixaram num ponto perto da mesinha de cabeceira. Ela arquejou, se jogou no chão e começou a remexer seus pertences.
– Brenda?
Ela se pôs a vasculhar com mais sofreguidão, os olhos afogueados. Após alguns minutos, levantou-se e correu para o quarto do pai. Depois para a sala de estar. Myron ficou apenas observando.
– Elas sumiram – afirmou ela.
– O quê?
Brenda o fitou.
– As cartas que minha mãe escreveu para mim. Alguém as levou.

capítulo 4

MYRON ESTACIONOU O CARRO na frente do alojamento de Brenda. Exceto pelas orientações monossilábicas, ela não dissera uma palavra no caminho de volta. Myron não quis insistir. Parou o carro e se voltou para Brenda, que continuou a olhar em frente.

A Reston University tinha relva verde, grandes carvalhos, edifícios de tijolos, frisbees e bandanas. Os professores ainda usavam cabelos compridos, barbas por fazer e jaquetas de tweed. Havia um grande sentimento de inocência, faz de conta, juventude, paixão estonteante. Mas também havia a beleza da universidade: estudantes discutindo temas relativos à vida e à morte num ambiente isolado como a Disney. A realidade nada tinha a ver com aquilo. O que era bom. Na verdade, era assim mesmo que devia ser.

– Ela simplesmente foi embora – disse Brenda. – Eu tinha 5 anos e ela me deixou sozinha com ele.

Myron a deixou falar.

– Me lembro de tudo o que diz respeito a ela. O jeito como ela olhava. Seu cheiro. Ela chegando do trabalho tão cansada que mal conseguia levantar os pés. Acho que nos últimos vinte anos não falei sobre ela mais do que cinco vezes. Mas eu penso nela todos os dias. E penso por que teria me abandonado. Me pergunto por que ainda sinto saudades dela.

Brenda pôs a mão no queixo e voltou o rosto para o outro lado. O carro ficou em silêncio.

– Você é bom com investigações, Myron? – perguntou.

– Acho que sim.

Brenda abriu a porta.

– Será que você consegue encontrar minha mãe?

Ela não esperou pela resposta. Precipitou-se para fora do carro e subiu a escada correndo. Myron viu-a desaparecer no edifício. Então, deu partida e tomou o caminho de casa.

◆ ◆ ◆

Myron achou um lugar na Spring Street bem na frente do loft de Jessica. Ele ainda se referia a sua nova residência como "o loft de Jessica", ainda que agora morasse ali e pagasse metade do aluguel. Uma situação estranha.

Myron subiu a escada até o terceiro andar, abriu a porta e imediatamente ouviu Jessica gritar: "Estou trabalhando!"

Ele não ouviu o barulho das teclas, mas aquilo não queria dizer nada. Entrou no quarto, fechou a porta e checou a secretária eletrônica. Quando Jessica estava escrevendo, nunca atendia ao telefone.

"Alô, Myron? Aqui é sua mãe", ouviu. Como se não fosse capaz de reconhecer a voz dela. "Meu Deus, odeio essa máquina. Por que ela não atende? Eu sei que ela está aí. É tão difícil para um ser humano atender e pegar o recado? Estou no escritório, meu telefone toca, eu atendo. Mesmo que esteja trabalhando. Ou peço que minha secretária anote. Não uma máquina. Eu não gosto de máquinas, Myron, você sabe disso." Ela ainda prosseguiu por algum tempo. Myron tinha saudades de quando havia um limite de tempo para as mensagens das secretárias eletrônicas. O progresso nem sempre era uma coisa boa.

Por fim, a mãe começou a se acalmar. "Estou ligando só para dar um oi, meu querido. A gente se fala mais tarde."

Por 30 e poucos anos, Myron vivera com os pais num subúrbio de Livingston, em Nova Jersey. Ele mudara constantemente de quarto, até ir para o porão. Mas também houve um período de quatro anos na Duke University, na Carolina do Norte, onde passou os verões trabalhando em quadras de basquete, e acompanhado de Jessica e Win em Manhattan. Mas seu verdadeiro lar sempre fora... bem, a casa dos pais – por opção, por mais que isso pareça estranho, embora uma séria terapia talvez desencavasse razões mais profundas.

Aquilo mudou alguns meses antes, quando Jessica lhe pediu que fosse morar com ela. No relacionamento deles, era inusitado Jessica tomar a iniciativa e Myron ficou deslumbradíssimo, inebriado e apavorado. Sua perturbação nada tinha a ver com medo do compromisso – esse tipo de fobia era próprio de Jessica –, mas houvera momentos difíceis no passado e Myron não queria mais ser magoado daquela maneira.

Ele ainda via os pais mais ou menos uma vez por semana, quando jantava na casa deles ou quando se deslocavam até a Big Apple. Além disso, falava com eles quase todo dia. Myron gostava deles, embora fossem uns chatos de galochas. Era uma coisa incômoda? Sem dúvida. Emocionante como um acordeonista tocando polca? Sem tirar nem pôr. Mas assim era a vida.

Ele pegou um achocolatado na geladeira, sacudiu-o, tirou a tampa e tomou um grande gole. Doce néctar. Jessica gritou:

– O que você quer comer?

– Qualquer coisa.

– Você quer sair?

– Você se importa se a gente só pedir comida?

– Não.

Ela apareceu na porta. Estava com seu folgado casaco de frio, calça preta de malha, cabelos presos num rabo de cavalo. Mechas soltas lhe caíam sobre o rosto. Quando Jessica sorria, Myron ainda sentia a pulsação acelerar.

– Olá – falou ele.

Myron orgulhava-se da forma inteligente como iniciava uma conversa.

– Quer comida chinesa? – indagou ela.

– Claro. De Hunan, Sichuan, Cantão...?

– Sichuan.

– Tudo bem. Do Sichuan Garden, Sichuan Dragon ou Empire Sichuan?

Ela pensou.

– Da última vez, a comida do Dragon estava muito gordurosa. Vamos de Empire.

Jessica atravessou a cozinha e beijou-o de leve no rosto. Seus cabelos cheiravam a flores depois de uma tempestade de verão. Myron deu-lhe um abraço rápido e pegou no armário o menu de entrega em domicílio. Eles escolheram uma sopa quente e acre, uma entrada de camarões, uma entrada de verduras e legumes. Myron fez a encomenda por telefone e teve que enfrentar a barreira da linguagem como sempre. Por que eles não contratavam uma pessoa que falasse inglês pelo menos para anotar os pedidos? Depois de repetir seis vezes o número do telefone, ele desligou.

– Conseguiu adiantar muito o trabalho? – perguntou.

Jessica assentiu.

– O primeiro rascunho estará pronto lá pelo Natal.

– Pensei que o prazo era agosto.

– E daí?

Eles sentaram-se à mesa da cozinha. A cozinha e as salas de estar, de jantar e da TV ficavam todas num mesmo espaço de grandes dimensões. O pé-direito tinha 4,5 metros. Muito alto. Paredes de tijolos com vigas aparentes de metal davam ao ambiente um aspecto artístico, ao mesmo tempo que lembrava uma estação ferroviária. Em suma, o loft era o fino do fino.

A comida chegou. Eles conversaram sobre seus dias. Myron lhe falou de Brenda Slaughter. Jessica era uma dessas pessoas que têm a capacidade de fazer qualquer falante se sentir único no mundo, ouvindo sempre com bastante atenção. Ao término, ela fez algumas perguntas. Depois, se levantou e encheu um copo d'água.

Ela tornou a sentar-se.

– Tenho que pegar um avião para Los Angeles na terça-feira – informou Jessica.

Myron ergueu a vista.

– De novo?

Ela aquiesceu.

– Quanto tempo vai ficar?

– Não sei. Uma ou duas semanas.

– Você não esteve lá há pouco tempo?

– Sim, e daí?

– Para aquele filme, não foi?

– Sim.

– Então por que tem que voltar?

– Preciso fazer algumas pesquisas para este livro.

– Você não podia ter feito isso na semana passada?

– Não. – Jessica o encarou. – Algum problema?

Myron ficou brincando com o hashi. Ele a fitou, desviou o olhar, engoliu em seco.

– Está funcionando?

– O quê?

– Isso de morarmos juntos.

– Myron, é só por duas semanas. Para fazer uma pesquisa.

– E depois há as viagens para a divulgação do livro. Ou um retiro para escritores. Ou um filme. Ou mais pesquisa.

– Você quer que eu fique em casa fritando bolinhos?

– Não.

– Então o que está havendo?

– Nada. – Ele fez uma pausa. – Já estamos juntos há muito tempo.

– Juntos e separados durante dez anos – acrescentou ela. – E daí?

Ele não sabia ao certo como continuar.

– Você gosta de viajar.

– Ora... sim.

– Fico com saudade quando você viaja.

– Eu também. E fico com saudade quando você vai trabalhar. Mas nossa liberdade... Isso é parte da diversão, certo? Além do mais... – ela se inclinou um pouco para a frente – nossos reencontros são quentíssimos.

– Isso é verdade.

Ela pôs a mão em seu braço.

– Não quero dar uma de terapeuta, mas essa mudança exigiu de você uma grande adaptação. Eu entendo. Mas acho que até agora as coisas estão funcionando muito bem.

Naturalmente, ela tinha razão. Eles eram um casal moderno, com carreiras em ascensão vertiginosa e mundos a conquistar. A separação fazia parte do esquema. Quaisquer dúvidas incômodas eram um efeito colateral de seu pessimismo inato. De fato, as coisas estavam indo tão bem – Jessica voltara, lhe pedira que fosse morar com ela – que Myron esperava que algo desse errado. Ele precisava parar com aquela obsessão, parar de gerar problemas e nutri-los.

Myron sorriu.

– Talvez eu esteja apenas querendo atenção – alegou ele.

– Ahn?

– Ou quem sabe é uma estratégia para ter mais sexo.

Jessica lhe lançou um olhar que encurvou seus hashis.

– Talvez esteja funcionando – falou ela.

– Acho que vou colocar algo mais confortável.

– Nada daquela máscara de Batman outra vez.

– Ora, vamos... Você pode usar o cinto de utilidades.

Ela pensou um pouco.

– Tudo bem, mas nada de parar no meio e gritar: "Nesta mesma Bat-Hora, neste mesmo Bat-Canal!"

– Fechado.

Jessica ficou de pé, foi até ele e sentou-se em seu colo. Ela o abraçou e aproximou a boca de seu ouvido.

– Nós estamos muito bem, Myron. Não vamos foder com tudo.

Ela tinha razão.

Jessica se levantou.

– Vamos tirar a mesa.

– E depois?

– Para a Bat-Caverna.

capítulo 5

Logo que Myron pôs o pé na rua na manhã seguinte, uma limusine preta parou na frente dele. Dois homenzarrões – aberrações musculosas sem pescoço – saíram com dificuldade do carro. Usavam ternos mal-ajambrados, mas Myron não culpava os alfaiates: as roupas nunca caem bem em caras como aqueles. Ambos ostentavam um belo bronzeado e seus peitorais deviam ser depilados como as pernas da Cher.

Um dos brutamontes ordenou:

– Entre no carro.

– Minha mãe me disse para nunca entrar num carro com estranhos – replicou Myron.

– Ah, temos aqui um comediante – disse o outro homem.

– Ah, é? – O primeiro brutamontes inclinou a cabeça em direção a Myron. – É verdade? Você é um comediante?

– Também sou um ótimo cantor – respondeu Myron. – Quer ouvir minha versão consagrada de "Volare"?

– Você vai cantar pelo outro lado do seu cu se não entrar no carro.

– Outro lado do meu cu... – repetiu Myron. Ele ergueu o olhar, como se em profunda meditação. – Não entendi. "Pelo meu cu", tudo bem, faz sentido. Mas pelo *outro* lado? O que isso quer dizer? Tecnicamente, se seguirmos o aparelho intestinal, o outro lado do cu não é a boca?

Os brutamontes se entreolharam, depois voltaram-se para Myron, que não estava nada assustado. Aqueles capangas deviam entregar a encomenda intacta. Eles teriam que aguentar um pouco de chateação. Além disso, nunca é bom se mostrar amedrontado diante desse tipo de gente: quando eles sentem cheiro de medo, caem em cima de você e o devoram. Naturalmente, Myron podia estar enganado e eles seriam psicóticos desequilibrados, capazes de atacar à menor provocação. Um dos pequenos mistérios da vida.

– O Sr. Ache quer ver você – disse o Brutamontes 1.

– Qual deles?

– Frank.

Silêncio. Aquilo não era nada bom. Os irmãos Ache eram mafiosos de Nova York. Herman, o mais velho, era o líder, um sádico de dar inveja a ditadores sanguinários. Mas, comparado ao destrambelhado Frank, Herman dava tanto medo quanto o Ursinho Puff.

Os dois estalaram os pescoços e sorriram ante o silêncio de Myron.

– Agora você não está achando nada engraçado, não é, espertinho?

– Os testículos – falou Myron, dirigindo-se ao carro. – Eles encolhem quando você usa esteroides.

Era uma velha réplica de Myron , mas ele nunca se cansava dos clássicos. Bom, não tinha escolha. Precisava ir. Acomodou-se no banco de trás da ampla limusine. Havia um bar e uma televisão sintonizada num talk show horroroso.

– Parem, eu suplico – pediu Myron. – Eu conto tudo.

Os brutamontes não entenderam. Myron se inclinou para a frente e desligou a televisão. Ninguém protestou.

– Estamos indo para o Clancy's? – perguntou.

Clancy's Tavern era o antro dos Aches. Myron estivera lá com Win alguns anos antes. Esperava nunca mais voltar.

– Fique parado e cale o bico, bundão.

Myron permaneceu em silêncio. Eles pegaram a West Side Highway na direção norte – rumo contrário ao da taberna – e dobraram à direita na Rua 57. Quando chegaram a um estacionamento da Quinta Avenida, Myron se deu conta do destino final.

– Estamos indo para o escritório da TruPro – afirmou em voz alta.

Os capangas ficaram calados. Não importava: ele não se dirigira a eles mesmo.

A TruPro era uma das maiores agências de esportes do país. Durante anos, fora dirigida por Roy O'Connor, uma víbora de terno, especialista em transgredir as normas. Ele era mestre em contratar ilegalmente atletas muito jovens, valendo-se de propinas e extorsões sutis. Mas, como tantos que transitavam pelo mundo da corrupção, Roy foi arruinado. A pessoa imagina que só está um pouco envolvida com o submundo, mas gangues não funcionam assim. Você dá a mão e elas exigem o braço. Foi isso que aconteceu com a TruPro. Roy devia dinheiro e, como não pôde pagar, os irmãos Ache assumiram o controle.

– Vamos andando, babaca.

Myron seguiu Bubba e Rocco – por falta de nome, achou que esses serviam. Os três entraram no elevador e saltaram no oitavo andar, passando pela recepcionista. Ela manteve a cabeça baixa, mas deu uma olhada furtiva. Myron lhe acenou e continuou andando. Pararam diante da porta de um escritório.

– Reviste-o – ordenou Rocco.

Bubba começou a apalpá-lo.

Myron fechou os olhos.

– Meu Deus, que gostoso. Um pouco mais para a esquerda.

O brutamontes parou, fuzilando-o com os olhos.

– Entre.

Myron abriu a porta e adentrou o escritório.

Frank Ache abriu os braços e foi em sua direção.

– Myron!

Mesmo com sua fortuna, Frank nunca gastava dinheiro em roupas. Gostava de suéteres cafonas de veludo que os personagens de *Perdidos no espaço* deviam considerar uma roupa comum. O que ele usava naquele dia era laranja com detalhes amarelos. O zíper estava aberto, deixando à mostra os grossos pelos grisalhos que cobriam o peito como um outro casaco. Ele tinha uma cabeça enorme, ombros minúsculos e muita banha, digna do boneco da Michelin, parecendo uma ampulheta. Era alto, corpulento e calvo.

Frank deu um feroz abraço de urso em Myron, que foi pego de surpresa. Normalmente, Ache era tão gracioso quanto um chacal com herpes.

Ele afastou Myron e o examinou.

– Puxa, Myron, você está ótimo.

Myron se esforçou para não recuar.

– Obrigado, Frank.

Frank brindou-o com um sorriso enorme – duas fileiras atulhadas de grãos de milho. Myron se conteve para não se encolher.

– Há quanto tempo não nos víamos?

– Pouco mais de um ano.

– Estávamos no Clancy's, certo?

– Não, Frank, não estávamos.

Frank pareceu confuso.

– Onde, então?

– Numa estrada da Pensilvânia. Você atirou nos pneus do meu carro, ameaçou matar a minha família e falou que, se eu não saísse do automóvel, ia usar meus miolos para fazer comida de esquilo.

Frank riu e deu uns tapinhas nas costas de Myron.

– Bons tempos, hein?

Myron se manteve quieto.

– Como posso ajudá-lo, Frank?

– Você está com pressa?

– Eu só queria que você fosse direto ao ponto.

– Ei, Myron. – Frank abriu os braços. – Estou tentando ser amistoso. Sou um homem mudado. Um eu completamente novo.

– Você se converteu a alguma religião, Frank?

– Algo assim.

– Ahã.

O sorriso de Frank foi sumindo aos poucos.

– Você prefere meu jeito antigo?

– Era mais honesto.

Agora o sorriso sumira por completo.

– Você está fazendo aquilo de novo, Myron.

– O quê?

– Me sacaneando. É agradável?

– Agradável... Sim, Frank, essa é a palavra que eu usaria.

A porta atrás deles se abriu. Entraram dois homens. Um era Roy O'Connor, o presidente figurativo da TruPro. Ele entrou sorrateiramente, como se precisasse de permissão para existir. Talvez precisasse mesmo. Quando Frank estava por perto, com certeza Roy perguntava se podia ir ao banheiro. O segundo cara aparentava ter entre 20 e 30 anos. Vestia-se de forma impecável e parecia um bancário recém-saído do MBA.

Myron fez um largo aceno.

– Olá, Roy. Você me parece bem.

Roy assentiu mecanicamente e sentou-se.

Frank fez a apresentação:

– Esse é meu filho, Frankie Junior. Pode chamá-lo de FJ.

– Olá – cumprimentou Myron. *FJ?*

O rapaz lhe lançou um olhar duro e se acomodou numa cadeira.

– Roy acabou de contratar FJ – falou Frank.

Myron sorriu para Roy.

– O processo de seleção deve ter sido terrível. Tantos currículos para examinar e tudo o mais.

Roy ficou calado. Frank rodeou a mesa num passo gingado.

– Você e FJ têm algo em comum, Myron – disse ele.

– É?

– Você estudou em Harvard, certo?

– Fiz direito.

– FJ fez o MBA lá.

– Como Win – arrematou Myron.

Aquele nome silenciou a sala. Roy cruzou as pernas e empalideceu. Só ele conhecera Win de perto, mas todos ali sabiam quem era. Win teria ficado contente com aquela reação.

Pouco a pouco, a sala voltou a ganhar vida. Frank e Myron se sentaram. O gângster pôs sobre a mesa suas mãos do tamanho de pernis.

– Ouvimos dizer que agora você é o agente de Brenda Slaughter – comentou Frank.

– Onde você ouviu isso?

Frank deu de ombros, como se aquilo não importasse.

– É verdade, Myron?

– Não.

– Você não a está representando?

– Não, Frank.

Frank encarou Roy, que estava todo retesado. Então, olhou para FJ, que balançava a cabeça.

– O pai de Brenda ainda é agente dela? – indagou Frank.

– Eu não sei, Frank. Por que não pergunta a ela?

– Você esteve com ela ontem.

– E daí?

– O que vocês estavam fazendo?

Myron esticou as pernas e as cruzou na altura dos tornozelos.

– Me diga uma coisa, Frank: qual é seu interesse em tudo isso?

Os olhos de Frank se arregalaram. Ele olhou para Roy, depois para FJ, e apontou um dedo carnudo para Myron.

– Perdoe-me a grosseria, mas você acha que estou aqui para responder a suas perguntas de merda?

– Você é um homem totalmente novo – lembrou Myron. – Tornou-se amistoso, está mudado.

FJ inclinou-se para a frente e encarou Myron. Não havia nada ali. Se os olhos fossem realmente as janelas da alma, ali estaria escrito NÃO HÁ VAGAS.

– Sr. Bolitar? – A voz de FJ era suave e modulada.

– Sim?

– Vai se foder – sussurrou, sorrindo de modo estranho.

Ele não voltou a se recostar. Myron sentiu um frio na espinha, mas não desviou o olhar.

O telefone da mesa tocou e Frank apertou um botão.

– Sim?

– O sócio do Sr. Bolitar está na linha – informou uma voz feminina. – Ele deseja falar com o senhor.

– Comigo?

– Sim, Sr. Ache.

Confuso, Frank deu de ombros e apertou outro botão.

– Sim?

– Olá, Francis.

Todos se mantiveram estáticos na sala. Frank pigarreou.

– Olá, Win.

– Espero não estar interrompendo nada.

Silêncio.

– Como vai seu irmão?

– Ele está bem, Win.

– Preciso ligar para Herman. Não nos vemos há muito tempo.

– Ok, vou dizer que você perguntou por ele.

– Ótimo, Francis, ótimo. Bem, tenho que desligar. Por favor, dê lembranças a Roy e a seu filho encantador. Como fui grosseiro em não fazer isso antes.

Silêncio.

– Win?

– Sim, Francis.

– Não gosto nada dessa merda enigmática, está ouvindo?

– Estou ouvindo tudo, Francis.

Clique. Frank lançou um olhar duro a Myron.

– Dê o fora.

– Por que você está tão interessado em Brenda Slaughter?

Frank se levantou da cadeira.

– Win mete medo, mas não é à prova de balas. Se você disser mais uma palavra, eu o amarro a uma cadeira e toco fogo no seu pau.

Myron não se deu o trabalho de se despedir.

◆ ◆ ◆

Myron desceu de elevador. Seu amigo Windsor Horne Lockwood III estava de pé no vestíbulo. Naquela manhã, usava um blazer azul, uma calça cáqui, uma camisa oxford branca de colarinho aberto e uma gravata de cores berrantes. Seus cabelos loiros eram repartidos à perfeição, a mandíbula e as maçãs do rosto, pronunciadas, a pele cor de porcelana, os olhos de um azul gélido. Myron sabia que, logo que olhavam Win, as pessoas já o odiavam e pensavam em elitismo, divisão de classes, esnobismo, antissemitismo, racismo, fortunas obtidas com o suor dos outros. Os que julgavam Win apenas pela aparência sempre se enganavam. Muitas vezes, perigosamente.

Win não estava olhando para Myron; parecia posar para que fizessem uma escultura dele.

– Eu estava pensando... – começou ele.

– O quê?

– Se você se clona e faz sexo com esse clone, trata-se de incesto ou masturbação?

Esse é Win.

– Bom saber que você não está desperdiçando seu tempo – comentou Myron.

– Se ainda estivéssemos na Duke, com certeza discutiríamos essa questão durante horas.

– Porque estaríamos bêbados.

– É verdade.

Os dois desligaram os celulares e se puseram a andar pela Quinta Avenida. Aquele era um truque relativamente novo que Myron e Win usavam, com sucesso. Logo que os trogloditas pararam o carro a seu lado, Myron apertou o botão programado para chamar Win. Assim, o amigo ouviu tudo o que aconteceu. Foi por isso que Myron disse em voz alta para onde estavam indo. Win soube exatamente para onde devia ligar. Ele nada tinha a dizer a Frank; só queria mostrar que sabia onde Myron se encontrava.

– Amarrar você a uma cadeira e tocar fogo no seu pau – repetiu Win. – Ia doer um bocado.

Myron aquiesceu.

– E as pessoas ficam reclamando de ardência quando mijam.

– É verdade. Então, me conte.

Myron começou a falar. Win, como sempre, parecia não ouvir. Ele nunca fitava Myron, os olhos vasculhando as ruas em busca de mulheres bonitas. O centro de Manhattan no horário comercial estava cheio delas. Elas usavam terninhos, blusas de seda e tênis brancos. Às vezes, Win brindava uma delas com um sorriso; ao contrário do que acontecia com quase todas as outras pessoas em Nova York, seu sorriso era correspondido com frequência.

Myron lhe falou de servir de guarda-costas a Brenda Slaughter. Win parou de repente e desandou a cantar:

– *AND I-I-I-I-I-I WILL ALWAYS LOVE YOU-OU-OU-OU-OU-OU-OU.*

Myron o encarou. Win se recompôs e continuou andando.

– Quando eu canto isso, é quase como se incorporasse Whitney Houston.

– Sim – disse Myron. – Percebi.

– Então... qual é o interesse dos Aches nisso tudo?

– Não sei.

– Talvez a TruPro queira agenciá-la.

– Pouco provável. Seria um bom dinheiro, mas não o bastante para provocar tudo isso.

Win refletiu um instante e assentiu. Na Rua 50, tomaram a direção leste.

– O jovem FJ vai causar problemas.

– Você o conhece?

– Um pouco. A história dele é intrigante. O pai o preparou para atuar dentro da lei. Ele o mandou para Lawrenceville, depois Princeton e por fim Harvard. Agora ele o está iniciando no agenciamento de atletas.

– Mas...

– Mas ele se ressente disso. Continua sendo o filho de Frank Ache e deseja sua aprovação. Quer mostrar que, apesar da educação, é um cara durão. Pior ainda: ele tem os genes do pai. Sabe qual é o meu palpite? Se você investigar a infância de FJ, vai encontrar muitas aranhas com as pernas arrancadas e moscas sem asas.

Myron balançou a cabeça.

– Isso com certeza não é um bom sinal.

Win ficou calado. Eles chegaram ao edifício Lock-Horne. Myron foi até o décimo segundo piso. Win continuou no elevador, pois seu escritório era dois andares acima. Quando Myron olhou para a mesa da recepção – o lugar onde Esperanza costumava ficar –, por pouco não pulou para trás. Big Cyndi estava lá, fitando-o em silêncio. Ela era grande demais para a mesa – na verdade, grande demais para o edifício – e o móvel oscilava sobre seus joelhos. Os membros do Kiss considerariam sua maquiagem espalhafatosa. Seu cabelo era curto, da cor de algas. Sua camiseta sem mangas, com as pontas esfiapadas, revelava bíceps da circunferência de bolas de basquete.

Myron deu um aceno hesitante.

– Olá, Cyndi.

– Olá, Sr. Bolitar.

Big Cyndi tinha quase 2 metros de altura, pesava cerca de 140 quilos e fora parceira de Esperanza na equipe de luta livre. Era conhecida no ringue como Grande Chefe-Mãe. Durante anos, Myron só a ouvira rosnar, nunca falar. Mas sua voz podia assumir o tom que ela bem entendesse. Quando trabalhava como leoa de chácara numa boate na Rua 10, modulava a voz num tom que faria Arnold Schwarzenegger parecer uma donzela.

– Esperanza está aí? – perguntou Myron.

– A Srta. Diaz está no escritório do Sr. Bolitar.

Ela sorriu. Myron conteve-se para não encolher. Esqueça Frank Ache: *aquele* sorriso fazia suas obturações doerem.

Ele pediu licença e foi para o escritório. Esperanza estava à escrivaninha dele, falando ao telefone. Vestia uma blusa amarelo-brilhante que contrastava com a pele cor de oliva que sempre o fazia pensar em estrelas cintilando nas águas cálidas da baía de Amalfi. Ela o olhou, fez um gesto com o dedo pedindo só um minuto e continuou conversando. Myron sentou-se a sua frente. Era uma perspectiva interessante, ver o que os clientes e patrocinadores viam. Os pôsteres de musicais da Broadway atrás de sua cadeira – exagerados demais, concluiu ele. Como se ele quisesse forçar uma irreverência.

– Você está atrasado – afirmou Esperanza, ao desligar.

– Frank Ache queria falar comigo.

Ela cruzou os braços e perguntou:

– Ele queria um quarto parceiro para jogar majongue?

– Informações sobre Brenda Slaughter.

– Quer dizer que estamos numa enrascada.

– Talvez.

– Livre-se dela.

– Não.

Ela lhe lançou um olhar inexpressivo.

– Isso não me surpreende nem um pouco.

– Você conseguiu descobrir alguma coisa sobre Horace Slaughter?

Esperanza pegou um pedaço de papel e o leu:

– Horace Slaughter. Nenhum de seus cartões de crédito foi usado na semana passada. Ele tem uma conta no Newark Fidelity. Nada nela.

– Nada?

– Ele raspou tudo.
– Quanto?
– Onze mil dólares. Em dinheiro vivo.
Myron soltou um assobio e se recostou na cadeira.
– Então ele estava planejando fugir. Isso bate com o que vimos no apartamento.
– Ahã.
– Tenho uma parada mais difícil para você – falou Myron. – A mulher dele, Anita Slaughter.
– Eles ainda estão casados?
– Não sei. Talvez legalmente. Ela fugiu há vinte anos. Acho que eles nunca se deram o trabalho de se divorciar.
Ela franziu a testa.
– Você disse "há vinte anos"?
– Sim. Parece que ela não foi vista desde então.
– E o que precisamos encontrar?
– Ela.
– Você não sabe onde ela está?
– Não tenho a mínima ideia. Como eu disse, ela desapareceu há vinte anos.
Esperanza pensou um pouco.
– Ela pode ter morrido.
– Eu sei.
– E se conseguiu se manter escondida por tanto tempo, pode ter mudado de nome. Ou deixado o país – refletiu Esperanza.
– Certo.
– E deve haver poucos registros, se é que há algum, de vinte anos atrás. Mas com certeza nada em computadores.
Myron sorriu.
– Você não odeia quando eu lhe proponho coisas fáceis demais?
– Eu sei que sou apenas sua humilde assistente...
– Você não é minha humilde assistente.
Ela lhe lançou um olhar duro.
– Nem sua sócia.
Myron ficou calado.
– Eu sei que sou apenas sua humilde assistente – repetiu ela –, mas será que temos tempo para essa baboseira?

– Faça só uma checagem-padrão. Para ver se damos sorte.

– Ótimo. – Seu tom era ríspido. – Mas agora temos outras coisas para discutir.

– Manda.

– O contrato de Milner. Eles não querem renegociar.

Eles examinaram a fundo a situação de Milner, discutiram um pouco, desenvolveram e ajustaram uma estratégia, depois concluíram que ela não iria funcionar. Myron ouvia o barulho da obra que se iniciava atrás deles. Eles estavam reduzindo a área de recepção e a sala de reunião para caber um escritório particular para Esperanza.

Após alguns minutos, ela o encarou.

– O que foi?

– Você vai seguir em frente – respondeu ela. – Vai procurar os pais dela.

– O pai dela é um velho amigo meu.

– Ah, meu Deus, não me venha com "Eu devo isso a ele".

– Não é só isso. É um bom negócio.

– Não é um bom negócio. Você passa muito tempo fora do escritório. Os clientes querem falar com você diretamente. Os patrocinadores também.

– Eu tenho um celular.

Esperanza balançou a cabeça.

– Não podemos continuar assim.

– Assim como?

– Ou você me torna sua sócia ou vou embora.

– Não faça isso comigo agora, Esperanza. Por favor.

– Lá vem você de novo.

– Ahn?

– Você está me enrolando.

– Não estou enrolando.

Ela lhe lançou um olhar meio severo, meio compassivo.

– Eu sei que você odeia mudanças...

– Não odeio mudanças.

– ... mas as coisas vão mudar. Portanto, procure se conformar.

Uma parte dele queria gritar "Por quê?!". As coisas estavam boas daquele jeito. Não fora ele o primeiro a incentivá-la a fazer direito? Uma mudança, claro: contava com isso depois que ela se formasse. Aos poucos, Myron atribuíra a ela novas responsabilidades. Mas torná-la sócia?

Ele apontou para trás de si.

– Estou fazendo um escritório para você – falou.

– E daí? – questionou Esperanza.

– Isso não é um sinal evidente de compromisso? Você não pode esperar que eu me precipite. Estou dando os primeiros passos.

– Você deu o primeiro passo, só que mais nada. – Esperanza balançou a cabeça. – Não pressionei você depois do Merion.

A competição de golfe na Filadélfia. Myron estava investigando um sequestro quando ela começou a exigir uma sociedade. Desde então, ele, bem, enrolara.

Esperanza se levantou.

– Quero ser sócia. Não em regime de paridade. Eu entendo. Mas quero equidade. – Ela foi até a porta. – Eu lhe dou uma semana.

Myron não sabia o que dizer. Ela era sua melhor amiga. Ele a adorava. E precisava dela ali. Esperanza era parte essencial da MB. Mas as coisas não eram tão simples assim.

Ela abriu a porta e se apoiou no umbral.

– Você vai se encontrar com Brenda Slaughter agora?

– Dentro de alguns minutos.

– Vou começar a busca. Ligue-me daqui a algumas horas.

Esperanza fechou a porta atrás de si. Myron se pôs de pé, pegou o telefone e discou o número de Win. Ele atendeu ao primeiro toque dizendo:

– Articule.

– Você tem planos para hoje à noite?

– *Moi?* Mas claro.

– Típica noitada de sexo sujo?

– Sexo sujo... Eu disse para não ler mais as revistas da Jessica.

– Você poderia cancelar?

– Poderia, mas a moça vai ficar muito frustrada.

– Você ao menos sabe o nome dela?

– O quê? De cabeça?

Um dos operários da obra começou a martelar. Myron tapou o ouvido.

– Podemos nos encontrar em sua casa? Queria propor umas ideias.

– Eu não passo de uma parede esperando seu jogo verbal de squash.

Myron deduziu que aquilo fosse um sim.

capítulo 6

A NEW YORK DOLPHINS, EQUIPE DE BRENDA, treinava no Englewood High School, em Nova Jersey. Myron sentiu um aperto no peito quando entrou no ginásio. Ele ouviu o doce eco das bolas de basquete; apreciou a atmosfera, uma mistura de tensão, juventude e incerteza. Myron já atuara em grandes espaços, mas toda vez que entrava num novo ginásio, mesmo como espectador, parecia que tinha atravessado um portal do tempo.

Ele subiu os degraus de uma daquelas arquibancadas de madeira dobráveis, que servem para economizar espaço. Como sempre, ela tremia a cada passo. A tecnologia pode ter promovido o progresso, mas isso não se via num ginásio. Aquelas flâmulas de veludo ainda penduradas numa parede, mostrando títulos de campeonatos estaduais, regionais, nacionais. Num canto, via-se uma lista de recordes. O relógio eletrônico estava desligado. Um zelador cansado varria o piso de madeira de lei num movimento ondulante.

Myron viu Brenda fazendo lances livres. Seu rosto evidenciava uma concentração total. A bola era lançada com efeito e nunca tocava o aro, mas sacudia um pouco a parte de baixo da rede. Ela estava de camiseta branca sem mangas sobre o que parecia um bustiê preto. O suor reluzia em sua pele.

Brenda olhou para Myron e deu um sorriso hesitante. Ela lhe jogou a bola e ele pegou-a, os dedos automaticamente se encaixando nas ranhuras.

– Precisamos conversar – avisou.

Ela assentiu e sentou-se ao lado dele no banco.

– Seu pai tirou todo o dinheiro da conta antes de desaparecer – informou Myron.

A serenidade se esvaiu de seu semblante. Ela desviou o olhar rapidamente e balançou a cabeça.

– Muito estranho.

– Por quê? – perguntou Myron.

Brenda tirou a bola das mãos de Myron e a segurou como se ela fosse criar asas e sair voando.

– É tão parecido com o que minha mãe fez... Primeiro, desaparecem as roupas. Depois, o dinheiro.

– Sua mãe levou dinheiro?

– Cada centavo.

Myron fitou-a. Ela manteve os olhos fixos na bola. Seu rosto de repente assumiu uma expressão tão ingênua, tão frágil, que Myron sentiu algo dentro dele se partir. Esperou um instante antes de mudar de assunto:

– Horace estava trabalhando antes de desaparecer?

Uma de suas companheiras de time, de rabo de cavalo e sardas, chamou-a e bateu palmas pedindo a bola. Brenda sorriu e jogou-a com uma só mão. A jogadora avançou para a cesta a toda velocidade.

– Ele trabalhava como vigia no St. Barnabas Hospital – respondeu Brenda. – Você conhece?

Myron fez que sim. O St. Barnabas ficava em Livingston, onde ele nascera.

– Eu também trabalho lá – falou ela. – Na clínica pediátrica. Uma espécie de estágio. Eu o ajudei a arrumar o emprego. Foi assim que descobri que ele tinha sumido. Seu chefe me chamou e me perguntou onde ele estava.

– Havia quanto tempo Horace trabalhava lá?

– Não sei. Quatro, cinco meses.

– Como se chama o chefe dele?

– Calvin Campbell.

Myron sacou uma caderneta e anotou.

– Em que outros lugares Horace costumava ficar?

– Nos mesmos de sempre.

– Nas quadras?

Brenda assentiu e completou:

– E ele ainda atuava como juiz em jogos de escolas de ensino médio duas vezes por semana.

– Ele tem algum amigo íntimo que possa ajudá-lo?

Brenda negou.

– Ninguém em especial.

– E quanto aos familiares?

– Minha tia Mabel. Ele confia na irmã.

– Ela mora perto daqui?

– Sim. Em West Orange.

– Você poderia ligar para ela e dizer que eu gostaria de visitá-la?

– Quando?

– Agora. – Ele consultou o relógio. – Se eu for depressa, posso voltar antes de o treino acabar.

Brenda se levantou.

– Há um telefone no corredor. Vou ligar para ela.

capítulo 7

A CAMINHO DA CASA DE MABEL EDWARDS, o celular de Myron tocou.

– Norm Zuckerman está na linha – informou Esperanza.

– Pode passar.

Ouviu-se um clique.

– Norm?

– Myron, querido, como vai?

– Bem.

– Ótimo, ótimo. Já descobriu alguma coisa?

– Não.

– Tudo bem, tudo bem. – Zuckerman hesitou. Seu tom jocoso parecia um tanto forçado. – Onde você está?

– Em meu carro.

– Entendo. Ouça, Myron, você vai ao treino de Brenda?

– Acabei de sair de lá.

– Você a deixou sozinha?

– Ela está no treino, com dezenas de pessoas. Vai ficar bem.

– Sim, acho que você tem razão. – Ele não parecia muito convencido. – Escute, Myron, precisamos conversar. Quando você vai poder voltar para o ginásio?

– Provavelmente dentro de uma hora. Do que se trata, Norm?

– Uma hora. A gente se vê, então.

◆ ◆ ◆

Tia Mabel morava numa localidade fora de Newark. West Orange era um daqueles subúrbios "em transformação" em que a porcentagem de famílias brancas diminuía pouco a pouco. Era o efeito da expansão. As minorias deram um jeito de sair da cidade e instalar-se nos bairros mais próximos; os brancos foram para ainda mais longe. Em termos imobiliários, isso era chamado de progresso.

Ainda assim, a avenida de três pistas de Mabel parecia estar a um zilhão de anos-luz da miséria urbana que Horace chamava de lar. Myron conhecia muito bem West Orange. O lugar onde nascera fazia fronteira com o bairro. Livingston também começava a mudar. Quando Myron estava no ensino médio, a escola era tão branca que só havia um negro entre os seiscentos meninos da turma do último ano.

A casa tinha apenas um andar – pessoas mais extravagantes poderiam chamá-la de rancho. Com certeza era o tipo de lugar com três quartos, um banheiro, um lavabo e um porão bem-arrumado, onde haveria uma mesa de bilhar usada. Myron estacionou seu Ford Taurus na estradinha de acesso.

Mabel Edwards devia beirar os 50 anos, ou quem sabe fosse mais jovem. Era uma mulher corpulenta, rosto rechonchudo, cabelos ligeiramente encaracolados, e estava com um vestido que lembrava cortinas velhas. Quando abriu a porta, sorriu para Myron de uma forma que seu semblante banal tornou-se quase celestial. Óculos de meia-lua pendiam de uma corrente, aninhados em seus seios volumosos. Havia uma intumescência em seu olho direito, resultante, talvez, de uma contusão. Trazia na mão um trabalho de tricô.

– Minha nossa! – exclamou ela. – Myron Bolitar. Entre.

Myron a seguiu. O ambiente tinha o cheiro típico da casa de uma avó. Na infância, ele lhe dá arrepios; depois que se é adulto, você tem vontade de engarrafá-lo e deixá-lo impregnar a atmosfera enquanto toma uma xícara de chocolate quente num dia de baixo astral.

– Eu fiz café, Myron. Quer tomar um pouco?

– Seria ótimo, obrigado.

– Sente-se ali. Eu já volto.

Myron sentou-se num sofá duro de estampa florida. Sem saber por quê, pôs as mãos no colo, como se esperasse por uma professora da escola. Deu uma olhada em volta. Havia esculturas africanas de madeira na mesinha de centro. O console da lareira estava cheio de porta-retratos. Quase todos mostravam um jovem que lhe parecia vagamente conhecido. O filho de Mabel Edwards, imaginou. Era o típico santuário familiar – isto é, podia-se acompanhar a vida dos filhos da infância à idade adulta com aquelas imagens emolduradas. Havia uma de um bebê, uma daquelas fotografias escolares com um arco-íris ao fundo, um negro alto jogando basquete, um baile de fim de ano do colégio, alguns diplomas etc., etc., etc. Piegas, sim, mas aqueles retratos sempre comoviam Myron, afetando sua sensibilidade exacerbada como uma propaganda melosa.

Mabel voltou para a sala de estar com uma bandeja.

– Já nos conhecemos – afirmou ela.

Myron assentiu, mas não conseguiu se lembrar, apesar de todo o esforço.

– Você ainda estava no colégio. – Ela lhe passou uma xícara num pires e empurrou em sua direção a bandeja com creme e açúcar. – Horace me levou a uma de suas partidas. Vocês estavam jogando contra o Shabazz.

Myron se recordou. No terceiro ano, no torneio do condado de Essex. Shabazz era o Malcolm X Shabazz High School, de Newark. A escola não tinha brancos. Os primeiros caras a destoarem daquele meio tinham nomes como Rhahim e Khalid. Mesmo naquele tempo o colégio era rodeado por uma cerca de arame farpado em que havia uma placa: CUIDADO COM OS CÃES DE GUARDA.

Cães de guarda numa escola.

– Eu lembro – disse Myron.

Mabel deu um riso breve, se chacoalhando toda.

– A coisa mais engraçada que já vi na vida – comentou ela. – Todos aqueles rapazes andando assustados, olhos do tamanho de pires. Você era o único que estava à vontade, Myron.

– Por causa de seu irmão.

Ela anuiu.

– Horace falava que você era o melhor com quem ele já tinha trabalhado. Que nada o impediria de se tornar um grande jogador. – Ela se inclinou para a frente. – Havia algo de especial entre vocês, não?

– Sim, senhora.

– Horace gostava de você, Myron. Falava de você o tempo todo. Nunca o vi tão contente como quando você foi selecionado. Você ligou para ele, não foi?

– Logo que fiquei sabendo.

– Ele me contou tudo. – Sua voz traía um pouco de melancolia. Mabel fez uma pausa e se endireitou na poltrona. – E quando você se contundiu... Horace chorou. Aquele grandalhão chegou aqui em casa, sentou-se bem aí onde você está agora e chorou feito um bebezinho.

Myron permaneceu em silêncio.

– Quer saber de mais uma coisa? – continuou ela.

Mabel tomou um pouco de café. Myron pegou sua xícara, mas não conseguia se mexer. Por fim, forçou um aceno de cabeça.

– Quando você tentou voltar no ano passado, Horace ficou preocupadíssimo. Ele queria ligar para você, convencê-lo a desistir.

A voz de Myron soou embargada.

– Por que não ligou?

Mabel lhe deu um sorriso amável.

– Quando foi que você falou com Horace pela última vez?

– Logo que fui selecionado.

Ela assentiu, como se aquilo explicasse tudo.

– Acho que Horace sabia que você estava sofrendo. Acho que ele imaginou que você ligaria quando se sentisse preparado.

Myron sentiu os olhos marejarem. Arrependimentos e situações hipotéticas tentaram se insinuar em sua mente, mas ele os afastou. Não havia tempo para isso. Ele piscou algumas vezes e tomou um gole de café.

– Você viu Horace recentemente?

Mabel depôs a xícara devagar e examinou o rosto dele.

– Por que a pergunta?

– Ele não tem ido trabalhar. Brenda não o tem visto.

– Entendo – continuou Mabel, agora um tanto cautelosa –, mas por que você está interessado nisso?

– Eu quero ajudar.

– A fazer o quê?

– A encontrá-lo.

– Não me entenda mal, Myron, mas o que você tem a ver com isso?

– Estou tentando ajudar Brenda.

Seu corpo se enrijeceu ligeiramente.

– Brenda?

– Sim, senhora.

– Você sabe que ela obteve uma ordem de restrição contra o pai?

– Sim.

Mabel colocou os óculos e retomou o tricô. As agulhas começaram sua dança.

– Talvez você deva ficar fora disso, Myron.

– Quer dizer que você sabe onde ele está?

Ela balançou a cabeça.

– Eu não disse isso.

– Brenda está em perigo, Sra. Edwards. Deve haver uma conexão com Horace.

As agulhas pararam imediatamente.

– Você acha que Horace faria mal à própria filha? – Seu tom agora era um tanto áspero.

– Não, mas pode haver alguma relação. Alguém arrombou o apartamento de Horace. Ele arrumou as malas e tirou todo o dinheiro da conta. Deve estar com problemas.

As agulhas retomaram o trabalho.

– Se ele está com problemas, talvez seja melhor ficar escondido.

– Me diga onde ele está, Sra. Edwards. Eu gostaria de ajudar.

Mabel se manteve em silêncio por um bom tempo, depois puxou um fio e continuou tricotando. Myron olhou ao redor, fitando novamente as fotografias. Levantou-se e pôs-se a examiná-las.

– É seu filho? – perguntou.

Ela olhou por cima dos óculos.

– É Terence. Eu me casei aos 17 e Roland e eu fomos abençoados com ele um ano depois. – As agulhas ganharam velocidade. – Roland morreu quando Terence ainda era bebê. Baleado na frente de nossa casa.

– Sinto muito – lamentou Myron.

Mabel deu de ombros e forçou um sorriso triste.

– Terence foi o primeiro da família a se formar na faculdade. Aquela à direita é a mulher dele. E meus dois netos.

Myron pegou o retrato.

– Bela família.

– Terence estudou direito em Yale – continuou ela. – Ele se tornou vereador com apenas 25 anos. – Talvez por isso o rosto lhe pareça familiar, pensou Myron; devia ter aparecido nos noticiários. – Se ele ganhar as eleições em novembro, vai ser senador antes dos 30.

– A senhora deve ter muito orgulho dele.

– Tenho, sim.

Myron voltou-se e os dois se encararam.

– Já se passou muito tempo, Myron. Horace sempre confiou em você, mas agora é diferente. Nós não o conhecemos mais. Essas pessoas que estão procurando por ele... – Ela parou e indicou o olho inchado. – Está vendo isto? – Myron assentiu. – Dois homens vieram aqui na semana passada. Eles queriam saber o paradeiro de Horace. Eu disse a eles que não sabia.

Myron viu-a enrubescer.

– Eles a agrediram?

Ela aquiesceu, fitando-o.

– Como eles eram?

– Brancos. Um era grandalhão.

– De que tamanho?

– Talvez do seu.

Myron tinha mais de 1,90 metro de altura e 1,10 metro de largura.

– E o outro cara?

– Magro. Bem mais velho. Ele tinha uma serpente tatuada no braço. – Mabel apontou o local exato nos próprios bíceps imensos.

– Por favor, me conte o que aconteceu, Sra. Edwards.

– Foi como eu falei: eles vieram até aqui querendo saber onde Horace estava. Quando eu respondi que não sabia, o grandalhão me esmurrou. O mais baixo o afastou de mim.

– Você chamou a polícia?

– Não. Mas não por medo. Covardes como aqueles não me amedrontam. Mas Horace me pediu que não chamasse.

– Sra. Edwards, onde está Horace?

– Eu já falei demais, Myron. Só quero que você entenda uma coisa: essa gente é perigosa. Você poderia muito bem estar trabalhando para eles. Sua visita poderia ser um truque para achar Horace.

Myron não sabia o que dizer. Alegar inocência pouco adiantaria para extinguir seu medo. Resolveu mudar de estratégia e tomar um rumo bem diferente.

– O que você pode me dizer sobre a mãe de Brenda?

Mabel enrijeceu o corpo, deixou cair o trabalho de tricô no colo e os óculos voltaram a se alojar nos seios.

– Por que raios você quer saber isso?

– Há poucos minutos, contei que alguém arrombou o apartamento de seu irmão.

– Eu lembro.

– As cartas que a mãe de Brenda escreveu para ela desapareceram. E Brenda tem recebido ameaças por telefone. Num dos telefonemas, lhe ordenaram que ligasse para a mãe.

A expressão do rosto de Mabel se abrandou. Seus olhos ganharam um brilho.

Depois de um tempo, Myron perguntou:

– Você se lembra do dia em que ela fugiu?

A visão dela voltou a entrar em foco.

– Você não esquece o dia da morte do irmão. – Sua voz era quase um sussurro. Ela balançou a cabeça. – Não consigo entender que importância tem tudo isso. Anita se foi há vinte anos.

– Por favor, Sra. Edwards, me conte tudo o que lembra.

– Não há muito a dizer. Ela deixou um bilhete para meu irmão e foi embora.

– A senhora se recorda do bilhete?

– Ela falava que não o amava mais, que desejava uma nova vida.

Mabel tirou um lenço da bolsa e o embolou na mão.

– Pode me descrever como ela era?

– Anita? – Ela sorriu. – Eu os apresentei, sabe? Anita e eu trabalhávamos juntas.

– Onde?

– Na propriedade dos Bradfords. Éramos empregadas. Muito jovens, mal tínhamos 20 anos. Só trabalhei lá durante seis meses. Mas Anita ficou lá seis anos; foi escravizada por aquela gente. Principalmente pela velha senhora. Atualmente, a mulher deve ter uns 80. Moravam todos lá: filhos, netos, irmãos, irmãs. Como no seriado *Dallas*. Não acho que seja uma coisa saudável. Você acha?

Myron não respondeu. A Sra. Edwards prosseguiu:

– Enfim, quando conheci Anita, pensei que ela era uma jovem muito agradável, só que... – Ela fitou o nada, como se procurasse as palavras certas, depois balançou a cabeça. – Bem, ela era bonita demais. Beleza desse tipo vira a cabeça de um homem, Myron. Brenda é atraente. É... exótica, acho que é assim que falam. Mas Anita... Espere aí, vou pegar uma foto para você ver.

Mabel se levantou devagar e saiu da sala. Apesar de seu tamanho avantajado, ela se movia com a graça de um atleta. Horace também se movimentava assim, mesclando magnitude com finesse de uma forma quase poética. Mabel logo voltou com uma fotografia. Myron a olhou.

Ele foi nocauteado pela imagem e ficou sem ar. Dava para entender o poder que uma mulher como aquela exercia sobre um homem. Jessica tinha aquele tipo de beleza. Era inebriante e um pouco assustador.

Brenda devia ter ali 4 ou 5 anos e segurava a mão da mãe, exibindo um sorriso luminoso. Myron tentou imaginá-la sorrindo daquela forma agora, mas em vão. As duas se pareciam, mas, como Mabel observara, Anita era sem dúvida mais bonita – pelo menos segundo o padrão de beleza convencional –, seus traços mais pronunciados e definidos, ao passo que Brenda tinha feições mais largas, quase desproporcionais.

– Anita apunhalou Horace quando foi embora – continuou Mabel. – Ele e Brenda nunca se recuperaram. Ela era apenas uma menininha. Ao longo de três anos, chorou todas as noites. Mesmo durante o ensino médio, Horace dizia que ela chamava pela mãe enquanto dormia.

Myron ergueu os olhos.

– Talvez ela não tenha fugido.

Mabel estreitou os olhos.

– Como assim?

– Talvez ela tenha sido vítima de uma armação.

Um sorriso triste surgiu no rosto de Mabel.

– Eu entendo – disse ela em tom suave. – Você olha para essa foto e não consegue se conformar. Você não acredita que uma mãe seja capaz de abandonar essa doce criança. Eu sei. É difícil. Mas foi o que ela fez.

– O bilhete pode ter sido forjado – arriscou Myron. – Para desnortear Horace.

Mabel balançou a cabeça.

– Não.

– A senhora não pode ter certeza...

– Anita liga para mim.

Myron gelou.

– O quê?

– Não com tanta frequência. Mais ou menos de dois em dois anos. Ela pergunta por Brenda. Eu lhe peço que volte. Ela desliga.

– A senhora sabe de onde ela telefona?

Mabel negou.

– No começo, parecia ser de muito longe. Havia estática. Sempre imaginei que ela estava no estrangeiro.

– Qual foi a última vez que ela ligou?

– Três anos atrás. Eu lhe contei que Brenda entrara na faculdade de medicina.

– Depois disso, nada?

– Nem uma palavra.

– E você tem certeza de que era ela? – Myron percebeu que estava forçando a barra.

– Sim, era Anita.

– Horace sabia desses telefonemas?

– A princípio, eu lhe contava. Era como remexer numa ferida ainda não cicatrizada. Então parei. Mas talvez ela ligasse para ele também.

– Por que a senhora acha isso?

– Ele tocou no assunto uma vez quando estava bêbado. Perguntei sobre isso depois e ele negou, então não insisti. Você deve compreender, Myron: nós nunca falávamos sobre Anita. Mas ela sempre estava presente. Entende o que quero dizer?

O silêncio pairou como uma nuvem entre eles, encobrindo tudo. Myron esperou que se dispersasse, mas ela permaneceu ali, densa e pesada.

– Estou muito cansada. Podemos falar mais sobre isso outra hora?

– Ah, claro. – Ele se levantou. – Caso seu irmão volte a ligar...

– Ele não vai ligar. Ele acha que grampearam a linha. Faz quase uma semana que não fala comigo.

– Sabe onde ele está, Sra. Edwards?

– Não. Horace disse que assim é mais seguro.

Myron pegou um cartão comercial e uma caneta e rabiscou o número do seu celular.

– A senhora pode me ligar a qualquer hora.

Ela assentiu, exausta, o simples ato de estender a mão lhe custando um grande esforço.

capítulo 8

– NÃO FUI TOTALMENTE SINCERO com você ontem.

Zuckerman e Myron estavam sentados sozinhos no alto da arquibancada. Lá embaixo, os New York Dolphins treinavam. Myron estava impressionado: as mulheres moviam-se com elegância e vigor. Um tanto sexista, como Brenda o acusara, ele esperava que seus movimentos fossem mais desajeitados, correspondendo ao estereótipo de arremessar "feito uma mocinha".

– Quer ouvir uma coisa engraçada? – perguntou Zuckerman. – Odeio esportes. Eu, dono da Zoom, o rei do material esportivo, detesto tudo o que tem a ver com bola, taco, cesta, qualquer coisa do tipo. Sabe por quê?

Myron fez que não com a cabeça.

– Sempre me dei mal nos esportes. Um pereba, como se diz. Já meu irmão mais velho, Herschel, era um verdadeiro atleta. – Ele desviou o olhar. Quando recomeçou a falar, sua voz estava rouca: – Tão talentoso, o doce Herschel. Você me lembra ele, Myron. Não estou falando só por falar. Ainda sinto falta dele. Morreu aos 15 anos.

Myron não precisava perguntar como. Toda a família dele fora exterminada em Auschwitz. Só Norm havia escapado. Fazia calor e Zuckerman estava de mangas curtas. Myron via sua marca do campo de concentração. Sempre que fitava uma, mergulhava num silêncio respeitoso.

– Essa liga – Zuckerman indicou a quadra – não tem muita chance de dar um bom retorno... Percebi isso desde o começo. É por isso que associo a promoção da liga ao vestuário. Se a ABPF for um fracasso, bem, pelo menos as roupas da Zoom terão tido uma grande divulgação. Entende o que quero dizer?

– Sim.

– E vamos ser francos: sem Brenda, o investimento se perde. A liga, os patrocínios, as vendas casadas com as roupas, tudo vai por água abaixo. Para destruir minha empresa, é só atacar Brenda.

– E você acha que alguém quer fazer isso?

– Você está brincando? Todo mundo quer fazer isso. Nike, Converse, Reebok, todos. É a lei da selva. Se eu estivesse no lugar deles, iria desejar a mesma coisa. Isso se chama capitalismo. É a economia do vale-tudo. Mas esse caso é diferente, Myron. Já ouviu falar na LPBF?

– Não.

– Não era mesmo para ter ouvido. Por enquanto. É a sigla de Liga Profissional de Basquete Feminino.

Myron endireitou o corpo.

– Uma segunda liga de basquete feminino?

Zuckerman aquiesceu.

– Pretendem começar no próximo ano.

Na quadra, Brenda pegou a bola e avançou para a linha de fundo. Uma jogadora pulou para interceptar o lançamento. Brenda fingiu que ia saltar, deslizou para baixo da cesta e fez a conversão. Um balé improvisado.

– Deixe-me adivinhar – disse Myron. – A outra liga está sendo organizada pela TruPro.

– Como você sabe?

Myron deu de ombros. As coisas começavam a se encaixar.

– Escute, Myron, é como falei: o basquete feminino é difícil de vender. Eu o estou promovendo para públicos muito diversificados: fanáticos por esportes, mulheres entre 18 e 35 anos, famílias que desejam algo mais delicado, fãs que querem atletas mais acessíveis. Mas, no fim das contas, há um problema que essa liga nunca vai superar.

– Qual?

Zuckerman mais uma vez indicou a quadra lá embaixo.

– Elas não são tão boas quanto os homens. Não digo isso por machismo. É a realidade. Os homens são melhores. A melhor jogadora da equipe não poderia competir com o pior jogador da NBA. Quando as pessoas assistem a esporte profissional, querem o melhor. Não estou dizendo que esse problema vai nos arruinar. Acho que podemos construir uma boa base de fãs. Mas precisamos ser realistas.

Myron massageou as têmporas. Ele sentia que uma dor de cabeça chegaria em breve. A TruPro queria criar uma liga. Fazia sentido. As agências esportivas estavam seguindo esse caminho, com o objetivo de monopolizar os mercados. A IMG, uma das maiores do mundo, tinha controle absoluto de determinados eventos de golfe. Se você quer ter o domínio de um evento ou dirigir uma liga, pode ganhar dinheiro de várias maneiras. Sem contar os diversos clientes que pode conquistar. Se um jovem golfista, por exemplo, quiser se classificar para os grandes eventos da IMG, você não acha que ele gostaria de ser representado pela IMG?

– Myron?

– Sim, Norm.

– Você conhece bem essa TruPro?

Myron assentiu.

– Ah, claro.

– Eu tenho hemorroidas mais antigas que esse menino que querem pôr à frente da liga. Você precisava vê-lo. Ele vem até mim, aperta minha mão e me dá um sorriso gélido. Então, diz que vão acabar comigo. Assim mesmo. "Olá, vou varrer você da face da Terra." – Zuckerman encarou Myron. – Será que ele tem, você sabe, conexões perigosas?

– Ah, claro.

– Bom. Muito bom.

– O que você quer fazer, Norm?

– Não sei. Não vou me esconder. Já fiz muito isso em minha vida. Mas se estou expondo essas garotas ao perigo...

– Esqueça que são mulheres.

– O quê?

– Faça de conta que se trata de uma liga masculina.

– Você acha que isso tem a ver com gênero? Eu também não deixaria homens em perigo.

– Ok. A TruPro disse mais alguma coisa?

– Não.

– Nenhuma ameaça?

– Só o menino com aquela história de acabar comigo. Mas você não acha que eles são os responsáveis pelas ameaças?

Myron achou que fazia sentido. De fato, velhos gângsteres haviam mudado para negócios mais legítimos. Por que se limitar a prostituição, drogas e agiotagem se havia outras tantas maneiras de ganhar dinheiro? Porém, mesmo com as melhores intenções, nunca dava certo. Sujeitos como os Aches não conseguiam se conter. Começavam dentro da legalidade, mas, quando as coisas se complicavam um pouco, perdiam um contrato, uma venda ou outra coisa, voltavam aos velhos métodos. A corrupção também era um vício. Mas onde estavam os grupos de apoio aos dependentes?

A TruPro logo iria perceber que precisava afastar Brenda da competição. Por isso começara a pressionar, primeiro o agente – o pai dela –, depois a própria Brenda. A velha tática da intimidação. Mas essa hipótese tinha alguns problemas. Por exemplo, onde se encaixavam os telefonemas que mencionavam a mãe de Brenda?

A técnica tocou o apito encerrando o treino. Ela reuniu as jogadoras à sua volta, lembrou-lhes que deviam voltar dentro de duas horas para a segunda atividade, elogiou o dinamismo delas e dispensou-as batendo palmas.

Myron esperou que Brenda tomasse banho e se vestisse, o que não demorou muito. Ela apareceu com uma camiseta vermelha comprida e jeans preto, os cabelos ainda molhados.

– Tia Mabel sabe de alguma coisa? – perguntou.

– Sim.

– Ela tem notícias de meu pai?

Myron anuiu.

– Ela disse que ele está fugindo. Dois homens foram procurá-lo na casa dela e a maltrataram um pouco.

– Meu Deus, ela está bem?

– Sim.

Ela balançou a cabeça.

– Do que ele está fugindo?

– Mabel não sabe.

Brenda o fitou e aguardou.

– O que mais?

Myron pigarreou.

– Não podemos ficar parados.

Ela continuou encarando-o. Myron voltou-se e dirigiu-se ao próprio carro. Brenda o seguiu.

– Então, para onde estamos indo? – perguntou ela.

– Pensei em darmos um pulo no St. Barnabas para conversar com o chefe de seu pai.

Ela o alcançou.

– Você acha que ele sabe de alguma coisa?

– Muito improvável. Mas é assim que eu trabalho: cutuco aqui e ali, esperando que algo venha à tona.

Ao chegarem ao carro, Myron destravou as portas e os dois entraram.

– Eu devia lhe pagar por suas horas de trabalho – disse ela.

– Não sou detetive particular, Brenda. Não trabalho por hora.

– De qualquer forma, eu devia pagar.

– Isso faz parte da conquista de clientes.

– Você quer ser meu agente?

– Sim.

– Você não tentou me persuadir nem me pressionar.

– Se eu tivesse feito isso, iria adiantar?

– Não.

Myron assentiu e deu a partida.

– Ok, temos alguns minutos – falou ela. – Me diga por que eu deveria escolher você, e não um dos figurões? Por causa dos serviços pessoais?

– Depende do que você entende por serviços pessoais. Se você quer dizer alguém seguindo-a grudado no seu traseiro, então não, os figurões são melhores nisso. Eles têm mais pessoal.

– Então o que Myron Bolitar oferece?

– Um pacote abrangente projetado para maximizar seus ativos, deixando margem para integridade e uma vida pessoal.

– Que enrolação.

– Sim, mas soa bem. A MB Representações Esportivas se baseia em três eixos. O primeiro é ganhar dinheiro. Eu me encarrego de negociar todos os contratos. Estarei em busca de novos patrocínios para você e, sempre que possível, nos esforçaremos para que consiga o melhor pagamento por seus serviços. Você vai ganhar um bom dinheiro trabalhando para a associação de basquete, mas vai conseguir muito mais com patrocínios. Nesse campo, você vai obter um grande número de vantagens.

– Por exemplo?

– Três coisas que me vêm à cabeça. Primeiro, você é a melhor jogadora de basquete do país. Segundo, está cursando medicina, se especializando em nada menos que pediatria, logo é um exemplo, um modelo. Terceiro, você tem uma ótima aparência.

– Você esqueceu uma coisa.

– O quê?

– Quarto, essa eterna preferência dos homens brancos: facilidade de se expressar. Você já ouviu alguém falar que uma atleta branca se expressa bem?

– Para falar a verdade, sim. Foi por isso que deixei isso fora da lista. Mas claro que é um bônus. Se você é uma pessoa espontânea, isso aumenta os ganhos. Simples assim.

Brenda aquiesceu.

– Continue.

– No seu caso, precisamos bolar uma estratégia. É evidente que você exerce um tremendo fascínio sobre fabricantes de roupas e de tênis. Mas você também poderia se associar a produtos alimentícios. A cadeias de restaurantes.

– Por quê? Porque sou grande?

– Porque você não é uma pessoa qualquer – esclareceu Myron. – Você é autêntica. Os patrocinadores gostam disso... principalmente quando vem num pacote exótico. Querem alguém atraente mas acessível. E você tem essas qualidades. As empresas de cosméticos também vão querer. Também podíamos fechar muitos negócios locais, mas no começo acho melhor não. Tente prender-se a princípio aos mercados nacionais. Não vale a pena correr atrás de cada centavo. Mas isso ficará a seu critério. Vou apresentá-los a você. A decisão final será sempre sua.

– Tudo bem. Agora me fale do segundo eixo.

– É o que você faz com o dinheiro depois de ganhá-lo. Você já ouviu falar da Lock-Horne Seguros e Investimentos?

– Claro.

– Pedimos a todos os nossos clientes que façam um plano de consultoria financeira com o homem que está à frente da empresa, Windsor Horne Lockwood III.

– Belo nome.

– Espere até conhecê-lo. Mas pode sondar por aí. Win é considerado um dos melhores consultores financeiros do país. Eu insisto que todos os clientes entrem em contato com ele uma vez a cada três meses. Não por fax ou telefone, mas pessoalmente, para examinar suas carteiras de títulos. Muitos atletas obtiveram grandes vantagens com isso. Neste caso, isso não vai acontecer porque eu ou Win cuidaremos do seu dinheiro, mas porque *você* cuidará.

– Impressionante. Terceiro eixo?

– Esperanza Diaz. Ela é meu braço direito e lida com todo o restante. Já disse que não sou muito bom em grudar nas pessoas, o que é verdade. Mas a realidade é que esse negócio exige que eu assuma um monte de papéis: agente de viagens, conselheiro matrimonial, motorista de limusine, o diabo.

– E Esperanza o ajuda em tudo isso?

– Ela é crucial.

Brenda assentiu.

– Tenho a impressão de que você deixa os pepinos na mão dela.

– Na verdade, Esperanza acaba de se formar em direito. – Ele tentou não se mostrar muito na defensiva, mas as palavras de Brenda tinham sido certeiras. – A cada dia, ela assume novas responsabilidades.

– Certo. Uma pergunta.

– O quê?

– Por que você não me falou sobre a visita a Mabel?

Myron ficou calado.

– Tem a ver com a minha mãe, não tem?

– Não é bem isso. É só que... – Ele deixou a frase morrer antes de recomeçar a falar: – Você tem certeza de que deseja que eu a encontre, Brenda?

Ela cruzou os braços e balançou a cabeça devagar em reprovação.

– Pare com isso.

– Com o quê?

– Eu sei que você acha que me proteger é doce e nobre, mas está enganado. É irritante e ofensivo. Então, pare com isso. Agora. Se sua mãe tivesse fugido quando você tinha 5 anos, você não gostaria de saber o que aconteceu?

Myron pensou um pouco e concordou.

– Entendido. Não vou fazer mais isso.

– Ótimo. Então, o que Mabel disse?

Ele contou toda a conversa. Brenda só reagiu no momento em que ele falou dos telefonemas de sua mãe para Mabel e, talvez, para Horace:

– Eles nunca me falaram nada. Eu desconfiava, mas... Parece que você não é o único a achar que eu não consigo enfrentar a verdade.

Os dois se mantiveram em silêncio, continuando a viagem. Antes de dobrar à esquerda, saindo da Northfield Avenue, Myron notou um Honda Accord cinza no retrovisor. Pelo menos parecia esse modelo. Para Myron, todos os carros eram iguais. Talvez eles estivessem sendo seguidos. Myron reduziu a velocidade e memorizou a placa: 890UB3, de Nova Jersey. Quando ele entrou no estacionamento do St. Barnabas, o automóvel seguiu em frente. Aquilo não significava nada. Se o cara que os seguia fosse bom, não iria parar atrás dele.

O St. Barnabas estava maior do que na infância de Myron, mas isso também era verdade para todos os hospitais. Seu pai o levara lá muitas vezes por causa de torsões, para dar pontos e fazer raios X e até para uma internação de dez dias devido a febre reumática, aos 12 anos.

– Deixe-me falar com o cara sozinho – pediu Myron.

– Por quê?

– Você é a filha. Ele pode falar mais livremente sem a sua presença.

– Certo, tudo bem. Estou acompanhando alguns pacientes no quarto andar. Depois nos encontramos no saguão.

Calvin Campbell estava na central de segurança, sentado atrás de uma bancada alta, com vários monitores de televisão ligados. As imagens eram em preto e branco e, pelo que Myron pôde ver, não mostravam nada de incomum. Campbell estava com os pés para o alto, devorando um sanduíche um pouco maior que um taco de beisebol. Ele tirou o chapéu, semelhante ao dos policiais, revelando cabelos brancos encaracolados.

Myron lhe perguntou sobre Horace Slaughter.

– Ele faltou três dias seguidos – informou Campbell. – Não ligou nem nada. Então, eu o chutei.

– Como?

– Ahn?

– Como você o demitiu? Pessoalmente? Por telefone?

– Bem, tentei ligar para ele, mas ninguém atendeu. Aí escrevi uma carta.

– Com confirmação de recebimento?

– Sim.

– Ele assinou?

Campbell deu de ombros.

– Ainda não a vi, se é o que você quer saber.

– Horace era um bom funcionário?

Calvin apertou os olhos.

– Você é detetive particular?

– Mais ou menos.

– Está trabalhando para a filha dele?

– Sim.

– Ela tem prestígio. Quero dizer... a princípio, eu não queria contratar o cara.

– Então por que fez isso?

Ele fechou a cara.

– Você não ouviu? A filha dele tem prestígio. Ela é próxima de alguns figurões daqui. Todo mundo gosta dela. Aí você começa a escutar coisas. Boatos, sabe? Então eu pensei: que diabo! Ser segurança não é fazer cirurgia de cérebro. Aí eu o contratei.

– Que tipo de boatos?

– Ei, não me meta nessa história. – Ele ergueu as mãos espalmadas. – Só estou dizendo o que as pessoas comentam. Estou aqui há dezoito anos. Não gosto de criar confusão. Mas, quando um cara não vem trabalhar, bem... tenho que impor limites.

– Você sabe de mais alguma coisa?

– Negativo. Ele veio. Fez seu trabalho direito, acho. Então não apareceu mais e eu o demiti. Fim da história.

Myron balançou a cabeça.

– Obrigado pela atenção.

– Ei, cara, pode me fazer um favor?

– O quê?

– Veja se Brenda pode desocupar o armário dele. Contratei um sujeito para a vaga e vou precisar do espaço.

◆ ◆ ◆

Myron pegou o elevador e subiu até o andar da pediatria. Ele contornou o posto de enfermagem e viu Brenda através de uma vidraça. Ela estava sentada na cama de uma menina que devia ter no máximo 7 anos. Myron parou por um instante e ficou observando. Brenda usava jaleco branco, um estetoscópio em volta do pescoço. A menina disse algo. Brenda sorriu e pôs o aparelho no ouvido dela. As duas riram. Brenda fez um aceno para trás e os pais da garota se juntaram a elas, parecendo desconsolados: faces encovadas, olhos vazios de quem está irremediavelmente dilacerado. Brenda lhes falou alguma coisa. Mais risos. Myron continuava olhando, fascinado.

Ao sair do quarto, Brenda foi direto até ele.

– Há quanto tempo você está aqui?

– Há um ou dois minutos – respondeu Myron. – Você gosta disso aqui.

Ela assentiu.

– É ainda melhor do que estar na quadra.

Brenda não precisava dizer mais nada.

– Então, o que você manda? – perguntou ela.

– Seu pai tem um armário aqui.

Eles pegaram o elevador e desceram ao porão. Campbell estava esperando.

– Você sabe a combinação? – indagou.

Brenda negou.

– Não tem problema – disse ele, já com um cano de chumbo na mão.

Com uma precisão bem-treinada, ele golpeou o cadeado, que se quebrou como vidro.

– Vocês podem usar essa caixa de papelão vazia ali no canto – informou ele, e foi embora.

Brenda encarou Myron, que assentiu. Ela abriu o armário. De dentro, veio um cheiro de meias sujas. Myron fez uma careta e olhou para dentro. Usando o indicador e o polegar, pegou uma camisa tão imunda que parecia estar pronta para aqueles testes de propaganda de sabão em pó.

– Papai não era muito bom em matéria de higiene – comentou Brenda.

Nem em matéria de jogar lixo fora, pelo visto. O armário inteiro parecia uma versão condensada de um alojamento de estudantes. Havia roupas sujas, latas de cerveja vazias, jornais velhos e até uma caixa de pizza. Brenda pegou a caixa e os dois começaram a amontoar as coisas nela. Myron começou por uma calça de uniforme. Perguntou-se se ela pertenceria a Horace ou ao hospital. Depois percebeu que aquilo era irrelevante. Enfiou a mão nos bolsos da roupa e tirou uma bola de papel amassado.

Myron desamassou o papel. Um envelope. Ele tirou de dentro uma folha e começou a ler.

– O que é isso? – perguntou Brenda.

– Uma carta de um advogado – respondeu Myron, passando-lhe o papel.

Caro Sr. Slaughter,

Estamos de posse das cartas e cientes de seus constantes contatos com este escritório. Como lhe foi explicado pessoalmente, o assunto sobre o qual o senhor indaga é confidencial. Solicitamos a gentileza de parar de buscar contato conosco. Seu comportamento beira o assédio.

Atenciosamente,

Thomas Kincaid

– Você sabe a que isso se refere? – perguntou Myron.

Ela hesitou.

– Não – respondeu ela devagar. – Mas esse nome, Thomas Kincaid, não me é estranho... Só não consigo lembrar por quê.

– Talvez ele tenha trabalhado para seu pai.

Brenda negou.

– Acho que não. Não me lembro de meu pai alguma vez ter contratado um advogado. E, se tivesse, dificilmente teria ido procurá-lo em Morristown.

Myron pegou o celular e discou para o escritório. Big Cyndi atendeu e passou a ligação para Esperanza.

– O que foi? – atendeu ela. Sempre delicada.

– Lisa mandou por fax a conta de telefone de Horace?

– Está bem na minha frente – disse Esperanza. – Eu a estava examinando agora.

Por mais assustador que possa parecer, conseguir a lista das chamadas de uma pessoa é muito fácil. Quase todos os detetives particulares têm uma fonte na companhia telefônica. Custa apenas uma pequena propina.

Myron fez um gesto pedindo a carta de volta. Brenda passou-a para ele, então se ajoelhou e puxou uma sacola plástica do fundo do armário. Myron olhou o número do escritório de Kincaid na carta.

– Na conta aparece o número 555-1908? – perguntou.

– Sim. Oito vezes. Em menos de cinco minutos.

– Mais alguma coisa?

– Ainda não terminei de verificar todos os números.

– Alguma coisa chama a atenção?

– Talvez – disse Esperanza. – Sabe-se lá por quê, ele ligou para o comitê eleitoral de Arthur Bradford algumas vezes.

Myron estremeceu. Novamente aquele tenebroso nome. Arthur Bradford, um de dois filhos pródigos, concorria a governador em novembro.

– Ok, ótimo. Mais alguma coisa?

– Ainda não. E não encontrei *nada* sobre Anita Slaughter.

Nenhuma surpresa.

– Tudo bem, obrigado.

Ele desligou.

– O que é?

– Seu pai andou telefonando muito para esse Kincaid. Ele ligou também para o comitê eleitoral de Arthur Bradford.

Ela pareceu confusa.

– E o que isso significa?

– Não sei. Seu pai se metia em política?

– Não.

– Ele conhecia Arthur Bradford ou alguém envolvido na campanha?

– Não que eu soubesse.

Brenda abriu o saco de lixo e olhou para dentro, o rosto inexpressivo.

Myron ajoelhou-se ao lado dela. Brenda mostrou o conteúdo. Uma camisa de árbitro, com listras brancas e pretas. No bolso direito do peito havia uma estampa onde se lia "Associação de Juízes de Basquete de Nova Jersey". No lado esquerdo, uma grande mancha cor de carmim.

Uma mancha de sangue.

capítulo 9

– A GENTE DEVIA CHAMAR A POLÍCIA – opinou Myron.

– E falar o que a eles?

Myron não sabia ao certo. A camisa ensanguentada não tinha nenhum buraco e a mancha era uma marca concentrada, em forma de leque. Como fora parar ali? Boa pergunta. Sem querer adulterar e inutilizar qualquer pista possível, Myron fez um exame superficial. A mancha era espessa e parecia um pouco pegajosa, se não úmida. Como a roupa fora embrulhada num saco, era difícil dizer desde quando o sangue estava ali. Provavelmente não fazia muito tempo.

E agora?

A posição da própria mancha era desconcertante. Se Horace estivesse usando a camisa, como ela teria ido parar bem naquele lugar? Se, por exemplo, lhe tivessem quebrado o nariz ou ele tivesse machucado alguém, a mancha seria mais espalhada. Se ele tivesse levado um tiro, haveria um buraco.

Por que a mancha estava tão concentrada naquele lugar?

Myron voltou a examinar a camisa. Só uma hipótese fazia sentido: Horace *não* estava usando a camisa quando ocorreu o ferimento. Estranho, porém era o mais provável. A camisa fora usada como uma atadura, para estancar o sangue. Isso explicaria tanto a posição quanto a concentração. O formato indicava a possibilidade de ter sido pressionada contra um nariz ensanguentado.

Bom, aquilo não o ajudava em nada.

Brenda interrompeu seus pensamentos:

– O que vamos dizer à polícia?

– Não sei.

– Você acha que ele está fugindo, não é?

– Sim.

– Talvez não queira ser encontrado.

– É quase certo.

– E sabemos que ele fugiu porque quis. Então, o que vamos falar? Que achamos sangue numa camisa em seu armário? Você acha que a polícia vai se importar?

– Nem um pouco – concordou Myron.

Eles terminaram de esvaziar o armário. Em seguida, Myron a levou para o último treino. No caminho, ficou de olho no retrovisor, procurando o Honda Accord cinza. Havia muitos, mas nenhum com a mesma placa.

Ele a deixou no ginásio e pegou a Palisades Avenue rumo à Biblioteca Pública de Englewood. Precisava fazer hora e pesquisar sobre a família Bradford.

A biblioteca ficava na Grand Avenue, perto da Palisades, e se assemelhava a uma espaçonave desengonçada. Quando foi construída, em 1968, o edifício certamente foi elogiado por seu design suave e futurista; agora, parecia um objeto não aprovado para o cenário de um filme de ficção científica.

Myron logo localizou uma bibliotecária que se encaixava bem no estereótipo da profissão: coque grisalho, óculos, colar de pérolas, corpo quadrado. Na placa em sua mesa se lia: "Sra. Kay". Ele se aproximou dela com seu sorriso moleque, do tipo que normalmente fazia as senhoras lhe beliscarem as bochechas e oferecer suco de maçã.

– Espero que possa me ajudar.

A expressão da Sra. Kay era típica dos bibliotecários, circunspecta e cansada, como um policial ciente de que você vai mentir sobre a velocidade em que estava dirigindo.

– Gostaria de consultar matérias do *Jersey Ledger* de vinte anos atrás.

– Microfilmes – falou a Sra. Kay. Ela se pôs de pé suspirando fundo e levou-o a uma máquina. – Você está com sorte.

– Como assim?

– Acabaram de digitalizar um índice. Antes disso, você tinha que se virar sozinho.

A Sra. Kay mostrou-lhe como usar o aparelho de microfilmes e o serviço de indexação do computador. Parecia não haver muito mistério. Quando ela se afastou, Myron digitou "Anita Slaughter". Nenhuma entrada. Não era de estranhar, mas... nunca se sabe. Às vezes você dá sorte. Às vezes você insere um nome e aparece uma matéria que diz: "Eu fugi para Florença, Itália. Você pode me encontrar no hotel Plaza Lucchesi, perto do rio Arno, quarto número 218." Bem, não é muito frequente. Mas às vezes acontece.

Ao escrever "Bradford", apareceram zilhões de entradas. Myron não tinha certeza do que estava procurando. Sabia quem eram os Bradfords, claro. Eles pertenciam à aristocracia de Nova Jersey, a coisa mais próxima dos Kennedys que esse estado tinha. O Velho Bradford fora governador no final da década de 1960 e seu filho mais velho, Arthur, atualmente disputava o mesmo cargo. O caçula, Chance – Myron poderia zombar do nome, mas quando a pessoa se chama Myron... –, era quem coordenava a campanha.

Os Bradfords eram de origem bastante modesta. O Velho Bradford viera do meio rural e fora dono de metade de Livingston, que na década de 1960 era considerada uma roça. Ao longo dos anos, vendeu-a em pequenos lotes a empreendedores, que construíram casas para os *baby boomers* que fugiam de Newark, do Brooklyn e lugares próximos. Myron crescera numa dessas casas, que ficava numa terra antes pertencente à gleba de Bradford.

Contudo, o Velho Bradford fora mais esperto que a maioria. Ele reinvestia o dinheiro em sólidos negócios locais, em geral pequenos centros comerciais, e foi vendendo suas terras aos poucos, e não de uma vez só. Mantendo a posse por mais tempo, tornou-se um verdadeiro magnata, uma vez que os preços subiam numa velocidade assustadora. Casou-se com uma aristocrata de Connecticut, que reformou a velha casa de fazenda, fazendo dela uma espécie de monumento à exorbitância, e lá permaneceram, separada de uma enorme extensão de terras. Eles eram a mansão na colina, rodeada por centenas de casas de classe média padronizadas: lordes feudais olhando de cima seus serviçais. Ninguém na cidadezinha conhecia de fato os Bradfords. Na infância, Myron e seus amigos se referiam à família apenas como "os milionários". Eles eram objeto de muitas histórias lendárias. Dizia-se que quem subisse na cerca deles seria alvejado por guardas. Dois alunos do sexto ano fizeram essa grave advertência a um Myron de olhos arregalados, quando ele tinha 7 anos. É claro que ele acreditava piamente nisso. Fora a Dona Morcega – que vivia numa casa arruinada perto do campo da liga infantil de beisebol e raptava meninos e os comia –, ninguém era mais temido que os Bradfords.

Myron tentou limitar a pesquisa sobre os Bradfords a 1978, o ano em que Anita desaparecera, mas ainda assim havia milhões de entradas. A maioria do mês de março, sendo que Anita fugira em novembro. Uma lembrança parecia querer vir à tona, mas em vão. Naquela época, ele estava começando o ensino médio e houvera algo no noticiário sobre os Bradfords. Algum escândalo. Ele colocou o microfilme na máquina com certa dificuldade. Myron tinha sérios problemas para lidar com qualquer coisa mecânica – culpava seus ancestrais por isso –, logo levou mais tempo do que devia. Depois de algumas tentativas, Myron conseguiu ler algumas matérias e não demorou a encontrar um obituário: "Elizabeth Bradford, 30 anos. Filha de Richard e Miriam Worth. Esposa de Arthur Bradford. Mãe de Stephen Bradford..."

A causa da morte não era informada. Mas Myron se lembrava da história. Na verdade, ela fora apresentada em nova versão pela imprensa, não fazia muito tempo, por causa da disputa governamental. Arthur Bradford agora era um viúvo de 52 anos que, pelo que se dizia, ainda chorava a jovem esposa morta. Ele namorava, claro, mas, supostamente, nunca se recuperara da perda; aquilo representava um belo e notório contraste com o currículo de seu adversário político, Jim Davison, que se casara três vezes. Myron se perguntava se havia alguma verdade naquilo. Arthur Bradford era considerado um tanto cruel. Por mais mórbido que fosse, não existia melhor maneira de compensar essa imagem do que ressuscitar uma esposa morta.

Quem podia saber ao certo? A política e a imprensa: duas instituições estimadas de línguas bifurcadas. Arthur Bradford recusava-se a falar sobre a esposa e isso tanto podia significar um pesar genuíno quanto uma inteligente manipulação da mídia. Seria cinismo, mas era assim que as coisas funcionavam.

Myron continuou a examinar as velhas reportagens. A história foi tema de três primeiras páginas consecutivas em março de 1978. Arthur e Elizabeth namoravam desde o tempo da universidade e ficaram casados durante seis anos. Todos diziam tratar-se de um "casal apaixonado", uma dessas expressões da mídia que se igualavam a chamar todos os jovens falecidos de estudantes exemplares. A Sra. Bradford caíra de uma varanda do terceiro andar de sua mansão, batendo de cabeça num chão de tijolos. Não havia mais detalhes. Uma investigação da polícia concluiu se tratar de um trágico acidente. A varanda era ladrilhada e escorregadia. Tinha chovido e estava escuro. Uma parede estava sendo reconstruída e não oferecia segurança em determinados pontos.

Tudo excessivamente claro.

A imprensa se mostrou bastante complacente com os Bradfords. Myron agora se lembrava dos boatos óbvios que corriam na escola. Que diabo ela estava fazendo na varanda num mês de março? Será que estava bêbada? Talvez. De que outra maneira uma pessoa pode cair da própria varanda? É claro que algumas pessoas levantaram a possibilidade de ela ter sido empurrada. A história foi o assunto das conversas no refeitório por pelo menos dois dias.

Mas isso era o ensino médio. Os hormônios logo fizeram valer sua força e todo mundo voltou o interesse ao sexo oposto. Ah, a doce juventude...

Myron se recostou na cadeira e encarou a tela. Pensou novamente na recusa de Arthur Bradford em discutir o assunto. Talvez ele não quisesse que algo aflorasse vinte anos depois.

Humm. Certo, Myron, com certeza. E talvez ele tivesse raptado o bebê de Lindbergh. Atenha-se aos fatos. Primeiro, Elizabeth morreu há vinte anos. Segundo, não havia o menor indício de que sua morte não tenha sido um mero acidente. Terceiro e mais importante para Myron: tudo isso acontecera nove meses antes da fuga de Anita.

Conclusão: não havia a mais leve sombra de uma relação entre uma coisa e outra.

Pelo menos até aquele momento.

A garganta de Myron já estava seca. Ele continuou lendo a reportagem de 18 de março de 1978, publicada no *Jersey Ledger*. A matéria de capa ia até a página oito. Myron girou a manivela da máquina. Ela rangeu em protesto, mas seguiu em frente.

E lá estava. Perto do canto direito. Uma linha. Nada que pudesse chamar a atenção de alguém: "O corpo da Sra. Bradford foi descoberto no pátio de tijolos no fundo da propriedade da família, às 6h30, por uma empregada que chegava para trabalhar."

Uma empregada que chegava para trabalhar. Myron imaginava quem fosse.

capítulo 10

MYRON LIGOU IMEDIATAMENTE para Mabel Edwards.

– Você se lembra de Elizabeth Bradford? – perguntou.

– Sim – disse ela após uma breve hesitação.

– Foi Anita que encontrou o corpo dela?

Uma pausa ainda maior.

– Sim.

– O que ela lhe contou sobre isso?

– Espere um pouco. Eu pensei que você queria ajudar Horace.

– Eu quero.

– Então por que você está perguntando sobre a pobre mulher? – Mabel parecia ligeiramente incomodada. – Ela morreu há mais de vinte anos.

– É um pouco complicado explicar.

– Não tenho dúvida. – Ele a ouviu respirar fundo. – Agora eu quero a verdade. Você a está procurando também, não é? Anita?

– Sim, senhora.

– Por quê?

Boa pergunta. Mas, quando examinada de perto, a resposta era simples.

– Por causa de Brenda.

– Encontrar Anita não vai ajudar em nada essa moça.

– Diga isso a ela.

Ela deu um riso seco.

– Brenda é muito cabeça-dura – replicou Mabel.

– Deve ser de família.

– Acho que sim.

– Por favor, conte do que se lembra.

– Não muito. Ela foi trabalhar, e lá estava a mulher estatelada. É o que sei.

– Anita não disse mais nada?

– Não.

– Ela pareceu abalada?

– Claro. Ela trabalhou para Elizabeth Bradford por quase seis anos.

– Não, quero dizer, além do choque de encontrar o corpo.

– Acho que não. Mas ela nunca comentou sobre isso. Ela simplesmente desligava o telefone na cara dos repórteres.

Myron processou essa informação, mas ela não ajudou em nada.

– Sra. Edwards, alguma vez seu irmão mencionou um advogado chamado Thomas Kincaid?

– Não, acho que não – respondeu ela depois de pensar um instante.

– Você sabia que Horace buscou consulta jurídica ou coisa do tipo?

– Não.

Eles se despediram e, mal Myron desligou, o telefone tornou a tocar.

– Alô?

– Tem uma coisa estranha aqui, Myron.

Era Lisa, da companhia telefônica.

– O quê?

– Você me pediu que grampeasse a linha do alojamento de Brenda Slaughter.

– Certo.

– Alguém chegou primeiro.

– O quê?!– perguntou Myron, desconcertado.

– O telefone dela já está grampeado.

– Há quanto tempo?

– Não sei.

– Dá para descobrir quem fez isso?

– Negativo. E o número está bloqueado.

– O que isso significa?

– Não consigo ver nenhum registro. Não consigo fazer nenhum rastreamento nem acessar contas antigas no computador. Desconfio que alguém da polícia esteja por trás disso. Posso tentar investigar, mas duvido que eu consiga alguma coisa.

– Por favor, Lisa, tente. E obrigado.

Ele desligou. O pai desaparecido, ameaças por telefone, o carro talvez a seguindo e agora um grampo: Myron estava começando a ficar nervoso. Por que uma pessoa poderosa iria grampear o telefone de Brenda? Ela faria parte do grupo que a ameaçava? O grampo era para descobrir onde estava o pai dela ou...

Espere um pouco.

Num dos telefonemas ameaçadores, não disseram a Brenda que ligasse para a mãe? Por quê? E o mais importante: se ela tivesse obedecido – sabendo onde estava a mãe –, as pessoas poderiam encontrar Anita. Seria isso que motivara todo esse caso?

Estavam à procura de Horace... ou de Anita?

◆ ◆ ◆

– Temos um problema – informou Myron.

Eles estavam no carro. Brenda voltou-se para ele e aguardou.

– Seu telefone está grampeado.

– O quê?

– Alguém anda ouvindo seus telefonemas. Além disso, alguém a está seguindo.

– Mas... – Brenda se interrompeu e deu de ombros. – Para quê? Para achar meu pai?

– Sim, esse é o melhor palpite. Alguém está ansioso para encontrá-lo. Eles já agrediram sua tia. Você deve ser a próxima da lista.

– Você acha que estou em perigo?

– Sim.

Ela examinou o rosto dele.

– E você tem recomendações sobre o que fazer?

– Tenho.

– Sou toda ouvidos.

– Primeiro, gostaria que fosse feita uma varredura em seu alojamento em busca de microfones.

– Nenhum problema.

– Segundo, você deve sair do alojamento. Lá você não tem a menor segurança.

Ela refletiu sobre aquilo por um instante.

– Posso ficar com uma amiga. Cheryl Sutton. Ela é a outra capitã do Dolphins.

Myron negou.

– Essa gente conhece você. Eles a andam seguindo, ouvindo suas ligações.

– E daí?

– Provavelmente sabem onde seus amigos moram.

– Inclusive Cheryl.

– Sim.

– E você acha que vão procurar por mim lá?

– É uma possibilidade.

Brenda balançou a cabeça e olhou para a frente.

– Isso é surreal.

– E tem mais.

Ele lhe falou da família Bradford e contou que Anita achara o corpo.

– Então, o que significa isso? – perguntou ela.

– Talvez nada. Mas você queria que eu lhe contasse tudo, certo?

– Certo. – Ela se recostou no banco do carro e mordeu o lábio inferior. Passado algum tempo, indagou: – Para onde você acha que eu deveria ir?

– Lembra que eu falei do meu amigo Win?

– O dono da Lock-Horne?

– Sim, a empresa é da família. Vou à casa dele esta noite para discutir negócios. Acho que você deveria ir também. Você pode ficar no apartamento dele.

– Você quer que eu fique com ele?

– Só por esta noite. Win tem esconderijos por toda parte. Vamos encontrar um lugar para você.

Brenda fez uma careta.

– Um riquinho que entende de esconderijos?

– Win é mais do que aparenta.

– Não quero agir como uma imbecil e lhe dizer que não vou deixar que isso interfira em minha vida. Eu sei que você está me ajudando e quero colaborar.

– Ótimo.

– Mas essa liga significa muito para mim. Minha equipe também. Não vou simplesmente abandoná-las.

– Eu entendo.

– Seja lá o que fizermos, vou poder continuar treinando? Vou disputar o jogo de abertura no domingo?

– Sim.

– Tudo bem, então. E obrigada.

Myron a levou ao alojamento dela e esperou embaixo enquanto Brenda arrumava as coisas. Ela tinha o próprio quarto, mas escreveu um bilhete para a garota do quarto ao lado dizendo que ficaria com um amigo por alguns dias. Tudo isso lhe tomou menos de dez minutos.

Ela desceu carregando duas bolsas. Myron pegou uma para ajudá-la. Enquanto os dois saíam, ele avistou FJ encostado em seu carro.

– Fique aqui – ordenou.

Brenda o ignorou e continuou andando. Myron olhou para a esquerda: Bubba e Rocco estavam lá. Eles lhe acenaram. Myron não retribuiu. Isso lhes daria uma ideia de sua disposição de ânimo.

FJ estava em uma postura relaxada demais, como um bêbado encostado num poste.

– Olá, Brenda – cumprimentou.

– Olá, FJ.

Então, fez um gesto indicando Myron.

– Olá para você também, Myron.

Seu sorriso não demonstrava emoção alguma, sendo apenas um ricto.

Myron contornou o carro e fingiu que o estava inspecionando.

– Nada mal, FJ. Mas da próxima vez capriche mais nas calotas. Elas estão imundas.

FJ olhou para Brenda.

– Essa é uma amostra da famosa verve de Bolitar, de que tanto ouvi falar?

Ela deu de ombros.

Myron gesticulou em direção aos dois.

– Vocês se conhecem?

– Mas é claro! – respondeu FJ. – Estudamos juntos no ensino médio. Em Lawrenceville.

Bubba e Rocco aproximaram-se alguns passos. Eles pareciam capangas de Don Corleone.

Myron se pôs entre Brenda e FJ. Aquele movimento de proteção iria irritá-la, mas isso pouco importava.

– Em que podemos ajudá-lo, FJ?

– Só quero garantir que a Srta. Slaughter esteja honrando seu contrato comigo.

– Não tenho nenhum contrato com você – retrucou Brenda.

– Seu pai, Horace Slaughter, é seu agente, não?

– Não, Myron que é.

– Sério? – FJ encarou Myron, que sustentou o olhar vazio dele. – Não foi o que me disseram.

Myron deu de ombros.

– A vida é uma constante mudança, FJ. É preciso aprender a se adaptar.

– Adaptar-se ou morrer.

Myron assentiu

– Isso aí.

FJ sustentou o olhar por mais alguns segundos. Sua pele parecia argila molhada que se desmancharia sob uma chuva forte. Ele se voltou novamente para Brenda.

– Seu pai era seu agente. Antes de Myron.

Myron interveio:

– E daí se ele era?

– Horace assinou um contrato com a gente. Brenda ia sair da ABPF e entrar na LPBF. Está tudo registrado.

Myron encarou Brenda, que negou com a cabeça.

– Você tem a assinatura da Srta. Slaughter nesses contratos? – perguntou.

– Como eu disse, o pai dela...

– Que não tinha nenhuma autoridade legal nesse caso. Você tem ou não a assinatura de Brenda?

FJ mostrou-se muito aborrecido. Bubba e Rocco chegaram mais perto.

– Não temos.

– Então vocês não têm nada. – Myron destrancou o carro. – Mas todos apreciamos muito esse breve tempo que passamos juntos. Agora sou uma pessoa melhor.

Bubba e Rocco começaram a andar em sua direção. Myron abriu a porta do automóvel. Sua arma estava sob o banco. Ele ponderou pegá-la. Seria uma burrice, é claro. Alguém, provavelmente o próprio Myron ou Brenda, poderia se machucar.

FJ levantou a mão e os dois homens estacaram como se tivessem sido congelados pelo vilão Mr. Freeze.

– Não somos mafiosos. Somos homens de negócios – alegou FJ.

– Certo – disse Myron. – E Bubba e Rocco são seus contadores?

Um leve sorriso aflorou nos lábios de FJ. O sorriso era absolutamente vil, o que significava ser muito mais caloroso que os outros dele.

– Se você é mesmo o agente dela, compete a você falar comigo.

– Ligue para meu escritório, marque uma reunião.

– Então logo nos falaremos – afirmou FJ.

– Conto com isso. E continue a usar a palavra *compete.* Ela impressiona as pessoas.

Brenda entrou no carro e Myron fez o mesmo. FJ aproximou-se de Myron e bateu na janela. Ele abaixou o vidro.

– Assinar ou não o contrato com a gente é uma questão de negócios – disse FJ calmamente. – Mas, quando eu matar você, vai ser só por diversão.

Myron pensou em fazer mais uma gracinha, mas algo, talvez um pouco de bom senso, o impediu. Então FJ se afastou. Rocco e Bubba o seguiram. Myron os viu desaparecer, com o coração acelerado.

capítulo 11

ELES DEIXARAM O CARRO NUM estacionamento na Rua 71 e andaram até o Dakota, que continuava sendo um dos edifícios mais importantes de Nova York, embora fosse mais conhecido por estar relacionado ao assassinato de John Lennon. Um buquê de rosas frescas indicava o lugar onde ele tombara. Myron sempre se sentia um tanto esquisito quando passava por ali, como se estivesse pisoteando um túmulo ou coisa parecida. O porteiro já tinha visto Myron centenas de vezes, mas sempre fingia que não e interfonava para o apartamento de Win.

As apresentações foram breves. Win encontrou um lugar onde Brenda pudesse estudar. Ela abriu um calhamaço e ficou à vontade. Win e Myron voltaram para a sala de estar meio decorada ao estilo Luís Sei-lá-que-número. Havia uma lareira com grandes instrumentos de ferro e um busto sobre o console. A mobília parecia, como sempre, recém-polida, embora bastante antiga. Pinturas a óleo de homens severos mas afeminados os observavam das paredes. E só para manter as coisas na década adequada, em posição de destaque, uma enorme televisão e um aparelho de DVD.

Os dois sentaram-se e colocaram os pés para o alto.

– Então, o que você acha? – indagou Myron.

– Ela é grande demais para meu gosto – respondeu Win. – Mas as pernas são bem torneadas.

– Estou perguntando sobre a ideia de protegê-la.

– Vamos encontrar um lugar. – Win entrelaçou os dedos atrás da cabeça. – Me conte tudo.

– Você conhece Arthur Bradford?

– O candidato a governador?

– Sim.

– A gente se encontrou muitas vezes. Certa vez joguei golfe com ele e seu irmão no Merion.

– Você pode arranjar um encontro com ele?

– Sem problema. Eles andaram nos pedindo uma grande doação para a campanha. – Ele cruzou as pernas na altura dos tornozelos. – Mas como Arthur Bradford entra nessa história?

Myron recapitulou tudo o que acontecera naquele dia: o Honda Accord seguindo-os, o grampo no telefone, as roupas ensanguentadas, os telefonemas de Horace Slaughter para o escritório de Bradford, a visita inesperada de FJ, o assassinato de Elizabeth Bradford e o fato de Anita ter achado o corpo.

Win não pareceu impressionado.

– Você acha que existe mesmo uma relação entre o passado dos Bradfords e o presente dos Slaughters?

– É, talvez.

– Vamos ver se consigo acompanhar seu raciocínio. Se eu estiver errado, me corrija.

– Ok.

Win pôs os pés no chão e uniu as pontas os dedos, encostando os indicadores no queixo.

– Há vinte anos, Elizabeth Bradford morreu em circunstâncias suspeitas. Sua morte foi considerada um acidente, embora meio bizarro. Você não acredita nisso. Os Bradfords são ricos e, assim, você tende a desconfiar ainda mais das versões oficiais...

– Não é só pelo fato de serem ricos – interrompeu Myron. – A questão é: cair da própria varanda? Ora, vamos...

– Sim, ótimo, certo. Vamos supor que suas suspeitas tinham fundamento. Vamos partir do pressuposto de que de fato ocorreu alguma coisa condenável quando Elizabeth mergulhou para a morte. E vou supor também, como você sem dúvida o fez, que Anita assistiu à cena e testemunhou algo incriminador.

Myron assentiu.

– Continue.

Win espalmou as mãos.

– Bem, meu amigo, é aí que você chega a um impasse. Se a querida Sra. Slaughter de fato viu alguma coisa que não devia, o assunto deveria ter sido resolvido imediatamente. Eu conheço os Bradfords. Eles não se arriscam. Anita teria sido morta ou obrigada a fugir. Porém, ela esperou nada menos que nove meses para desaparecer. Por isso, concluo que os dois acontecimentos não têm relação entre si.

Brenda pigarreou. Ambos se viraram. Ela olhou diretamente para Myron; não parecia muito satisfeita.

– Pensei que vocês estavam discutindo negócios – comentou ela.

– E estamos – apressou-se em dizer Myron. – Quero dizer, nós *vamos* discutir. Foi para isso que vim aqui. Para discutir negócios. Mas começamos a falar sobre isso primeiro e... bem, sabe como é, uma coisa puxa outra. Mas não foi intencional nem nada. Eu vim aqui para discutir negócios, não foi, Win?

Win inclinou-se para a frente e deu um tapinha no joelho de Myron.

– Vá com calma.

Ela cruzou os braços e estreitou os olhos.

– Há quanto tempo você está aí? – perguntou Myron.

Brenda fez um gesto indicando Win.

– Desde que ele disse que eu tenho pernas bem torneadas. Perdi a parte em que ele falou que sou grande demais para o gosto dele.

Win sorriu. Brenda não esperou que a convidassem: atravessou a sala e sentou-se numa cadeira desocupada, os olhos fixos em Win.

– Só para constar: eu também não acredito em nada disso. Para Myron, uma mãe não seria capaz de abandonar a própria filhinha. Só que ele não tem a menor dificuldade em acreditar que um pai seria capaz de fazer o mesmo. Mas, como eu já lhe disse, ele é meio sexista.

– Um porco chauvinista – concordou Win.

– Mas, se vocês dois vão ficar aqui sentados bancando Holmes e Watson, eu vejo uma saída para o "impasse" – disse ela, fazendo aspas com os dedos.

– Pode falar – concedeu Win.

– Quando Elizabeth Bradford morreu, minha mãe viu algo que a princípio lhe pareceu sem importância. Não sei o quê. Ela continua a trabalhar para aquela gente, limpando o assoalho e os banheiros. E quem sabe um dia ela abre uma gaveta. Ou um armário. E talvez veja algo que, somado ao que vira no dia da morte, indique que, afinal de contas, não se tratou de um acidente.

Win encarou Myron, que arqueou as sobrancelhas.

Brenda deu um suspiro.

– Antes que vocês continuem com esses olhares condescendentes, como se dissessem "Puxa, a mulher é mesmo capaz de raciocinar", deixem-me acrescentar que estou apenas sugerindo uma forma de contornar o impasse. Não acredito nisso nem por um segundo. Fica muita coisa por explicar.

– O quê, por exemplo? – perguntou Myron.

Brenda se voltou para ele.

– Por que minha mãe fugiu do jeito que fugiu? Por que deixou aquele bilhete cruel falando de outro homem? Por que nos deixou sem um tostão? Por que abandonou uma criança a quem supostamente amava?

Sua voz falhava. Na verdade, era exatamente o contrário: o tom era seguro demais, esforçando-se para parecer normal.

– Talvez ela quisesse evitar que maltratassem a filha – arriscou Myron. – Talvez ela quisesse desestimular o marido a procurá-la.

Brenda franziu a testa.

– Então ela pegou todo o dinheiro e fingiu uma fuga com outro homem? – Brenda se virou para Win. – Será que ele acredita mesmo nessa asneira?

Win levantou as mãos espalmadas e fez um movimento de cabeça à guisa de desculpas.

Brenda tornou a se voltar para Myron.

– Eu fico grata por suas intenções, mas isso simplesmente não leva a nada. Minha mãe fugiu vinte anos atrás. Vinte anos. Em todos esse tempo, ela não poderia ter feito nada além de escrever poucas cartas e ligar para minha tia? Será que não poderia imaginar uma forma de ver a própria filha? Marcar um encontro? Pelo menos uma vez? Em todo esse tempo, ela não poderia ter sossegado e voltado para mim?

Ela parou como se estivesse sem fôlego, encostou os joelhos no peito e desviou o olhar. Myron encarou Win, que permaneceu calado. O silêncio pressionava janelas e portas.

Por fim, Win falou:

– É especulação demais. Deixe-me ligar para Arthur Bradford. Vamos encontrá-lo amanhã.

Win saiu da sala. Caso se tratasse de outra pessoa, você poderia duvidar que um candidato a governador se dispusesse a conversar com eles dentro de tão pouco tempo. Isso não se aplicava a Win.

Myron fitou Brenda, que ficou olhando para outro lugar. Alguns minutos depois, Win voltou.

– Amanhã de manhã – informou ele. – Às dez horas.

– Onde?

– Na propriedade dos Bradfords. Em Livingston.

Brenda se pôs de pé.

– Se esse assunto estiver encerrado, vou deixá-los a sós. – Ela encarou Myron. – Para discutirem negócios.

– Tem mais uma coisa – falou Myron.

– O quê?

– O esconderijo.

Brenda aguardou.

Win recostou-se na cadeira.

– Eu convido você e Myron a ficarem aqui, caso se sintam à vontade. Como podem ver, temos bastante espaço. Você pode usar o quarto do fim do corredor; trata-se de uma suíte. Myron ficará no outro lado. Você terá a segurança do Dakota e fácil acesso a nós dois.

Myron tentava esconder a própria surpresa. Ele muitas vezes passava a noite lá – e até mantinha roupas e artigos de toalete –, mas Win nunca fizera uma proposta daquela. Ele normalmente fazia questão de total privacidade.

– Obrigada – agradeceu Brenda.

– O único problema possível é minha vida particular – avisou Win.

Ops.

– Pode ser que eu traga aqui uma vertiginosa sucessão de mulheres, para propósitos diversos – continuou ele. – Às vezes eu as filmo. Isso a incomoda?

– Não. Desde que eu possa fazer o mesmo com homens.

Myron se pôs a tossir e Win continuou impassível.

– Mas é claro. Eu guardo a câmera de vídeo naquele armário.

Ela se voltou para o móvel indicado e perguntou:

– Tem tripé?

Win abriu a boca, fechou-a e balançou a cabeça.

– Seria fácil demais.

– Cara esperto. – Brenda sorriu. – Boa noite, rapazes.

Quando ela saiu, Win olhou para Myron.

– Agora pode fechar a boca.

◆ ◆ ◆

Win serviu-se de um conhaque e indagou:

– Bem, que questão de negócios você quer discutir?

– Trata-se de Esperanza. Ela quer ser minha sócia.

– Sim, eu sei.

– Ela contou para você?

Win girou o líquido dentro da taça.

– Ela me consultou. Principalmente sobre como fazer isso. A base legal para operar essa mudança.

– E por que você não me contou?

Win não respondeu; odiava afirmar o óbvio.

– Aceita um achocolatado?

Myron recusou com um gesto de cabeça.

– A verdade é que não sei o que fazer.

– Sim, eu sei. Você está enrolando.

– Ela lhe disse isso?

– Você sabe muito bem que ela não faria isso.

Myron assentiu.

– Escute, ela é minha amiga...

– Corrigindo: ela é sua *melhor* amiga. Mais amiga sua, talvez, do que minha. Mas por enquanto você deve deixar isso de lado. Ela é apenas uma funcionária, uma funcionária ótima talvez, mas a amizade de vocês não deve interferir nessa decisão.

– Sim, você tem razão, esqueça que eu disse isso. E ela está comigo desde o começo. Trabalhou duro. E concluiu o curso de direito.

– Mas...

– Mas uma sociedade? Eu adoraria promovê-la, dar-lhe um escritório próprio, mais responsabilidades e até criar um programa de partilha de lucros. Mas ela não vai aceitar isso. Ela quer ser sócia.

– Ela explicou o motivo?

– Sim.

– E qual é?

– Ela não quer trabalhar para ninguém. Simples assim. Nem para mim. O pai dela fez bicos para caras escrotos a vida inteira. A mãe era faxineira. Ela jurou um dia ter um negócio próprio.

– Entendo.

– E eu concordo com o ponto de vista dela. Quem não concordaria? Mas os pais dela com certeza trabalhavam para ogros desonestos. Esqueça nossa amizade. Esqueça o fato de que gosto de Esperanza como se ela fosse uma irmã. Eu sou um bom patrão. Eu sou justo. Até ela há de reconhecer isso.

Win tomou um bom gole.

– Mas sem dúvida isso não basta para ela.

– Então o que eu devo fazer? Ceder? Sociedades entre amigos ou familiares nunca dão certo. Nunca. O dinheiro estraga qualquer relacionamento. Você e eu nos esforçamos para manter nossos negócios ao mesmo tempo ligados e separados. É por isso que seguimos em frente com eles. Temos objetivos semelhantes, mas é só. Não há uma interdependência em relação ao dinheiro. Conheço um monte de bons relacionamentos pessoais e profissionais que foram destruídos por coisas assim. Meu pai e o irmão ainda não se falam por causa de uma sociedade que tinham juntos. Não quero que isso aconteça comigo.

– Você disse isso a Esperanza?

Ele assentiu.

– Mas ela me deu uma semana para tomar uma decisão. Se eu não aceitar, ela vai se mandar.

– Situação difícil.

– Tem alguma sugestão?

– Nenhuma – respondeu Win, e inclinou a cabeça, sorrindo.

– O que foi?

– Sua argumentação. Bem irônica.

– Como assim?

– Você acredita em casamento, família, monogamia e toda essa baboseira, certo?

– E daí?

– Você acredita na criação dos filhos, em cercas de madeira, na tabela de basquete na entrada para carros, em escolinhas de futebol, aulas de dança e todo o cenário suburbano.

– Mais uma vez: e daí?

Win abriu os braços.

– Casamentos e outras uniões nunca dão certo. Eles levam inevitavelmente ao divórcio, à desilusão, à aniquilação de sonhos ou, em última instância, à amargura e ao ressentimento. Eu usaria minha própria família como exemplo e você poderia fazer o mesmo.

– Não é a mesma coisa, Win.

– Concordo. Mas a verdade é que todos nós pegamos os fatos e os analisamos segundo nossas próprias experiências. Se você tiver uma maravilhosa vida familiar, você acreditará. Naturalmente, comigo acontece o contrário e só um ato de fé poderia alterar nossos pontos de vista.

Myron fez uma careta.

– Você acha que isso está ajudando?

– Por Deus, não. Mas eu adoro asneiras filosóficas.

Win pegou o controle remoto e ligou a televisão. Estava passando *The Mary Tyler Moore Show*. Eles pegaram mais drinques e se recostaram para assistir.

Win tomou mais um gole e suas faces se avermelharam.

– Talvez Lou Grant tenha uma resposta para você.

◆ ◆ ◆

Ele não tinha. Myron imaginou o que aconteceria se ele tratasse Esperanza da mesma forma como Lou tratava sua funcionária, Mary. Se estivesse de bom humor, a amiga provavelmente iria arrancar-lhe os cabelos até ele ficar careca.

Hora de dormir. A caminho do quarto, Myron foi ver Brenda. Ela estava sentada na posição de lótus na cama antiga estilo rainha Fulana, com um livro, totalmente concentrada. Por um instante, Myron se limitou a observá-la, de pijama de flanela, a pele ainda um pouco úmida do banho recém-tomado, uma toalha envolvendo-lhe os cabelos. O rosto dela exibia a mesma serenidade que mostrava nas quadras.

Brenda sentiu a presença dele e ergueu o olhar. Quando ela sorriu, o estômago de Myron se contraiu.

– Está precisando de alguma coisa? – perguntou ele.

– Estou bem. Você resolveu seu problema de negócios?

– Não.

– Naquela hora, eu não queria ficar bisbilhotando.

– Não se preocupe.

– Eu estava falando sério mais cedo: quero que você seja meu agente.

– Fico contente.

– Você vai providenciar os papéis do contrato?

Myron fez que sim.

– Boa noite, Myron.

– Boa noite, Brenda.

Ela voltou a olhar para o livro e virou uma página. Myron a observou por mais um segundo. Depois foi para a cama.

capítulo 12

ELES DECIDIRAM IR ATÉ A PROPRIEDADE dos Bradfords com o jaguar de Win porque, como Win explicou, gente como os Bradfords "não é muito de Taurus". Win tampouco.

Win deixou Brenda no treino e pegou a Rodovia 80 rumo à Passaic Avenue, em que finalmente se concluíam as obras de alargamento que começaram quando Myron ainda estava no ensino médio. Por fim, chegaram à Eisenhower Parkway, uma bela rodovia de quatro pistas. Ah, Nova Jersey.

Um guarda com orelhas de abano saudou-os na entrada das "Fazendas Bradford", como dizia a placa. Certo. Muitas fazendas são famosas por suas cercas eletrônicas e seguranças armados. Que ninguém se atrevesse a invadir a área das cenouras e do milho. Win debruçou-se na janela, deu ao sujeito um sorriso arrogante e logo recebeu permissão para entrar. Myron sentiu uma estranha pontada no momento em que entravam. Quantas vezes ele passara por aquele portão na infância, tentando espiar por entre densas moitas de arbustos, para dar uma olhada na grama mais verde do vizinho, inventando histórias luxuosas e repletas de aventuras naquelas terras tão bem-cuidadas?

Agora ele já não tinha aquelas ilusões, claro. A propriedade rural da família de Win, a mansão senhorial Lockwood, fazia aquele lugar parecer um barracão de estação ferroviária, logo Myron já tivera a oportunidade de ver como os muito ricos viviam. Era tudo muito agradável, o que não era o mesmo que feliz. Uau, profundo. Quem sabe da próxima vez Myron conclua que dinheiro não traz felicidade? Fique ligado.

Vacas e carneiros espalhadas pelo campo ajudavam a manter a ilusão – por uma questão nostálgica ou tributária, Myron não saberia dizer, embora tivesse lá suas suspeitas. Eles pararam diante de uma casa de fazenda branca que sofrera mais reformas que uma estrela de cinema em fase de envelhecimento.

Um negro velho com fraque preto de mordomo atendeu à porta, fez uma pequena mesura e pediu que o seguissem. No corredor havia dois capangas vestidos como homens do Serviço Secreto, mas que não deviam trabalhar lá de fato. Myron olhou para Win, que assentiu, confirmando. O mais corpulento dos dois sorriu como se eles fossem tira-gostos refugados sendo levados de volta para a cozinha. O outro era mais magro. Myron lembrou-se da descrição que Mabel Edwards fizera de seus agressores. Não dava para procurar a tatuagem de que ela falara, mas valia a pena ter aquilo em mente.

O mordomo, criado ou fosse lá o que fosse, levou-os à biblioteca de paredes curvas, que atingiam uma altura de três andares, cobertas de livros e encimadas por uma cúpula de vidro que deixava entrar a quantidade adequada de luz natural. A sala devia ser um silo reformado ou simplesmente dava essa impressão. Difícil dizer. Os livros eram encadernados em couro, dispostos em série, intocados. O mogno dominava o ambiente. Sob iluminação especial viam-se pinturas emolduradas de antigas embarcações a vela. Havia um imenso globo terrestre antigo no centro do recinto, não muito diferente do que Win tinha em seu escritório. Gente rica gosta de globos antigos, inferiu Myron, talvez por serem caros e absolutamente inúteis.

As cadeiras e os sofás eram de couro, com botões dourados. As luminárias eram da Tiffany. Havia um livro estrategicamente aberto na mesinha de centro, próximo a um busto de Shakespeare. Rex Harrison não estava sentado a um canto gravando uma cena de *My Fair Lady*, mas bem que poderia estar.

Como se numa deixa, uma porta do outro lado da sala – na verdade, uma estante – se abriu. Myron quase esperava que Batman e Robin irrompessem na sala chamando por Alfred, talvez inclinando para trás a cabeça de Shakespeare e apertando um botão escondido. Em vez deles, apareceu Arthur Bradford, seguido do irmão, Chance. Arthur era magro, provavelmente com quase 2 metros, e tinha o corpo um pouco encurvado das pessoas altas com mais de 50 anos. Era calvo e os cabelos remanescentes estavam cortados bem curtos. Chance media menos de 1,80 metro, com cabelos castanhos ondulados e uma espécie de aparência jovial que tornava impossível dizer sua idade, embora Myron soubesse, pelos recortes de jornais, que ele tinha 49, três anos mais novo do que Arthur.

Fazendo o papel do político perfeito, Arthur seguiu em linha reta na direção deles, um sorriso fingido engatilhado e a mão estendida dando a impressão de que, ao cumprimentá-los, pretendia tocar mais do que simplesmente carne.

– Windsor! – exclamou Arthur Bradford, agarrando a mão de Win como se tivesse passado a vida em busca dela. – Que maravilha ver você.

Chance aproximou-se de Myron como se estivesse em um encontro em que lhe houvesse sobrado a moça feia, mas já se resignara com isso.

Win deu seu sorriso vago.

– Você conhece Myron Bolitar?

Os irmãos trocaram de parceiro de cumprimento com a eficiência de experientes dançarinos de salão. A mão de Arthur Bradford parecia uma luva de beisebol velha e ressecada. De perto, Myron notou que ele tinha ossos grandes, compleição grosseira e um rosto vermelho e amplo. Ainda o roceiro por trás do terno e da manicure.

– Não nos conhecemos – disse Arthur com um sorriso largo –, mas todos em Livingston, aliás, em Nova Jersey, conhecem Myron Bolitar.

Myron assumiu sua expressão de embaraço, mas evitou pestanejar.

– Comecei a acompanhá-lo no basquete quando você estava no colégio – continuou Arthur com seriedade. – Sou um grande fã seu.

Myron balançou a cabeça, sabendo que nenhum Bradford jamais pusera os pés no ginásio da Livingston High School. Um político faltando à verdade. Que coisa chocante.

– Por favor, cavalheiros, sentem-se.

Todos ocuparam macios assentos de couro. Uma mulher de origem latina abriu a porta e Arthur lhe pediu café em espanhol. Mais um poliglota.

Win e Myron estavam num sofá diante das poltronas idênticas dos irmãos. O café veio empurrado sobre algo que podia servir de carruagem para um baile no palácio e foi servido com leite e açúcar. Então, Arthur, o exemplo perfeito de político, tomou a iniciativa de passar a bebida às mãos de Myron e de Win. Sujeito simpático. Um homem do povo.

A empregada sumiu e Myron levou a xícara aos lábios. O problema com sua recente dependência de café é que ele só o tomava em cafeterias, o forte café "gourmet" capaz de corroer asfalto. Os preparados em casa pareciam ter gosto, para seu paladar de súbito exigente, de algo coado através de um ralo de esgoto numa tarde quente – isso vindo de um homem que não saberia diferenciar entre um Merlot perfeitamente maturado e um Manischewitz recém-prensado. Mas, quando Myron tomou um gole na fina porcelana dos Bradfords... bem, os ricos têm os seus recursos. Aquilo era um néctar.

Arthur depôs sua xícara Wedgwood e se inclinou para a frente, apoiando os braços nos joelhos com as mãos placidamente juntas.

– Primeiro, deixem-me dizer que estou emocionado com a presença de vocês dois aqui. O apoio de vocês significa muito para mim. – Ele voltou-se para Win, cuja expressão era neutra, paciente. – Ouvi falar que a Lock-Horne Seguros e Investimentos quer expandir seu escritório de Florham

Park e abrir um novo no condado de Bergen. Se eu puder ajudá-lo em alguma coisa, Windsor, por favor, é só me falar. – Win fez um gesto de cabeça evasivo. – E se existirem fundos municipais que a Locke-Horne tenha interesse em subscrever, bem, nesse caso também estou à disposição.

Arthur agora estava sentado feito um cão, como se esperasse um afago atrás das orelhas. Win reagiu com outro movimento de cabeça neutro. Bom cachorrinho. Bradford não levara muito tempo para começar sua tentativa de suborno. Ele pigarreou e voltou-se para Myron.

– Pelo que sei, Myron, você é dono de uma firma que agencia esportistas.

Ele tentou imitar o movimento de cabeça de Win, mas exagerou. Não foi muito sutil. Devia ser alguma coisa nos genes.

– Se houver algo em que eu possa ajudá-lo, por favor, não hesite em pedir.

– Posso dormir no quarto de Lincoln? – perguntou Myron.

Os irmãos ficaram paralisados por um instante, entreolharam-se e caíram na gargalhada. Os risos eram tão naturais quanto os cabelos de um pastor de programa de televisão. Win olhou para Myron como se dissesse "Vá em frente".

– Na verdade, Sr. Bradford...

Ainda rindo, ele levantou uma mão do tamanho de uma pequena almofada e disse:

– Por favor, Myron, me chame de Arthur.

– Arthur, certo. Há algo em que você pode nos ajudar.

As gargalhadas de Arthur e Chance foram se reduzindo a risadinhas, que terminaram por sumir. Suas feições se endureceram; chegara a hora do jogo. Eles iriam escutar o que Myron tinha a dizer com os ouvidos mais atentos do mundo.

– Você se lembra de uma mulher chamada Anita Slaughter? – perguntou Myron.

Eles eram bons, ambos políticos natos, mas ainda assim seus corpos estremeceram como se tivessem sido atingidos por uma arma de eletrochoque. Eles se recompuseram, fingindo tentar recordar, mas não restava dúvida: havia algo naquela história.

– Não consigo situar esse nome – disse Arthur, e seu rosto contorcia-se como se o esforço para se recordar fosse o mesmo de um parto. – Chance?

– Esse nome não me é estranho. Mas... – Ele balançou a cabeça.

"Não me é estranho". Não há como não admirar quando eles falam politiquês.

– Anita Slaughter trabalhou aqui – esclareceu Myron. – Vinte anos atrás. Ela era empregada doméstica ou uma espécie de criada.

Mais uma vez, profunda e aguda reflexão. Se Rodin estivesse ali, usaria um bom bronze para retratar aqueles caras. Chance mantinha os olhos fixos no irmão, esperando que ele lhe desse a deixa. Arthur manteve a pose por mais alguns segundos e então estalou os dedos.

– Claro, Anita. Chance, você se lembra de Anita.

– Sim, claro. Acho que nunca soube o sobrenome dela.

Os dois sorriam como âncoras de programas matinais num giro de notícias.

– Por quanto tempo ela trabalhou para vocês? – perguntou Myron.

– Ah, eu não sei – respondeu Arthur. – Acho que um ou dois anos. Eu realmente não lembro. Chance e eu não éramos responsáveis pela administração da casa. Isso ficava a cargo de nossa mãe.

Já entrava em jogo a "negação plausível". Interessante.

– Vocês se lembram do que a fez parar de trabalhar para a família?

O sorriso de Arthur ficou congelado, mas suas pupilas se dilataram. Por um instante, houve a impressão de que não conseguia focalizar as imagens. Ele se voltou para Chance. Ambos pareciam inseguros, sem saber como enfrentar aquele ataque frontal, não desejando responder, mas também sem querer perder o apoio da Lock-Horne.

Arthur tomou a dianteira:

– Não, não me lembro. – Na dúvida, esquive-se. – Você sabe, Chance?

O irmão espalmou as mãos e deu-lhes um sorriso pueril.

– É tanta gente entrando e saindo... – Ele encarou Win como se dissesse "Você sabe como são essas coisas".

Os olhos de Win, como sempre, não se mostraram nem um pouco amistosos.

– Ela saiu por vontade própria ou foi demitida?

– Ah, duvido que tenha sido demitida – apressou-se em falar Arthur. – Minha mãe era muito boa com os empregados. Raramente demitia alguém, se é que algum dia o fez. Não era de sua natureza.

O homem era um político perfeito. A resposta podia ou não ser verdadeira: aquilo não tinha a menor relevância para Arthur Bradford. Fossem quais fossem as circunstâncias, porém, uma negra pobre demitida por uma família abastada não repercutiria bem na imprensa. Um político sabe muito bem disso e calcula suas afirmações em questão de segundos; a realidade e a verdade devem sempre ficar em segundo plano.

Myron seguiu em frente:

– Segundo a família dela, Anita Slaughter trabalhou aqui até o dia em que desapareceu.

Ambos eram espertos demais para engolir a isca e indagar "Desapareceu?", mas de toda forma Myron resolveu esperar. As pessoas detestam o silêncio e muitas vezes se põem a falar só para quebrá-lo. Aquele era um velho truque policial: não dizer nada e deixar os interrogados cavarem suas covas com as explicações. No caso dos políticos, os resultados sempre eram interessantes, pois eram inteligentes o bastante para saberem que deviam ficar de boca fechada, mas geneticamente incapazes de fazê-lo.

– Desculpem-me – disse Arthur por fim. – Como já expliquei, quem se encarregava dessas coisas era nossa mãe.

– Então talvez eu deva conversar com ela.

– Temo que minha mãe não esteja muito bem. A pobrezinha está na casa dos 80 anos.

– Ainda assim, gostaria de tentar.

– Creio não ser possível.

Agora havia um tom rígido em sua voz.

– Entendo – falou Myron. – Vocês sabem quem é Horace Slaughter?

– Não – respondeu Arthur. – Imagino que seja um parente de Anita.

– O marido dela. – Myron lançou um olhar a Chance. – Você o conhece?

– Não que eu me lembre – disse Chance como se estivesse depondo, sempre dando um jeito de se esquivar.

– Segundo o registro dos telefonemas dele, nos últimos tempos Horace andou ligando muito para seu comitê eleitoral.

– Muitas pessoas ligam para o comitê eleitoral – replicou Arthur, e acrescentou com um risinho de deboche: – Pelo menos espero que o façam.

Chance também riu. Uns pândegos, aqueles Bradfords.

– Imagino que sim. – Myron olhou para Win, que balançou a cabeça.

Os dois se puseram de pé.

– Obrigado pela atenção – agradeceu Win. – Não é necessário nos acompanhar até a porta.

Os dois políticos procuraram não se mostrar muito surpresos e Chance enfim soltou um acorde dissonante.

– Que diabo é isto?

Arthur o fez calar-se com um olhar, levantou-se para trocar apertos de mão, mas Myron e Win já estavam na porta.

Myron se voltou e fez sua melhor imitação de detetive.

– Engraçado.

– O quê? – perguntou Arthur.

– Que vocês não se lembrem melhor de Anita. Achei que se lembrassem.

Arthur ergueu as mãos com as palmas voltadas para cima.

– Tivemos um bocado de gente trabalhando aqui ao longo dos anos.

– É verdade – concordou Myron, passando pelos umbrais. – Mas quantas dessas pessoas acharam o cadáver de sua esposa?

Os dois homens se transformaram em mármore: imóveis, silenciosos e frios. Myron não esperou resposta; afastou-se da porta e seguiu Win para fora da casa.

capítulo 13

QUANDO ATRAVESSAVAM O PORTÃO, Win perguntou:

– O que foi mesmo que acabamos de fazer?

– Duas coisas. Primeiro, eu queria descobrir se eles tinham mesmo algo a esconder. Agora sei que têm.

– Com base em quê?

– Nas mentiras deslavadas e nas atitudes evasivas.

– Eles são políticos – retrucou Win. – Eles mentiriam se você lhes perguntasse o que comeram no café da manhã.

– Você não acha que há alguma coisa estranha ali?

– Na verdade, acho. E qual a segunda coisa?

– Eu queria perturbá-los.

Win sorriu. Ele gostava da ideia.

– E aí, o que vem em seguida?

– Precisamos investigar a morte prematura de Elizabeth Bradford.

– Como?

– Vamos depressa para a South Livingston Avenue. Eu lhe direi onde dobrar.

◆ ◆ ◆

A delegacia de Livingston era perto da prefeitura. Do outro lado da rua, ficavam a Biblioteca Pública e a Livingston High School. Uma típica zona central de cidade pequena. Myron entrou e perguntou pela oficial Francine Neagly. Ela se formara no colégio do lado oposto da rua, no mesmo ano em que Myron. Ele esperava ter a sorte de encontrá-la na delegacia.

Um sargento de plantão de olhar duro disse a Myron que a oficial Neagly "não estava presente naquele momento em particular" – é assim que os policiais falam –, mas acabara de informar pelo rádio que iria almoçar no Ritz Diner.

Aquele restaurante era um horror. A antiga e primorosa estrutura de tijolos fora pintada com spray verde-alga e ganhara uma porta salmão – uma combinação de cores berrante até para um navio de cruzeiro espalhafatoso. Myron o detestava. Em seus bons tempos, quando Bolitar estava no ensino médio, era um local comum e despretensioso chamado Heritage. Naquela época, ficava aberto 24 horas, seus donos, naturalmente, eram gregos – devia haver uma lei estadual decretando isso – e era frequentado por estudantes que comiam hambúrgueres e batatas fritas depois de uma noite de sexta-feira ou sábado sem atividades. Myron e os amigos vestiam os blusões do colégio, iam a um monte de festas na casa dos amigos e sua última parada era sempre o Heritage. Tentou lembrar o que fazia naquelas festas, mas não lhe veio à mente nada em especial. Ele não bebia, pois passava mal com o álcool e, quando se tratava de drogas, era puritano feito Poliana. Então o que ele fazia? Ele se recordava da música, claro, dos Doobie Brothers, de Steely Dan e Supertramp berrando, de tentar descobrir significados profundos nas letras das canções da Blue Oyster Cult ("Ei, cara, o que você acha que Eric quer *realmente* dizer com 'Quero fazer aquilo com sua irmã numa estrada de terra'?"). Ele se lembrava de ocasionalmente dar uns amassos em uma garota, até que os encontros foram rareando e eles passaram a se evitar pelo resto da vida escolar. Mas só disso. Você ia às festas por temer perder alguma coisa, mas nunca acontecia nada. Agora elas lhes pareciam todas iguais, um borrão indistinto.

O que, imaginava ele, iria sempre permanecer de forma vívida nos velhos subterrâneos de sua memória era a chegada em casa, quando encontrava o pai fingindo dormir na poltrona reclinável. Não importava que horas fossem. Duas, três da manhã; Myron não tinha um toque de recolher. Seus pais confiavam nele. Mas ainda assim o velho ficava acordado toda sexta e sábado à noite, esperando e preocupando-se, e o barulho da chave na fechadura era o sinal para a encenação. Myron sabia que não era verdade e o pai sabia que Myron sabia. Mas sempre procurava esconder isso.

Com um cutucão, Win o trouxe de volta à realidade.

– Você vai entrar ou vai simplesmente ficar embasbacado diante desse monumento ao mau gosto *nouveau*?

– Meus amigos e eu costumávamos vir aqui – explicou Myron. – Quando eu estava no colégio.

Win olhou para o restaurante, depois para Myron.

– Vocês eram corajosos.

Win ficou esperando no carro. Myron localizou Francine Neagly no balcão. Ele se sentou na banqueta ao lado dela e lutou contra o desejo de girar nela.

– Esse uniforme de policial... – começou Myron dando um assobio curto. – É muito excitante.

Francine mal levantou os olhos do sanduíche.

– O melhor é que posso usá-lo para fazer striptease em despedidas de solteiro.

– E guardar as gorjetas sob o quepe.

– Isso aí. – Francine mordeu o hambúrguer de forma tão violenta que ele chegou a gritar. – Enquanto eu ainda estiver viva e respirando, o herói local vai aparecer em público.

– Por favor, nada de exageros.

– Que bom que estou aqui: se as mulheres se descontrolarem, posso atirar nelas por você. – Ela limpou as mãos engorduradas num guardanapo. – Ouvi dizer que você se mudou da cidade.

– Mudei.

– Aqui vem acontecendo o contrário ultimamente. – Ela pegou outro guardanapo. – Na maioria das cidades, o que se ouve é que as pessoas querem crescer para se mudar. Mas aqui, bem... todo mundo está voltando para Livingston e criando os filhos. Lembra-se de Santola? Ele voltou. Três filhos. E de Friedy? Está morando na antiga casa dos Weinbergs. Dois filhos. Jordan mora perto da St. Phil e reformou uma porcaria qualquer. Três meninas. Eu lhe garanto que metade da nossa turma se casou e voltou para morar na cidade.

– E você e Gene Duluca? – perguntou Myron com um pequeno sorriso.

Ela riu.

– Eu o chutei no primeiro ano da universidade. Meu Deus, como éramos toscos, hein?

Gene e Francine haviam sido o casal da turma. Passavam as horas do almoço à mesa trocando beijos de língua em meio à refeição no bandejão, ambos usando suspensórios.

– Toda a cidade era tosca – concordou Myron.

Ela deu outra mordida.

– Quer pedir alguma coisa grudenta e trocar uns beijos de língua? Para ver como era?

– Se eu não estivesse com tanta pressa...

– É o que todos os homens dizem. Então, em que posso ajudá-lo, Myron?

– Lembra-se da morte na casa dos Bradfords quando estávamos no colégio?

Ela se deteve no meio de uma mordida.

– Pouca coisa.

– Quem se encarregou do caso na época?

Ela engoliu um pedaço do hambúrguer e respondeu:

– O detetive Wickner.

Myron lembrava-se dele. Com seus eternos óculos de sol. Muito ativo na liga infantil de beisebol. Importava-se exageradamente com vitórias. Odiava os meninos logo que entravam no ensino médio e paravam de venerá-lo. Apreciava aplicar multas a jovens motoristas. Mas Myron sempre gostara do cara. Americano tradicional. Tão digno de confiança quanto um bom jogo de ferramentas.

– Ele ainda está na corporação?

Francine balançou a cabeça.

– Está reformado. Mudou-se para um chalé à beira de um lago no norte do estado. Mas ainda vem muito aqui. Demora-se nas quadras e troca apertos de mão. Deram o nome dele à barreira de um campo de beisebol. Houve uma grande cerimônia e tudo o mais.

– Pena que perdi isso. Será que os papéis referentes ao processo ainda estão na delegacia?

– Há quanto tempo foi isso?

– Há vinte anos.

Francine o encarou. Seu cabelo estava mais curto que na época do colégio e ela não usava mais suspensórios, mas, fora isso, continuava exatamente a mesma.

– No porão, talvez. Por quê?

– Preciso deles.

– Sem mais explicações?

Ele assentiu.

– Está falando sério? – insistiu Francine.

– Sim.

– E você quer que eu os passe para você?

– Sim.

Ela voltou a limpar as mãos com um guardanapo.

– Os Bradfords são poderosos.

– E eu não sei?

– Você está querendo criar problemas para Arthur Bradford ou algo do tipo? Ele é candidato a governador.

– Não.

– E imagino que você tenha bons motivos para querer esses papéis.

– Sim.

– Você quer me dizer que motivos são esses, Myron?

– Não se não for necessário.

– Que acha de me dar uma pequena dica?

– Preciso saber se foi um acidente.

– Você tem alguma indicação de que não foi?

Ele negou com a cabeça.

– Eu mal tenho uma suspeita.

Francine pegou uma batata frita e a examinou.

– E se você encontrar alguma coisa, Myron, você vai me procurar, não é? Não a imprensa. Não o pessoal da delegacia. Vai *me* procurar.

– Combinado.

Ela deu de ombros.

– Tudo bem, vou procurar.

Myron lhe passou seu cartão.

– Foi bom tornar a vê-la, Francine.

– Igualmente – disse ela, engolindo outro pedaço de hambúrguer. – Ei, você está comprometido com alguém?

– Sim. E você?

– Não. Mas agora que você falou no Gene, percebi que meio que sinto saudade dele.

capítulo 14

MYRON VOLTOU PARA O JAGUAR e Win deu a partida.

– Seu plano implica fazer os Bradfords se mexerem, certo? – perguntou Win.

– Sim.

– Então preciso parabenizá-lo. Os dois cavalheiros que servem aos Bradfords deram uma passada por aqui enquanto você estava lá dentro.

– Algum sinal deles agora?

Win balançou a cabeça.

– Com certeza estão vigiando as saídas da estrada. Alguém vai nos pegar. O que você pretende fazer?

Myron refletiu por um instante.

– Ainda não quero despistá-los. Deixe que nos sigam.

– Para onde, ó sábio?

Myron consultou o relógio.

– Como está o seu horário?

– Tenho que voltar ao escritório às duas.

– Você pode me deixar no treino da Brenda? Vou pegar uma carona de volta.

Win assentiu.

– Eu vivo para o ofício de chofer.

Eles pegaram a Rodovia 280 rumo à autoestrada de Nova Jersey. Win ligou o rádio. Um comercial recomendava expressamente que as pessoas não comprassem colchões pelo telefone, mas que fossem à Sleepy's "consultar seu especialista em colchões". Especialista em colchões. Myron se perguntou se haveria algum curso do tipo ou o quê.

– Você está armado? – indagou Win.

– Deixei a arma em meu carro.

– Abra o porta-luvas.

Myron obedeceu e deparou com três armas e várias caixas de munição. Ele franziu a testa.

– Está esperando uma invasão armada?

– Meu Deus, que gracejo inteligente. – Win apontou para um revólver. – Pegue o .38. Está carregado. Há um coldre debaixo do banco.

Myron fingiu hesitar, mas a verdade é que ele já deveria estar armado.

– Naturalmente você entende que o jovem FJ não vai ceder.

– Sim, eu sei.

– Temos que matá-lo. Não há alternativa.

– Matar o filho de Frank Ache? Nem mesmo você sobreviveria.

Win deu um meio sorriso.

– Isso é um desafio?

– Não – apressou-se em dizer Myron. – Só peço que não faça nada por enquanto. Por favor. Eu vou bolar um plano.

Win deu de ombros.

Pagaram um pedágio e passaram por um restaurante de beira de estrada. Myron ainda podia ver o Complexo Esportivo Meadowlands. O Giants Stadium e a Continental Arena pairavam acima do vasto pântano que era East Rutherford, Nova Jersey. Myron contemplou a arena esportiva por um instante, calado, lembrando-se de sua recente tentativa fracassada de voltar a jogar basquete. Mas Myron já tinha superado a frustração. Não podia mais praticar o esporte que ele amava, mas se resignou e se reconciliou com a realidade. Deu a volta por cima, seguiu em frente e esqueceu a raiva.

Então por que ele ainda pensava naquilo todo dia?

– Andei fazendo algumas investigações – informou Win. – Quando o jovem FJ estava em Princeton, um professor de geologia o acusou de colar numa prova.

– E...?

– *Hasta la vista, baby.*

– Você está brincando, não é?

– Não acharam o corpo. A língua, sim. Mandaram-na para outro professor, que andara pensando em fazer a mesma acusação.

Myron sentiu a garganta contrair-se.

– Deve ter sido Frank, não FJ.

Win negou com um gesto de cabeça.

– Frank é psicótico, mas não é dado a desperdícios. Se Frank estivesse cuidando do caso, teria recorrido a ameaças ferozes, talvez reforçadas com alguns golpes bem aplicados. Mas esse tipo de massacre... não é o seu estilo.

Myron pôs-se a refletir.

– Talvez possamos conversar com os irmãos Ache. Para que ele saia do nosso pé.

Win deu de ombros.

– É mais fácil matá-lo.

– Por favor, não faça isso.

Ele voltou a dar de ombros. Seguiram em frente e Win pegou a saída da Grand Avenue. À direita, havia um enorme conjunto de casas geminadas; em meados da década de 1980, aproximadamente zilhões deles infestaram Nova Jersey. Aquele em particular parecia um tranquilo parque de diversões ou o conjunto habitacional de *Poltergeist*.

– Não quero parecer piegas – disse Myron –, mas se FJ conseguir me matar...

– Vou passar semanas inteiras espalhando retalhos da genitália dele por toda a Nova Inglaterra – completou Win. – Depois, provavelmente o matarei.

Myron sorriu.

– Por que na Nova Inglaterra?

– Eu gosto da Nova Inglaterra. E eu me sentiria muito sozinho em Nova York sem você.

Win ligou o CD player, que começou a tocar a canção do musical *Rent* em que a encantadora Mimi pedia a Roger que lhe acendesse a vela. Myron olhou para o amigo. Para a maioria das pessoas, Win parecia tão romântico quanto o frigorífico de um açougue. Mas a verdade é que ele só se dedicava a muito poucas pessoas. Com esse grupo seleto, ele era surpreendentemente aberto; da mesma forma que suas mãos letais, golpeava fundo e com vigor, depois se afastava, procurando esquivar-se.

– Horace Slaughter só tinha dois cartões de crédito – comentou Myron. – Você pode dar uma checada neles?

– Não precisa verificar caixas eletrônicos?

– Só os Visa.

Win assentiu e pegou o número dos cartões. Ele deixou Myron na Englewood High School. Os Dolphins estavam treinando um esquema defensivo, na base de marcação um a um. Uma jogadora driblava em zigue-zague enquanto a outra tentava detê-la. Bom treinamento. Cansativo pra caramba, mas eficiente como nenhum outro.

Agora só havia meia dúzia de pessoas nas arquibancadas. Myron sentou-se na primeira fila. Logo depois, a treinadora foi em sua direção. Ela era alta e forte e estava com os cabelos pretos impecavelmente penteados, uma blusa de tricô com o logotipo da New York Dolphins no peito, calça esportiva cinza, tênis de cano curto e um apito.

– Você é o Bolitar? – gritou a treinadora.

Sua coluna era uma barra de titânio e seu rosto era inflexível como o de uma agente rodoviária encarregada de multas.

– Sim.

– Meu nome é Podich. Jean Podich. – Ela falava como um sargento. Colocou as mãos às costas e ficou oscilando um pouco, apoiada nos calcanhares. – Eu costumava ver você jogar, Bolitar. Era realmente formidável.

– Obrigado – agradeceu ele, por pouco não acrescentando "senhor".

– Você ainda joga?

– Só por diversão.

– Ótimo. Uma jogadora torceu o tornozelo. Preciso de alguém para substituí-la no treino.

– Perdão?

– Estou com nove jogadoras aqui, Bolitar. Nove. Preciso de mais alguém. Tem muitos uniformes na sala de equipamentos. Tênis também. Vá trocar de roupa.

Aquilo não era um pedido.

– Preciso de minha joelheira articulada.

– Temos isso também, Bolitar. Temos tudo. O instrutor vai ajustá-la muito bem em você. Agora vamos, cara.

Ela bateu palmas para ele, voltou-se e se afastou. Myron ficou parado por um segundo. Ótimo, era justamente aquilo de que precisava.

Podich soprou o apito com força suficiente para expelir um órgão e as jogadoras pararam.

– Dez minutos de descanso, depois jogo-treino.

As jogadoras foram saindo aos poucos e Brenda se dirigiu a Myron.

– Para onde está indo? – perguntou ela.

– Vou vestir o uniforme.

Brenda conteve um sorriso.

– O que foi?

– Na sala de equipamentos só tem shorts amarelos de lycra.

– Então alguém precisa avisá-la.

– Avisar quem?

– Sua treinadora. Se eu vestir um short amarelo justo, ninguém vai conseguir se concentrar no basquete.

– Vou tentar manter uma conduta profissional. Mas, se você der mole, serei forçada a beliscar sua bunda – disse Brenda rindo.

– Não sou um brinquedo que serve apenas para seu divertimento.

– Essa foi ruim. – Ela o acompanhou até a sala de equipamentos. – Ah, aquele advogado que escreveu para meu pai, Thomas Kincaid...

– Sim?

– Lembrei quando ouvi seu nome antes. Durante minha primeira bolsa de estudos. Aos 12 anos. Ele era o advogado responsável.

– Como assim, "advogado responsável"?

– Ele assinava cheques para mim.

Myron parou.

– Você recebia cheques de uma bolsa de estudos?

– Sim. A bolsa cobria tudo: instrução, refeições, livros didáticos. Eu dava uma lista das minhas despesas e Kincaid assinava os cheques.

– Como se chamava a bolsa de estudos?

– Não me lembro. Educação Extensiva ou algo do tipo.

– Por quanto tempo Kincaid administrou a bolsa?

– Ela cobriu todo o meu ensino médio. Consegui uma bolsa como atleta para a faculdade, então o basquete pagou as despesas.

– E quanto à escola de medicina?

– Consegui outra bolsa.

– No mesmo esquema?

– É uma bolsa diferente, se é isso que quer dizer.

– Ela cobre as mesmas despesas: educação, refeições...?

– Sim.

– Administrada por um advogado também?

Ela assentiu.

– Você lembra o nome dele?

– Sim: Rick Peterson.

Myron pensou um pouco e teve um estalo.

– O que é? – perguntou ela.

– Faça-me um favor. Tenho que telefonar. Você pode segurar Frau Blücher para mim?

Ela deu de ombros.

– Posso tentar.

Brenda o deixou sozinho. A sala de equipamentos era enorme. Um cara de 80 anos atendia os atletas e perguntou a Myron suas medidas. Dois minutos depois, o velho entregou a Myron uma pilha de roupas: camiseta roxa, meias pretas com listras azuis, uma sunga branca, tênis verdes e, naturalmente, um short amarelo de lycra.

Myron franziu a testa.
– Acho que o senhor se enganou de cor.
O velho lhe lançou um olhar duro.
– Eu tenho um sutiã esportivo vermelho, se estiver interessado.
Myron refletiu um pouco, mas acabou dispensando.
Ele vestiu a camisa e a sunga. Pôr o short foi como vestir uma roupa molhada; tudo parecia apertá-lo – na verdade não era uma sensação ruim. Ele pegou o celular e correu para a sala do treinador, passando no caminho por um espelho. Estava parecendo uma caixa de gizes de cera deixada por muito tempo no parapeito de uma janela. Ele se deitou num banco e ligou para o escritório. Esperanza atendeu.
– MB Representações Esportivas.
– Onde está Cyndi? – perguntou Myron.
– Almoçando.
Uma imagem mental de Godzilla comendo cidadãos de Tóquio lampejou diante de seus olhos.
– E ela não gosta de ser chamada só de Cyndi – acrescentou Esperanza. – É Big Cyndi.
– Desculpe o excesso de sensibilidade política. Você está com a lista dos telefonemas de Horace Slaughter?
– Sim.
– E há ligações para um advogado chamado Rick Peterson?
A pausa foi curta.
– Você é um gênio: há cinco ligações.
As engrenagens começavam a girar na cabeça de Myron. O que nunca era boa coisa.
– Outras mensagens?
– Dois telefonemas da Bruta.
– Por favor, não a chame assim – pediu Myron.
"Bruta" já era uma melhora em relação ao nome que Esperanza dava a Jessica, que rimava e começava com a letra P. Myron ultimamente andava torcendo para que as duas se entendessem – Jessica convidara Esperanza para almoçar –, mas agora ele reconhecia que nada menos potente que uma fusão termonuclear seria capaz de suavizar aquele território específico. Alguns confundiam aquilo com ciúmes. Mas não era. Cinco anos antes, Jessica magoara Myron e Esperanza testemunhou o acontecimento, viu a devastação de perto.

Existem pessoas que guardam rancores. Esperanza não desgrudava deles, mantendo-os firmes com cimento e cola instantânea.

– Por que ela liga para cá, afinal? – questionou Esperanza quase que com aspereza. – Ela não sabe o número de seu celular?

– Ela só o usa em caso de emergência.

Esperanza fez um ruído como se fosse vomitar.

– Vocês dois têm um relacionamento muito maduro.

– Será que você não pode simplesmente me passar o recado, por favor?

– Ela quer que você ligue para ela. No Beverly Wilshire. Quarto 618. Deve ser a Suíte Putanal.

Ela não tinha evoluído tanto. Esperanza informou o número e Myron o anotou.

– Mais alguma coisa?

– Sua mãe telefonou. Não se esqueça do jantar hoje à noite. Seu pai está preparando um churrasco. Um pelotão de tios estará de plantão.

– Ok, obrigado. A gente se vê de tarde.

– Mal posso esperar – rebateu ela, e desligou.

Myron sentou-se. Jessica tinha ligado duas vezes. Humm.

O instrutor jogou uma joelheira articulada para Myron, que a amarrou, prendendo-a com velcro. Em silêncio, o instrutor trabalhou em seu joelho, envolvendo-o com um plástico filme. Myron se perguntou se devia ligar para Jessica logo e concluiu que ainda tinha tempo. Deitado de costas, com a cabeça apoiada numa espécie de travesseiro de espuma, ligou para o Beverly Wilshire e pediu que transferissem a ligação para o quarto de Jessica. Ela atendeu como se já estivesse com o fone na mão:

– Alô?

– Alô, minha bela. – Que galante. – O que você está fazendo?

– Acabei de espalhar no chão um monte de fotos suas. Eu estava para tirar a roupa, cobrir todo o meu corpo com algum tipo de óleo e ondular o corpo em cima delas.

Myron olhou para o instrutor e perguntou:

– Ahn, você pode me dar um saquinho com gelo?

O homem pareceu confuso e Jessica riu.

– Ondular o corpo – repetiu Myron. – É uma boa expressão.

– Sou escritora – alegou Jessica.

– E aí, como está a costa oriental?

– Ensolarada. Cacete, aqui tem sol demais.

– Volte para casa.

Houve uma pausa, então Jessica revelou:

– Tenho boas notícias.

– Ah, é?

– Lembra-se da produtora que comprou *Sala de controle*?

– Claro.

– Eles querem que eu produza o filme e seja uma das roteiristas. Não é ótimo?

Myron ficou em silêncio, sentindo um aperto no peito, como se uma cinta o pressionasse.

– Vai ser o máximo – continuou ela, introduzindo à força uma falsa jocosidade em seu tom cauteloso. – Voarei para casa nos fins de semana. Ou você pode vir aqui algumas vezes. Quer dizer, você pode conseguir clientes aqui na Costa Oeste. Vai ser o máximo.

Silêncio. O instrutor terminou o serviço e saiu da sala. Myron estava com medo de falar. Passaram-se segundos.

– Não fique assim – suplicou Jessica. – Sei que você não está contente. Mas vai dar certo. Vou sentir muitas saudades, você sabe disso, mas Hollywood sempre estraga meus livros. É uma grande oportunidade.

Myron abriu e fechou a boca e, por fim, conseguiu falar:

– Por favor, volte para casa.

– Myron...

Ele fechou os olhos.

– Não faça isso.

– Não estou fazendo nada.

– Você está fugindo de mim, Jess. É o que você faz melhor.

Silêncio.

– Isso não é justo – replicou ela.

– Que se dane. Eu te amo.

– Eu também te amo.

– Então volte para casa – disse ele.

Myron segurava o fone com força. Seus músculos estavam cada vez mais tensos. Ao fundo, ele ouvia Podich tocar o maldito apito.

– Você continua desconfiando de mim – disse Jessica com suavidade. – Você ainda tem medo.

– E você fez o maior esforço para aplacar meus medos, não é mesmo? – Ele se surpreendeu com a rispidez da própria voz.

A velha imagem feriu-o novamente. Um cara chamado Doug. Cinco anos atrás. Ou seria Dougie? Myron era capaz de apostar que seus amigos o chamavam de Dougie. "Ei, Dougie, topa ir numa balada, cara?" Com certeza a chamava de Jessie. Dougie e Jessie. Cinco anos atrás. Myron os flagrou e seu coração se desintegrou como se fosse feito de cinzas.

– Não posso mudar o que aconteceu – respondeu Jessica.

– Sei disso.

– Então o que você quer de mim?

– Quero que você volte para casa. Quero que a gente fique junto.

Mais estática no celular. Podich gritou seu nome. Myron sentia algo vibrar no peito como um diapasão.

– Você está cometendo um erro – falou Jessica. – Eu sei que tive um pouco de problema em relação a comprometimento antes...

– *Um pouco* de problema?

–... mas agora tudo mudou. Não estou abandonando você. Você está enganado.

– Talvez esteja.

Fechou os olhos, sentindo dificuldade de respirar. Ele devia desligar. Devia ser mais duro, mostrar um pouco de orgulho, reprimir as emoções, desligar.

– Simplesmente volte para casa. Por favor.

Ele sentia a distância continental que os separava, suas vozes passando por entre milhões de pessoas.

– Vamos respirar fundo, eu e você – pediu ela. – Talvez esse não seja um assunto para ser falado por telefone.

Mais silêncio.

– Olha, eu tenho uma reunião – avisou Jessica. – Vamos conversar mais tarde, ok?

Ela desligou. Myron ficou segurando o celular. Ele estava só. Levantou-se com as pernas trêmulas.

Brenda encontrou-o na porta. Ela estava com uma toalha em volta do pescoço e seu rosto brilhava de suor.

– Qual o problema?

– Nada.

Ela não os tirou olhos dele. Não acreditava, mas tampouco iria insistir.

– Belo traje.

Myron contemplou as roupas que estava usando.

– Eu ia usar um sutiã esportivo vermelho. É o que falta para completar o visual.

– Delícia.

Ele conseguiu abrir um sorriso.

– Vamos.

Os dois avançaram pelo corredor.

– Myron?

– Sim?

– Nós falamos muito de mim. – Ela continuava a andar, sem olhar para ele. – Não faria mal nenhum às vezes trocarmos de papel. Talvez até seja legal.

Myron assentiu, mas permaneceu em silêncio. Por mais que quisesse ser mais parecido com Clint Eastwood ou John Wayne, Myron não era do tipo silencioso, o machão que guardava todos os problemas para si. Ele fazia confidências a Esperanza e a Win o tempo todo. Mas nenhum dos dois podia ajudar quando se tratava de Jessica. Esperanza a odiava tanto que não conseguia pensar racionalmente sobre o assunto. Quanto a Win, bem, ele não era o cara com quem se podia discutir coisas do coração. Seus pontos de vista sobre o tema poderiam ser classificados, de forma conservadora, de "assustadores".

Ao se aproximarem da quadra, Myron parou de repente. Brenda lhe lançou um olhar interrogativo. Dois homens encontravam-se nas laterais da quadra. Ternos marrons deselegantes, sem o menor senso de harmonia ou estilo. Rostos cansados, cabelos curtos, barrigas protuberantes. Myron não teve a menor dúvida: policiais.

Alguém apontou para Myron e Brenda. Com um suspiro, os dois homens dirigiram-se a eles. Brenda parecia confusa. Myron se aproximou mais dela. Os homens pararam bem na frente deles.

– Você é Brenda Slaughter? – perguntou um deles.

– Sim.

– Sou o detetive David Pepe, do Departamento de Polícia de Mahwah. Este é o detetive Mike Rinsky. Poderia fazer o favor de nos acompanhar?

capítulo 15

Myron avançou um passo.

– Do que se trata?

Os policiais o encararam com olhares inexpressivos.

– Quem é você?

– Myron Bolitar.

– E Myron Bolitar é...?

– Sou o advogado da Srta. Slaughter.

Os policiais se entreolharam.

– A coisa foi rápida – disse um deles.

– Por que será que ela já tinha chamado o advogado? – indagou-se o parceiro.

– Esquisito, não?

– Também acho. – Ele olhou o multicolorido Myron de alto a baixo e deu um sorriso torto. – Você não se veste como um advogado, Sr. Bolitar.

– Deixei meu traje cinza em casa. O que vocês querem?

– Gostaríamos de levar a Srta. Slaughter para a delegacia – informou o Policial Um.

– Ela vai ser presa?

O Policial Um olhou para o Dois.

– Os advogados não sabem que, quando a gente prende as pessoas, lê para elas os seus direitos?

– Provavelmente ele tirou o diploma por correspondência. Ensino a distância.

– Graduou-se em direito e conserto de videocassetes ao mesmo tempo.

– Isso mesmo.

– Ou quem sabe frequentou o Instituto Americano de Garçons. Ouvi falar que eles têm um curso bastante disputado.

Myron cruzou os braços.

– Quando tiverem terminado... Mas, por favor, continuem. Vocês são divertidíssimos.

O Policial Um deu um suspiro.

– Gostaríamos de levar a Srta. Slaughter para a delegacia – repetiu ele.

– Para quê?

– Para conversar.

Cara, a conversa estava fluindo maravilhosamente.

– Por que vocês querem conversar com ela?

– Nós, não – retrucou o Policial Dois.

– Certo, nós não – concordou seu parceiro.

– Nós só temos que conduzi-la.

– Como acompanhantes.

Myron estava prestes a fazer um comentário sobre aquela história de eles serem acompanhantes masculinos, mas Brenda pôs a mão em seu braço.

– Vamos, e pronto.

– Garota esperta – comentou o Policial Um.

– Precisa de outro advogado – completou o Dois.

Myron e Brenda sentaram-se no banco de trás de uma viatura sem identificação que até um cego seria capaz de ver que se tratava de um carro da polícia. Era um sedã marrom, da mesma cor dos ternos dos policiais, um Chevrolet Caprice, só que com excesso de antenas.

Nos primeiros dez minutos de viagem, ninguém falou nada. O rosto de Brenda estava impassível. Ela deslocou a mão pelo assento até tocar a dele, deixou-a ali e o encarou. A mão era morna e agradável. Ele tentou mostrar-se confiante, mas sentia um terrível frio na barriga.

Eles pegaram a Rodovia 4, depois a 17. Mahwah, belo subúrbio, quase na fronteira de Nova York. Eles estacionaram atrás do edifício da prefeitura; nos fundos ficava a entrada da delegacia. Os policiais os levaram para a sala de interrogatório. Havia uma mesa de metal presa ao chão e quatro cadeiras, e um espelho tomava metade da parede. Só um retardado não saberia que qualquer um do lado de fora poderia enxergar tudo ali através do vidro. Muitas vezes Myron se perguntava se alguém ainda se deixava enganar por aquilo. Mesmo que você nunca visse televisão, iria se perguntar por que a polícia precisaria de um espelho gigante na sala de interrogatórios. Vaidade?

Eles foram deixados sozinhos.

– O que acha disso? – perguntou Brenda.

Myron deu de ombros. Ele fazia uma boa ideia, mas àquela altura não adiantava especular: logo eles iriam saber. Passaram-se dez minutos, o que não era bom sinal. Mais cinco. Myron resolveu blefar:

– Vamos embora.

– O quê?

– Não temos que ficar aqui esperando. Vamos embora.

Naquele mesmo momento, a porta se abriu. Um homem e uma mulher entraram. O homem era corpulento, parecendo um barril, e bem peludo. O bigode era tão denso que fazia o de Teddy Roosevelt parecer uma penugem. Seus cabelos começavam tão no meio da testa que chegavam a se confundir com as sobrancelhas. Parecia membro do partido soviético. A calça estava muito esticada na parte da frente, de forma até obscena, mas, como ele não tinha bunda, os fundilhos pareciam grandes demais. A camisa também era apertada, a gola o estrangulava. As mangas arregaçadas apertavam-lhe os braços como torniquetes. Ele estava afogueado e com raiva.

Para os que gostam de classificar, aquele seria o Policial Mau.

A mulher vestia uma saia cinza, em cujo cós se via o distintivo de detetive, e uma blusa branca de colarinho alto. Trinta e poucos anos, loira com sardas e faces rosadas. Um aspecto muito saudável. Se ela fosse o prato principal de uma refeição, o menu a classificaria como "vitela tenra".

Ela lhes sorriu calorosamente.

– Desculpem-nos por fazê-los esperar. – Até os dentes eram bonitos. – Sou a detetive Maureen McLaughlin. Estou na promotoria pública do condado de Bergen. Este é o detetive Dan Tiles. Ele trabalha para o Departamento de Polícia de Mahwah.

Tiles ficou calado, cruzou os braços e encarou Myron como se ele fosse um vagabundo que estivesse urinando em seu jardim.

– Tiles... Seu sobrenome quer dizer mesmo "ladrilhos"? – indagou Myron.

Maureen continuou sorrindo.

– Srta. Slaughter... posso chamá-la de Brenda?

Lá vinha ela com intimidade.

– Sim, Maureen.

Brenda, gostaria de lhe fazer algumas perguntas, se não for problema.

– Do que se trata? – questionou Myron.

Maureen abriu um sorriso, que, combinado com as sardas, lhe dava um ar travesso.

– Querem beber algo? Um café, talvez? Algo gelado e aprazível?

Myron se levantou.

– Vamos, Brenda.

– Ei, sente-se por um instante, está bem? – pediu Maureen. – Qual é o problema?

– O problema é que você não quer nos dizer por que estamos aqui. Além disso, você usou a palavra *aprazível* numa conversa informal.

– Explique a eles – falou Tiles pela primeira vez.

Sua boca não se mexeu, mas a moita sob o nariz subiu e desceu. Uma espécie de Eufrazino dos *Looney Tunes*.

Maureen de repente se mostrou perturbada.

– Eu simplesmente não consigo despejar tudo em cima deles, Dan. Isso não...

– Explique a eles – repetiu Tiles.

– Vocês ensaiaram isso? – indagou Myron, gesticulando em direção a eles. Mas agora ele estava inquieto, pois sabia o que vinha pela frente e não queria ouvir.

– Por favor – disse Maureen. O sorriso sumira. – Por favor, sentem-se.

Ambos voltaram devagar para as cadeiras. Myron cruzou as mãos sobre a mesa.

Maureen parecia estar ponderando as palavras seguintes.

– Você tem namorado, Brenda?

– Você administra um serviço de encontros? – questionou Myron.

Tiles se afastou da parede, estendeu o braço e segurou a mão direita de Myron por um instante. Depois, soltou-a e pegou a esquerda. Após examiná-la, pareceu ficar aborrecido e largou-a.

Myron tentou não demonstrar confusão.

– Palmolive. Bastante suave.

Tiles afastou-se e tornou a cruzar os braços.

– Explique a eles – repetiu.

Os olhos de Maureen agora só fitavam Brenda. Ela se inclinou um pouco para a frente e revelou, com a voz mais baixa:

– Seu pai morreu, Brenda. Encontramos o corpo dele há três horas. Sinto muito.

Myron já tinha se preparado, mas ainda assim as palavras o atingiram como um meteorito. Ele agarrou a mesa e sentiu a cabeça girar. Brenda permaneceu em silêncio, o rosto imutável, mas começou a ofegar.

Maureen não deu muito espaço para condolências.

– Entendo que é um momento muito difícil, mas precisamos realmente lhe fazer umas perguntas.

– Cai fora – disse Myron.

– O quê?

– Eu quero que você e Stálin sumam daqui imediatamente. A conversa acabou.

– Você tem alguma coisa a esconder, Bolitar? – perguntou Tiles.

– Sim, é isso, Mogli. Agora, fora.

Brenda ainda não se mexera. Ela olhou para Maureen e balbuciou:

– Como?

– Como o quê?

Brenda engoliu em seco.

– Como ele foi assassinado?

Tiles quase cruzou a sala de um salto.

– Como você sabe que ele foi assassinado?

– O quê?

– Nós não falamos nada de assassinato. – Tiles parecia muito satisfeito consigo mesmo. – Só que seu pai morreu.

Myron revirou os olhos.

– Você nos pegou, Tiles. Dois policiais nos arrastam até aqui para brincar conosco e de alguma forma concluímos que o pai dela não morreu de causas naturais. Ou somos loucos ou fomos os responsáveis pela morte.

– Cale a boca, babaca.

Myron levantou-se depressa, derrubando a cadeira, e ficou cara a cara com Tiles.

– Dê o fora.

– Senão...

– Você quer ver do que sou capaz, Tiles?

– Adoraria, seu pavão.

Maureen se pôs entre os dois.

– Vocês tomaram testosterona demais esta manhã? Para trás, os dois.

Myron continuou encarando Tiles e respirou fundo várias vezes. Estava agindo de forma irracional. Era estúpido se descontrolar. Tinha que se recompor. Horace estava morto. Brenda estava em maus lençóis. Ele precisava manter a calma.

Myron levantou a cadeira do chão e tornou a sentar-se.

– Minha cliente não falará com vocês enquanto não conversarmos.

– Por quê? – questionou Brenda. – Qual é o problema?

– Eles acham que foi você – explicou Myron.

Surpresa, Brenda voltou-se para Maureen.

– Eu sou suspeita?

Maureen deu de ombros amistosamente, como se dissesse "Estou do seu lado".

– Ei, é muito cedo para incriminar ou inocentar alguém.
– No meio policial, isso significa "sim" – replicou Myron.
– Cale a boca, babaca – repetiu Tiles.
– Responda à pergunta dela, Maureen. Como o pai foi morto?
Maureen reclinou-se na cadeira, considerando suas opções.
– Horace Slaughter levou um tiro na cabeça.
Brenda fechou os olhos.
– À queima-roupa – completou Tiles.
– Isso, à queima-roupa. Na parte de trás da cabeça – falou Maureen.
– À queima-roupa – repetiu Tiles. Ele pôs os punhos na mesa e debruçou-se, aproximando-se mais. – Como se ele conhecesse o assassino. Como se fosse alguém em quem confiava.
Myron apontou para ele.
– Você tem um troço no bigode. Parece que são ovos mexidos.
Tiles curvou-se mais, até seus narizes quase se tocarem. Ele tinha poros abertos. Muito abertos mesmo. Myron quase receou cair dentro de um deles.
– Não gosto de sua atitude, babaca.
Myron também se inclinou um pouco. Então, devagar, ele balançou a cabeça de um lado para o outro, roçando o seu nariz no de Tiles.
– Se fôssemos esquimós, teríamos nos tornado noivos agora.
Tiles recuou e, ao se recompor, afirmou:
– O fato de você agir feito um babaca não muda os fatos: Horace Slaughter levou um tiro à queima-roupa.
– O que não significa nada, Tiles. Se você fosse membro de uma força policial de verdade, saberia que a maioria dos assassinos de aluguel atira nas vítimas à queima-roupa. A maioria dos familiares, não.
Myron não sabia se aquilo era verdade, mas soava bem.
Brenda pigarreou.
– Onde ele foi baleado?
– Como? – perguntou Maureen.
– Onde ele foi baleado?
– Acabei de lhe dizer: na cabeça.
– Não, eu quero saber em que lugar, em que cidade.
Claro que eles tinham entendido e não desejavam dar a informação, esperando que ela se traísse.
Myron respondeu por Maureen:
– Ele foi encontrado aqui em Mahwah. – Então olhou para Tiles. – E an-

tes que o Magnum ataque novamente, sei disso porque estamos numa delegacia de Mahwah. O único motivo para isso é que o corpo foi achado aqui.

Maureen apenas entrelaçou as mãos à sua frente e perguntou:

– Brenda, quando você viu seu pai pela última vez?

– Não responda – orientou Myron.

– Brenda?

Ela encarou Myron com os olhos arregalados e sem foco. Estava lutando para se controlar e a tensão começava a aparecer.

– Vamos só acabar logo com isso, está bem? – falou ela, sua voz quase uma súplica.

– Estou aconselhando-a a não fazer isso.

– Bom conselho – comentou Tiles. – Quando se tem algo a esconder.

– Não consigo me decidir: isso é um bigode ou são pelos da narina muito longos?

Maureen continuou muito séria, a melhor amiga dos assassinos.

– É o seguinte, Brenda. Se você responder a nossas perguntas agora, podemos acabar com isso. Se você se fechar, bem... seremos obrigados a supor por quê. Vai parecer que você tem algo a esconder. Além disso, há a mídia.

– O quê? – indagou Myron.

Tiles se encarregou de responder:

– É simples, babaca. Você banca o advogado dela e dizemos à mídia que ela é suspeita e não quer cooperar. – Ele sorriu. – A Srta. Slaughter se dará bem se concordar em ajudar.

Breve silêncio. Um tiro certeiro.

– Quando foi a última vez que você viu seu pai, Brenda?

Myron estava prestes a interromper, mas Brenda o silenciou pondo a mão em seu braço.

– Nove dias atrás.

– Em que circunstâncias?

– Estávamos no apartamento dele.

– Por favor, continue.

– Continuar o quê? – interveio Myron. Regra 26 da advocacia: nunca deixe o interrogador ganhar ritmo. – Você lhe perguntou qual foi a última vez em que ela viu o pai. Ela respondeu.

– Eu perguntei em que circunstâncias – retrucou Maureen. – Brenda, por favor, diga-me o que aconteceu durante sua visita.

– Você sabe o que aconteceu – disse Brenda.

Agora ela estava um passo à frente de Myron.

A policial assentiu.

– Tenho em minha posse uma queixa juramentada. – Maureen empurrou uma folha de papel até o outro lado da mesa. – Essa assinatura é sua, Brenda?

– Sim.

Myron pegou o papel e correu os olhos por ele.

– Isso descreve com exatidão o último encontro com seu pai?

O olhar de Brenda endureceu.

– Sim.

– Então, naquela ocasião, no apartamento de seu pai, na última vez que você o viu, ele a agrediu física e verbalmente. Exato?

Myron se manteve calado.

– Ele me deu um empurrão – respondeu Brenda.

– Forte o bastante para você requerer uma ordem de restrição, certo?

Myron tentava acompanhar o interrogatório, mas começava a se sentir como uma boia em águas revoltas. Horace agredira a própria filha e agora estava morto. Myron tinha que tomar pé na situação e entrar na briga.

– Pare de atormentá-la – exigiu ele, a voz soando fraca e forçada. – Vocês têm a documentação, vamos logo com isso.

– Brenda, por favor, fale-me da agressão de seu pai.

– Ele me empurrou.

– Você pode me dizer o motivo?

– Não.

– Esse "não" significa que você não quer me dizer ou que não sabe?

– Eu não sei.

– Ele simplesmente a empurrou.

– Sim.

– Você entrou no apartamento dele e o cumprimentou: "Olá, papai." Então, ele xingou você e a agrediu. É isso mesmo?

Brenda tentava manter o rosto impassível, mas ele começou a se contrair, a fachada prestes a desmoronar.

– Já chega – disse Myron.

Mas Maureen insistiu:

– É isso que você está querendo nos dizer, Brenda? Seu pai a agrediu sem motivo algum?

– Ela não está lhe dizendo nada, Maureen. Chega.

– Brenda...
– Estamos fora.
Myron segurou o braço de Brenda, quase puxando-a para que se levantasse. Tiles bloqueou a porta.
– Nós podemos ajudá-la, Brenda – continuou Maureen. – Mas esta é sua última chance. Se você sair daqui, vai ser acusada de assassinato.
Brenda pareceu acordar de um transe e perguntou:
– Do que você está falando?
– Eles estão blefando – afirmou Myron.
– Você sabe o que isto parece, não sabe? – prosseguiu Maureen. – Seu pai foi morto não tem muito tempo. Ainda não fizemos a autópsia, mas aposto que ele já está morto há quase uma semana. Você é uma jovem inteligente, Brenda. Junte os fatos. Vocês dois não se davam bem. Temos aqui a lista de queixas que você mesma fez. Nove dias atrás ele a agrediu. Você procurou a justiça para mantê-lo longe. Nossa teoria é que seu pai não acatou a ordem. Ele era um homem violento e provavelmente estava enfurecido e descontrolado devido ao que considerava uma deslealdade de sua parte. Foi isso que aconteceu, Brenda?
– Não responda – aconselhou Myron.
– Deixe-me ajudá-la, Brenda. Seu pai não acatou a ordem da Justiça, certo? Ele foi atrás de você, não foi?
Brenda permaneceu calada.
– Você era sua filha. Você não obedeceu a ele. Você o humilhou publicamente e de tal forma que ele resolveu lhe dar uma lição. E quando ele foi atrás de você, quando aquele homem grande e assustador quis atacá-la de novo, você não teve escolha. Você atirou nele. Foi legítima defesa, Brenda. Eu entendo. Eu teria feito a mesma coisa. Mas se você sair por aquela porta, Brenda, não poderei mais ajudar você. O caso passaria de algo justificável para assassinato a sangue-frio. Simples e evidente. – Maureen tomou a mão de Brenda. – Deixe-me ajudá-la, Brenda.
A sala ficou em silêncio. Maureen estava totalmente séria, sua expressão era a máscara perfeita de preocupação, confiança e abertura. Myron lançou um olhar a Tiles, mas o policial apressou-se em desviar o rosto.
Myron não gostou nada daquilo.
Maureen apresentou uma pequena teoria bastante simples. Fazia sentido. Myron percebia por que eles acreditavam naquilo. Havia uma rixa entre pai e filha. Um caso bem documentado de agressão. Uma ordem de restrição...

Espere um pouco.

Myron encarou novamente Tiles, que continuava evitando seu olhar.

Então Myron se lembrou do sangue na camisa no armário. Os policiais não sabiam daquilo, não tinham como saber...

– Ela quer ver o pai – disse ele de repente.

Todos o encararam.

– Perdão?

– O corpo dele. Nós queremos ver o corpo de Horace Slaughter.

– Isso não é necessário – retrucou Maureen. – Nós o identificamos pelas impressões digitais. Não há nenhum motivo para...

– Você está negando à Srta. Slaughter a possibilidade de ver o corpo do próprio pai?

– Claro que não. Se é o que você realmente quer, Brenda...

– É o que nós queremos.

– Estou falando com Brenda...

– Sou o advogado dela, detetive. Fale comigo.

Maureen balançou a cabeça e voltou-se para Tiles, que deu de ombros.

– Tudo bem, então – disse Maureen. – Vamos levá-los até ele.

capítulo 16

O INSTITUTO MÉDICO-LEGAL DO CONDADO de Bergen parecia uma pequena escola. Era uma construção térrea, de tijolos vermelhos, ângulos retos, o edifício mais simples que se poderia construir – mas o que você pode esperar de um necrotério? As cadeiras da sala de espera eram de plástico moldado e quase tão confortáveis quanto um nervo exposto. Myron já estivera ali uma vez, não muito depois do assassinato do pai de Jessica. Não era uma lembrança muito agradável.

– Podemos entrar agora – avisou Maureen.

Brenda se manteve perto de Myron enquanto eles atravessavam o pequeno corredor. Ele passou-lhe o braço pela cintura e ela se aconchegou. Myron a confortava, mesmo sabendo que não devia achar aquilo correto.

Eles entraram numa sala de ladrilhos e metais brilhantes. Não havia armários com enormes gavetas nem nada do tipo. A um canto, se via uma sacola plástica contendo o uniforme de um segurança. Todos os instrumentos e utensílios estavam em outro canto, cobertos por um lençol como a mesa do centro. Myron logo pôde ver que o corpo oculto era o de um homem alto e corpulento.

Eles pararam na porta, depois se reuniram ao redor da maca. Sem a menor cerimônia, um homem, que Myron imaginou ser o médico-legista, puxou o lençol. Por um átimo de segundo, Myron pensou que os policiais tivessem se confundido. Era uma esperança estapafúrdia, percebeu ele, sem embasamento. Ele tinha certeza de que aquilo se passava na cabeça de todos que iam ali identificar alguém, mesmo quando sabiam a verdade – um último anelo, uma fantasia de que se cometera um belo e maravilhoso engano. Nada mais natural.

Mas não houvera engano naquele caso.

Os olhos de Brenda marejaram. Ela inclinou a cabeça para um lado e sua boca se crispou. Estendendo a mão, afagou a bochecha do pai.

– Já chega – disse Maureen.

O legista começou a cobrir o corpo com o lençol, mas Myron o impediu de continuar. Ele fitou os restos mortais do velho amigo. Sentiu que lágrimas afloravam-lhe aos olhos, mas as conteve. Não era hora para aquilo. Ele fora ali com um objetivo.

– O ferimento provocado pela bala é na parte de trás da cabeça?

O legista olhou para Maureen, que assentiu.

– Sim – respondeu o médico. – Eu o limpei quando soube que vocês viriam.

Myron apontou para a face direita de Horace.

– O que é aquilo?

O legista pareceu nervoso.

– Ainda não tive tempo de examinar adequadamente o corpo.

– Não estou pedindo uma análise, doutor. Perguntei sobre isso.

– Sim, eu entendo. Mas não quero fazer nenhuma suposição até concluir a autópsia.

– Bem, doutor, é um ferimento. E aconteceu antes da morte. Pode-se comprovar isso pela lividez e pela coloração. – Myron não sabia ao certo se aquilo era verdade, mas prosseguiu: – O nariz dele parece estar quebrado, não é, doutor?

– Não responda – ordenou Maureen.

– Ele não precisa responder. – Myron começou a afastar Brenda daquela casca que um dia fora seu pai. – Bela tentativa, Maureen. Chame um táxi para nós. Não vamos dizer mais nem uma palavra a você.

◆ ◆ ◆

Quando eles já estavam sozinhos do lado de fora, Brenda perguntou:

– Você pode me explicar o que significa tudo isso?

– Eles estavam tentando enganar você.

– Como?

– Digamos que você tenha matado seu pai. A polícia a interroga. Você está nervosa. De repente, eles lhe dão a saída perfeita.

– A história da legítima defesa.

– Certo. Homicídio justificável. Eles fingem que estão do seu lado, que a entendem. Se você fosse a assassina, agarraria a chance, certo?

– Se eu fosse a assassina, sim, acho que faria isso.

– Mas Maureen e Tiles sabiam daqueles ferimentos.

– E daí?

– Se você atirou em seu pai em legítima defesa, por que ele teria sido espancado antes?

– Não estou entendendo.

– Veja como a coisa funciona. Eles fazem você confessar. Você segue a orientação deles, inventa uma história de que ele a atacou e você foi obrigada a matá-lo. Mas o problema é que, se esse fosse o caso, de onde teriam vindo os ferimentos no rosto? De repente, Maureen e Tiles apresentam esse novo elemento físico que contradiz sua versão dos acontecimentos. Então o que lhe resta? Uma confissão. Com isso em mãos, eles usam os ferimentos como prova de que não se tratou de legítima defesa. Você mesma cavou sua cova.

Brenda refletiu sobre aquilo.

– Quer dizer que eles acham que alguém o agrediu antes de matá-lo?

– Isso mesmo.

Ela franziu a testa.

– Eles acham mesmo que eu conseguiria agredi-lo daquela maneira?

– Provavelmente não.

– Então o que eles imaginam?

– Que você o tenha atacado de surpresa com um bastão de beisebol ou coisa do tipo. Mas o mais provável... e aí é que está o truque... é que eles achem que você tem um cúmplice. Lembra que Tiles examinou as minhas mãos? – Ela assentiu. – Ele estava procurando contusões nos nós dos dedos ou algum sinal de trauma. Quando você esmurra alguém, normalmente fica com marcas na mão.

– E foi por isso que ela me perguntou se eu tinha namorado?

– Isso mesmo.

O sol tornava-se mais ameno. O trânsito passava zunindo. Algumas pessoas em trajes de trabalho andavam até seus carros depois de um dia sob a luz artificial dos escritórios, piscando, com os rostos pálidos.

– Eles acham que papai foi agredido antes de ser morto.

– Sim.

– Mas nós sabemos que isso provavelmente é falso.

Myron aquiesceu.

– O sangue no armário. Imagino que seu pai tenha sido espancado um ou dois dias antes. Ou ele conseguiu escapar ou a agressão foi apenas uma advertência. Ele foi até o vestiário do St. Barnabas para lavar-se e usou uma camisa para estancar o sangue do nariz. Em seguida, fugiu.

– E alguém o encontrou e o matou.

– Sim.

– Não acha que devemos contar à polícia sobre a camisa ensanguentada?

– Não sei. Pense um pouco. Os policiais acreditam piamente que você o matou. E você mostra uma camisa com o sangue de seu pai. Isso vai nos ajudar ou nos prejudicar?

De repente, Brenda se afastou de Myron, com a respiração acelerada. Ele foi ficando para trás, dando-lhe espaço. Myron começou a sentir o coração pesado. Os pais a haviam abandonado, ela não tinha irmãs nem irmãos. Como uma pessoa se sente numa situação dessas?

Um táxi parou alguns minutos depois e Brenda se virou para Myron.

– Onde você quer ficar? – perguntou ele. – Na casa de uma amiga? Na da sua tia?

Ela pensou um pouco, balançou a cabeça e olhou-o nos olhos.

– Na verdade, eu gostaria de ficar com você.

capítulo 17

O TÁXI PAROU NA CASA DE BOLITAR, em Livingston.

– Podemos ir para outro lugar – insistiu ele.

Ela negou.

– Só peço que me faça um favor, Myron.

– O quê?

– Não diga a eles o que aconteceu ao meu pai. Não esta noite.

Ele deu um suspiro.

– Ok, tudo bem.

Tio Sidney e tia Selma já estavam lá, assim como tio Bernie, tia Sophie e seus filhos. Outros carros pararam enquanto ele pagava ao taxista. A mãe de Myron desceu correndo a estradinha de acesso à garagem e abraçou-o como se ele tivesse acabado de ser solto pelos terroristas do Hamas. Ela também abraçou Brenda, sendo imitada pelos demais. Seu pai estava nos fundos, preparando o churrasco. Agora utilizava uma churrasqueira a gás, graças a Deus, logo não precisava jogar combustível no carvão com uma mangueira. Ele usava um chapéu de chef um pouco mais alto que uma torre de controle e um avental em que se lia VEGETARIANO REGENERADO. Brenda foi apresentada como uma cliente. A mãe de Myron logo afastou--a do filho, dando-lhe o braço e levando-a para dar uma olhada na casa. Chegaram mais pessoas. Os vizinhos. Cada um com uma salada de macarrão ou de frutas ou outro prato. Os Dempseys e os Cohens, os Daleys e os Weinsteins. Os Brauns finalmente tinham se rendido ao fascínio caloroso da Flórida e um casal mais jovem do que Myron, com dois filhos, havia se mudado. Eles também se aproximaram.

A festa começou. Trouxeram uma bola e um taco de beisebol adaptados para espaços pequenos e foram formados dois times. Quando Myron errou a tacada, todos caíram no chão como se derrubados pelo vento. Muito divertido. Todos conversavam com Brenda. Queriam saber sobre a nova liga feminina, porém ficaram muito mais impressionados quando souberam que Brenda ia ser médica. O pai de Myron chegou até a deixar que Brenda assumisse o comando da churrasqueira por um tempo, um gesto que, partindo dele, equivalia a doar um rim. O cheiro de comida enchia o ar. Frangos e hambúrgueres da delicatéssen Don – a mãe de Myron só comprava salsichas lá –, kebab e até alguns filés de salmão para os que se preocupavam com a saúde.

Myron ficava o tempo todo trocando olhares com Brenda, que não parava de sorrir.

Crianças, todas devidamente equipadas com capacetes, estacionavam suas bicicletas no acesso da garagem. Todos zombavam do filho dos Cohens porque estava de brinco. Ele baixava a cabeça, mas então a erguia sorrindo. Vic Ruskin deu uma dica de investimento a Myron, que assentiu e esqueceu-a no mesmo instante. Fred Dempsey pegou uma bola de basquete da garagem. A menina dos Daleys formou equipes. Myron e Brenda tiveram de jogar. Todos riram. Entre um ponto e outro, Myron devorou um sanduíche de queijo. Delicioso. Timmy Ruskin caiu, cortou o joelho e chorou. Brenda examinou o corte, pôs um band-aid e sorriu para o garoto, que ficou radiante.

Passaram-se horas. A escuridão acercou-se devagar, como acontece nos céus de verão dos subúrbios. As pessoas começaram a ir embora. Carros e bicicletas foram sumindo. Pais abraçavam os filhos. Menininhas iam para casa carregadas nos ombros. Todos deram um beijo de despedida nos pais de Myron, que agora eram observados pelo filho. Eles eram a única família que restava dos primeiros habitantes do bairro, os avós de honra do quarteirão. De repente, pareceram velhos aos olhos de Myron. Aquilo o assustou.

Brenda surgiu de trás dele.

– Isso é maravilhoso.

E era. Win podia zombar daquilo. Jessica não dava a mínima para cenas como aquela – sua família criara uma perfeita fachada idílica para esconder os podres – e voltava para o centro da cidade, dando a impressão de que isso funcionava como um antídoto. Myron e Jess sempre retornavam de eventos como aquele em total silêncio. Myron refletiu sobre aquilo e pensou novamente no comentário de Win sobre o ato de fé.

– Tenho saudades de seu pai – revelou Myron a Brenda. – Havia dez anos não falava com ele. Mas ainda assim sinto falta dele.

– Eu sei.

Eles ajudaram na faxina. Não havia muito o que limpar, pois tinham sido usados apenas pratos, copos e talheres descartáveis. A mãe de Myron ria o tempo todo com Brenda e lançava olhares furtivos a ele. Olhares de quem sabia o que estava rolando.

– Sempre quis que Myron fosse médico – disse ela. – Não é chocante?

Uma mãe judia que deseja um filho médico? – As duas riram. – Mas ele desmaia quando vê sangue. Não consigo entender isso. Myron só assistiu a um filme impróprio para menores depois de entrar na faculdade. Dormia com a luz acesa até...

– Mãe.

– Ah, eu o estou constrangendo. Eu sou sua mãe, Myron. E mães têm o direito de constranger. Não é verdade, Brenda?

– Claro, Sra. Bolitar.

– Pela décima vez: é Ellen. E o pai de Myron é Al. Todos nos chamam El Al. Entendeu? Como a empresa aérea israelense.

– Mãe.

– Calado aí. Já estou indo. Brenda, você vai dormir aqui em casa? O quarto de hóspedes está pronto para você.

– Obrigada, Ellen. Seria ótimo.

A mãe de Myron voltou-se e disse com um sorriso que era pura felicidade:

– Vou deixar vocês sozinhos, queridos.

O quintal ficou em silêncio. Uma lua cheia era a única fonte de iluminação. Grilos cantavam. Um cachorro latiu. Eles se puseram a andar, falando sobre Horace. Não sobre o assassinato. Não sobre o motivo de seu desaparecimento nem sobre Anita Slaughter, FJ, a liga ou os Bradfords – nada disso. Apenas sobre Horace.

Eles chegaram a Burnet Hill, a escola onde Myron começara o ensino fundamental. Alguns anos atrás, a cidade precisara fechar metade do edifício devido à proximidade com fios de alta tensão. Myron passara três anos sob aqueles fios; talvez isso explicasse algumas coisas.

Brenda sentou-se num balanço. Sua pele brilhava ao luar. Ela começou a se mover, impulsionando as pernas para o alto. Myron fez o mesmo no balanço ao lado. A estrutura de metal era forte, mas começou a oscilar um pouquinho com o ímpeto dos dois e eles decidiram desacelerar.

– Você não me perguntou sobre a agressão – disse ela.

– Haverá tempo para isso.

– É uma história muito simples.

Myron calou-se, esperando.

– Cheguei ao apartamento do papai. Ele estava bêbado. Papai não bebia muito, mas, se resolvia beber, o álcool lhe subia à cabeça. Ele estava praticamente inconsciente quando abri a porta. Começou a me insultar, me chamou de putinha, depois me empurrou.

Myron sacudiu a cabeça, sem saber o que dizer.

Brenda parou de se balançar.

– Ele também me chamou de Anita.

A garganta de Myron ficou seca.

– Ele a confundiu com sua mãe?

Brenda fez que sim.

– Havia tanto ódio em seu olhar... Eu nunca o tinha visto assim.

Pouco a pouco, foi se formando uma hipótese em sua cabeça. O sangue no armário em St. Barnabas. O telefonema para os advogados e para os Bradfords. A fuga de Horace. O assassinato. Tudo aquilo de certa forma se encaixava. Naquele instante, porém, não passava de uma teoria baseada em pura especulação. Ele precisava amadurecer a ideia, cozinhá-la em banho-maria por um tempo, antes de ousar expô-la.

– Qual a distância até a casa dos Bradfords? – perguntou Brenda.

– Uns 800 metros, talvez.

Ela desviou os olhos dele.

– Você continua achando que minha mãe fugiu por causa de alguma coisa que aconteceu naquela casa?

– Sim.

Ela se pôs de pé.

– Vamos até lá.

– Não há nada para ver, só um portão grande e alguns arbustos.

– Minha mãe passou por aquele portão durante seis anos. Isso basta. Por enquanto.

Eles tomaram o caminho entre Ridge Drive e Coddington Terrace – Myron não conseguia acreditar que aquilo ainda estava ali depois de tantos anos – e seguiram reto. Dali já se enxergavam as luzes na colina, e quase nada mais. Brenda aproximou-se do portão. O segurança estreitou os olhos para ela. Brenda parou diante das grades de ferro e ficou observando por vários segundos.

Em seu posto, o segurança se debruçou.

– Posso ajudá-la, senhora?

Brenda negou com um gesto de cabeça e se afastou.

Eles voltaram para casa tarde. O pai de Myron fingia dormir na poltrona reclinável. Alguns hábitos são difíceis de abandonar. Myron o "acordou" e ele recobrou a consciência. Al Pacino nunca representou de modo tão enfático. Myron deu um sorriso de boa-noite a Brenda. Beijou o pai no rosto, que lhe pareceu áspero, com um leve cheiro de perfume. Como era de se esperar.

A cama foi arrumada no quarto de hóspedes, que ficava no térreo. A diarista devia ter ido naquele dia, pois a mãe de Myron fugia dos trabalhos domésticos como o diabo da cruz. Ela sempre trabalhara fora, uma das mais temidas advogadas de defesa no estado.

Myron aproveitou que seus pais levavam para casa kits de artigos de toalete de voos de primeira classe e deu um a Brenda. Quando ele lhe entregou uma camiseta e uma calça de pijama, ela o beijou com avidez na boca e Myron sentiu todo seu corpo agitar-se. A excitação era a de um primeiro beijo na vida, o maravilhoso gosto e cheiro de Brenda. Seu corpo robusto, firme e jovem colou-se ao seu. Myron nunca se sentira tão perdido, tão excitado, tão leve. Quando suas línguas se encontraram, sentiu o corpo estremecer e ouviu o próprio gemido.

Ele se afastou.

– Não devíamos fazer isso. Seu pai acabou de morrer. Você...

Ela o calou com outro beijo. Com a mão em concha, Myron segurou a parte de trás da cabeça de Brenda, sentindo lágrimas aflorarem-lhe aos olhos.

Quando o beijo terminou, eles se mantiveram abraçados fortemente, ofegantes.

– Se vai dizer que estou fragilizada, você está enganado. E sabe disso.

Ele engoliu em seco.

– Jessica e eu agora estamos passando por uma fase difícil.

– Isso também não tem nada a ver.

Ele assentiu. Também sabia disso. Depois de uma década amando a mesma mulher, talvez fosse aquilo que o assustasse mais. Ele recuou.

– Boa noite – disse ele com esforço.

Myron desceu correndo as escadas e foi para seu quarto no porão. Enfiou-se sob as cobertas, puxou-as até o pescoço, olhou para os pôsteres velhos de jogadores de basquete. John Havlicek estava em sua parede desde que Myron tinha 6 anos. Larry Bird se reunira a ele em 1979. Myron procurou consolo e alívio em seu antigo quarto, tratando de rodear-se de imagens que lhe eram familiares.

Não conseguiu.

capítulo 18

O TOQUE DO TELEFONE E AS PALAVRAS abafadas invadiram os sonhos de Myron. Quando abriu os olhos, lembrou-se um pouco do que sonhara: ele era mais jovem e sentiu uma tristeza profunda ao emergir para a consciência. Fechou os olhos novamente, tentando recolher-se àquela dimensão cálida e noturna. O segundo toque varreu as imagens que se desvaneciam como uma nuvem de poeira.

Ele pegou o celular. Como acontecia nos últimos três anos, o relógio da mesinha de cabeceira estava marcando meio-dia. Myron consultou o relógio de pulso: quase sete da manhã.

- Alô?

- Onde você está?

Myron demorou um pouco para identificar a voz da agente Francine Neagly, sua ex-colega de escola.

- Em casa - respondeu ele com voz rouca.

- Lembra-se do "susto do Halloween"?

- Sim.

- Me encontre lá em meia hora.

- Você conseguiu o processo?

Clique.

Myron desligou o telefone. Ele respirou fundo algumas vezes. Ótimo. E agora?

Pelas aberturas de ventilação, chegavam-lhe as vozes abafadas, vindas da cozinha. Anos passados ali embaixo lhe deram a capacidade de saber, com base no eco, de que parte da casa vinha determinado som - como um guerreiro indígena do Velho Oeste que encosta o ouvido no chão para calcular a que distância se encontra o tropel que se aproxima.

Myron pôs os pés no chão, massageou o rosto com as palmas das mãos, vestiu um roupão de banho de 1978, escovou os dentes rapidamente, passou as mãos no cabelo e dirigiu-se à cozinha.

Brenda e Ellen tomavam café à mesa. Café instantâneo, Myron sabia. *Muito* aguado. Sua mãe não era boa em preparar café. O maravilhoso cheiro de *bagels* frescos, porém, lhe alvoroçou o estômago. Uma tigela cheia deles, mais uma porção de pastinhas e vários jornais, adornavam a mesa. Uma típica manhã de domingo na residência dos Bolitars.

- Bom dia - cumprimentou sua mãe.

- Bom dia.

- Quer uma xícara de café?

- Não, obrigado.

Havia uma nova Starbucks em Livingston e Myron iria dar uma conferida nela a caminho do encontro com Francine.

Myron olhou para Brenda, que o encarou com firmeza, sem embaraço. Ele estava feliz.

- Bom dia. - Cumprimentos matutinos eram o forte de Myron.

Ela respondeu com um gesto de cabeça.

- Temos *bagels* - avisou a mãe, para o caso de haver algum problema com seus olhos e olfato. - Seu pai os comprou esta manhã. Na Livingston Bagels, Myron. Você se lembra? Aquela que fica na Northfield Avenue? Perto da pizzaria Dois Gondoleiros?

Myron fez que sim. Havia trinta anos que seu pai comprava *bagels* na mesma loja, mas, apesar disso, a mãe sentia necessidade de seduzi-lo com aquela informação. Juntou-se a elas à mesa.

A mãe entrelaçou as mãos diante de si.

- Brenda estava me contando a situação dela.

Agora sua voz estava diferente, mais de advogada, menos de mãe. Ela empurrou um jornal em direção a Myron. O assassinato de Horace Slaughter fora manchete de primeira página, da coluna da esquerda, espaço normalmente reservado para qualquer adolescente que tivesse descartado o bebê recém-nascido junto com o lixo da manhã.

- Eu mesma me encarregaria da defesa dela, mas, dado o seu envolvimento, Myron, poderia caracterizar um conflito de interesses. Eu estava pensando na tia Clara.

Na verdade, Clara não era sua tia, apenas uma velha amiga da família e, como a mãe, uma tremenda advogada.

- Boa ideia - comentou Myron.

Ele pegou o jornal e examinou a matéria. Nada de surpreendente. Mencionavam o fato de que Brenda conseguira uma ordem de restrição contra o pai após acusá-lo de agressão e que estava sendo procurada para prestar mais informações, mas havia desaparecido. A detetive Maureen McLaughlin fez o discurso-padrão de que era cedo demais para "incriminar ou inocentar alguém". Certo. A polícia estava deixando vazar apenas as informações que podiam incriminar uma única pessoa: Brenda Slaughter.

Havia uma fotografia de Horace com Brenda, ela com o uniforme de basquete da faculdade, ele a envolvendo com o braço. Os dois abriam sorrisos meio forçados, que não transpareciam uma alegria verdadeira. Na legenda, se lia algo sobre pai e filha em "tempos mais felizes". Sensacionalismo da mídia.

Myron passou para a página 9. Havia uma fotografia menor de Brenda e, então, o mais interessante: uma do sobrinho de Horace, Terence Edwards, candidato ao Senado. Segundo a legenda, fora tirada durante "um evento recente da campanha". Humm. A imagem parecia mais com as que ele tinha tirado na casa de sua mãe. Com uma diferença importante: naquela foto, Terence estava ao lado de Arthur Bradford.

Myron mostrou a foto a Brenda, que a olhou por um instante e comentou:

– Arthur Bradford dá a impressão de estar sempre presente.

– Sim.

– Mas como Terence se encaixa nisso? Ele era criança quando minha mãe fugiu.

Myron deu de ombros e consultou o relógio da cozinha. Hora de ir encontrar-se com Francine.

– Tenho que sair para resolver uma coisinha – disse ele vagamente. – Não devo demorar muito.

– Uma coisinha? – Sua mãe franziu a testa. – De que tipo?

– Logo estarei de volta.

Ela enrugou ainda mais a testa, também franzindo as sobrancelhas.

– Mas você nem mora mais aqui, Myron. E ainda são sete *da manhã* – enfatizou ela, como se o filho fosse confundir com sete da noite. – Além disso, nada está aberto a esta hora.

Mãe Bolitar, interrogadora do Mossad.

Myron resistiu às perguntas. Brenda e a mãe mediram-no com o olhar e ele deu de ombros.

– Eu conto na volta!

Então saiu correndo, tomou banho, vestiu-se em tempo recorde e pulou no carro.

Francine Neagly mencionara o susto do Halloween e Myron deduziu tratar-se de uma espécie de código. Quando eles estavam no colégio, ele e uns cem colegas foram assistir a *Halloween*. O filme havia acabado de estrear e aterrorizou todo mundo. No dia seguinte, Myron e seu amigo Eric vestiram-se como o assassino Michael Myers e se esconderam no mato durante a aula de ginástica das meninas. Eles não se aproximaram, apenas ficavam aparecendo de vez em quando. Algumas piraram e começaram a gritar.

Ei, era época do ensino médio. Deem um desconto, certo?

Myron estacionou o Taurus perto do campo de futebol americano. A cara grama artificial AstroTurf substituíra a planta natural havia quase uma década. AstroTurf no colégio. Aquilo era mesmo necessário? Ele foi caminhando por entre as árvores. O orvalho o molhava. Seus tênis ficaram úmidos. Ele logo achou o caminho antigo. Não muito longe daquele mesmo lugar, Myron ficara aos amassos – bolinara, para usar a terminologia de seus pais – com Nancy Pettino. No primeiro ano. Eles não gostavam muito um do outro, mas todos os seus amigos já tinham formado pares. Os dois estavam entediados e mandaram ver.

Ah, o amor juvenil.

Francine estava de uniforme completo, de costas para ele, sentada na mesma pedra grande em que os falsos Michael Myers haviam aparecido quase duas décadas antes. Myron não se deu o trabalho de rodeá-la e parou a cerca de um metro.

– Francine?

Ela suspirou fundo e perguntou:

– Que diabo está acontecendo, Myron?

No colégio, Francine parecia mais um garoto e era uma competidora feroz e ousada que não se podia deixar de invejar. Ela investia contra tudo com energia e deleite, a voz intimidadora e segura. Naquele momento, ela estava com os joelhos encostados ao peito, balançando-se para a frente e para trás.

– Por que não me diz do que se trata? – indagou Myron.

– Nao tente me enrolar.

– Não estou enrolando.

– Por que você queria ver o processo?

– Eu já falei: não tenho certeza se foi um acidente.

– O que o faz duvidar?

– Nada de concreto. Por quê? O que houve?

Francine balançou a cabeça.

– Eu quero saber o que está acontecendo. A história completa.

– Não há o que contar.

– Certo. Ontem você acordou e disse consigo mesmo: "Ei, essa morte acidental que aconteceu vinte anos atrás não foi acidente nenhum. Portanto, vou procurar minha ex-colega Francine para que ela me arranje o dossiê da polícia." Foi isso que aconteceu, Myron?

– Não.

– Então pode começar a falar.

Myron hesitou um instante.

– Digamos que eu esteja certo, que a morte de Elizabeth Bradford não tenha sido um acidente. E digamos que o dossiê comprove esse fato. Isso significaria que a polícia ocultou algo, certo?

Ela deu de ombros, ainda sem encará-lo.

– Talvez.

– E talvez eles queiram que a coisa continue enterrada.

– Talvez.

– Então talvez eles queiram saber o que eu sei agora. Talvez eles até me mandem um velho amigo para me fazer falar.

Francine voltou o rosto bruscamente como se alguém tivesse puxado um cordão.

– Você está me acusando de alguma coisa, Myron?

– Não. Mas se algo estiver sendo escondido, como vou saber se posso confiar em você?

Ela tornou a abraçar os joelhos.

– Não há nada sendo escondido. Eu vi o dossiê. Um pouco fino, mas nada de extraordinário. Elizabeth Bradford caiu. Não havia sinais de luta.

– Fizeram uma autópsia?

– Positivo. Ela caiu de cabeça. O impacto esmagou-lhe o crânio.

– Fizeram exame toxicológico?

– Não.

– Por que não?

– Ela morreu de uma queda, não de *overdose*.

– Mas um exame toxicológico mostraria se ela estava drogada.

– E daí?

– Tudo bem, não havia sinais de luta, mas o que impediria alguém de drogá-la e derrubá-la?

Francine fez uma careta.

– E quem sabe homenzinhos verdes a empurraram?

– Ei, caso fosse um casal pobre e a esposa tivesse caído acidentalmente da escada de incêndio...

– Mas não era um casal pobre, Myron. Eram os Bradfords. Será que receberam uma atenção especial? Provavelmente sim. Mas, mesmo que Elizabeth Bradford estivesse drogada, isso não implica assassinato. Na verdade, exatamente o contrário.

Dessa vez, foi Myron quem ficou confuso.

– Como você imagina que aconteceu?

– A queda foi de apenas três andares. Três andares baixos.

– E daí?

– Se um assassino a empurrasse do terraço, não podia saber se a queda provocaria a morte dela. O mais provável é que quebrasse uma perna ou coisa assim.

Myron não tinha pensado naquilo, mas fazia sentido. Empurrar alguém do terceiro andar esperando que a vítima caísse de cabeça e morresse era, na melhor das hipóteses, um risco. Arthur Bradford não era homem de correr riscos.

Então o que significava aquilo?

– Talvez ela tivesse sido golpeada na cabeça antes – arriscou Myron.

– A autópsia não mostrou nenhum sinal de golpe anterior à queda. E eles também examinaram o resto da casa. Não havia sangue em lugar nenhum. Eles podiam ter limpado, claro, mas duvido que algum dia venhamos a saber.

– Quer dizer que não há nada de suspeito no relatório?

– Nada.

Myron levantou as mãos.

– Então por que estamos aqui? Tentando recuperar a juventude perdida?

– Alguém arrombou a minha casa.

– O quê?

– Depois que eu li o relatório. Fizeram parecer que fora um roubo com arrombamento, mas era uma busca. Uma busca completa. A casa está arrasada. E logo depois Roy Pomeranz me chamou para conversar. Lembra-se dele?

– Não.

– Ele foi parceiro de Wickner.

– Ah, certo. Um fisiculturista precoce?

– Ele mesmo. Agora é detetive-chefe. Ontem ele me chamou à sua sala, algo que nunca fizera antes. Ele queria saber por que eu estava examinando o velho relatório do caso Bradford.

– O que você respondeu?

– Inventei uma história de que queria estudar técnicas antigas de investigação.

Myron fez uma careta.

– E Pomeranz caiu nessa?

– Não, ele não acreditou – respondeu Francine com rispidez. – Ele quis me botar contra a parede e arrancar a verdade de mim, mas estava com medo. Fingia que as perguntas eram mera rotina, nada de muito importante, mas você precisava ver a cara dele. Afirmou temer pelas consequências do que eu estava fazendo, porque estamos em ano eleitoral. Eu balancei a cabeça muitas vezes, concordando, pedi desculpas e engoli a história dele tanto quanto ele engoliu a minha. Quando fui para casa, notei que estava sendo seguida. Consegui despistá-los esta manhã, e cá estamos nós.

– E eles arrasaram a sua casa?

– Sim. Trabalho de profissional. – Francine levantou-se e se aproximou dele. – Portanto, agora que entrei num ninho de cobras por sua causa, você quer me dizer por que estou levando tantas mordidas?

Myron considerou as alternativas, mas não havia nenhuma. Ele realmente a envolvera naquela confusão. Ela tinha o direito de saber.

– Você leu os jornais esta manhã?

– Li.

– Você viu o caso da morte de Horace Slaughter?

– Sim. – Ela ergueu a mão como para silenciá-lo. – Havia um Slaughter no relatório. Mas era uma mulher. Uma empregada ou algo assim. Ela achou o corpo.

– Anita Slaughter. A esposa da vítima.

Ela empalideceu um pouco.

– Ah, meu Deus, não estou gostando nada disso. Continue.

Foi o que ele fez. Contou-lhe toda a história. Ao término, Francine examinou a relva abaixo, onde ela capitaneara o time de hóquei, e mordeu o lábio inferior.

– Tem uma coisa – disse ela. – Não sei se é importante. Mas Anita Slaughter foi agredida antes da morte de Elizabeth Bradford.

Myron recuou um passo.

– O que quer dizer com "agredida"?

– Está no relatório. Wickner escreveu que a testemunha, Anita Slaughter, ainda tinha vestígios da agressão que sofrera antes.

– Que tipo de agressão? Quando?

– Não sei. Só dizia isso.

– Então como vamos descobrir?

– Deve haver um relatório policial sobre isso no porão. Mas...

– Certo, você não pode se arriscar.

Francine consultou o relógio e aproximou-se dele.

– Preciso fazer algumas coisas antes de começar meu turno.

– Tenha cuidado. Considere que seu telefone está grampeado, sua casa tem escutas e que sempre haverá alguém seguindo você. Se notar algum perseguidor, ligue para o meu celular.

Francine assentiu e voltou a olhar para o campo abaixo.

– Colégio... Já sentiu saudades alguma vez?

Myron apenas a encarou e ela sorriu.

– Eu também não.

capítulo 19

ENQUANTO MYRON VOLTAVA PARA CASA, seu celular tocou.

– Consegui a informação sobre o cartão de crédito de Slaughter – avisou Win. Outro que gostava de trocar agrados. Ainda nem eram oito da manhã.

– Você está acordado?

– Meu Deus, cara. – Win esperou um pouco antes de acrescentar: – Como você descobriu?

– Não, quero dizer... você normalmente dorme tarde.

– Ainda não dormi.

– Ah – fez Myron, e por pouco não perguntou o que Win estivera fazendo, mas teve juízo o bastante para se conter. Quando se tratava das noites de Win, a ignorância era uma bênção.

– Apenas um débito nas duas últimas semanas. Uma semana atrás, na quinta-feira, Horace usou o cartão Discover no Holiday Inn de Livingston.

Livingston. Mais uma vez. Na véspera do desaparecimento.

– Quanto?

– Exatamente 26 dólares.

Quantia curiosa.

– Obrigado.

Desligou.

Horace estivera em Livingston. Myron repassou uma teoria que remoía desde a noite anterior. Ela lhe parecia cada vez mais convincente.

Quando ele chegou em casa, Brenda já tinha tomado banho e se vestira. As trancinhas de seu cabelo afro caíam sobre os ombros, numa maravilhosa cascata negra. A pele cor de café com leite estava luminosa. Ela abriu um sorriso que atingiu em cheio seu coração.

Myron ansiava por abraçá-la.

– Eu liguei para tia Mabel – informou Brenda. – As pessoas estão se reunindo na casa dela.

– Vou levar você lá.

Eles se despediram da mãe de Myron, que lhes recomendou expressamente que não conversassem com a polícia sem a presença de um advogado. E que usassem os cintos de segurança.

Depois que eles entraram no carro, Brenda comentou:

– Seus pais são o máximo.
– Sim, acho que sim.
– Você é um cara de sorte.
Ele aquiesceu. Silêncio.
– Continuo esperando que um de nós diga "Quanto à noite de ontem...".
Myron sorriu.
– Eu também.
– Eu não quero esquecer, Myron.
Myron engoliu em seco.
– Eu também não.
– Então o que vamos fazer?
– Não sei.
– Capacidade de decisão... Gosto disso num homem.
Ele tornou a sorrir e entrou à direita na Hobart Gap Road.
– Eu achava que West Orange ficava em outra direção.
– Tenho que passar num lugar antes, se você não se importar.
– Onde?
– No Holiday Inn. Os registros dos cartões de crédito de seu pai indicam que ele esteve lá há uma semana, na quinta. Foi a última vez que ele usou um de seus cartões. Acho que ele se encontrou com alguém para fazer uma refeição ou tomar um drinque.
– Como você sabe que ele não passou a noite lá?
– A despesa foi de 26 dólares. É uma quantia muito baixa para quarto, mas alta demais para uma refeição de uma pessoa. E é um valor muito exato. Quando as pessoas dão gorjeta, normalmente arredondam a conta para cima. O mais provável é que ele tenha se encontrado com alguém para almoçar.
– O que você vai fazer?
– Tenho a fotografia de Horace que saiu no jornal. Vou mostrá-la por lá para ver o que acontece.
Na Rodovia 10, ele entrou à esquerda e parou no estacionamento do Holiday Inn, um típico hotel de beira de estrada de dois andares a cerca de 3 quilômetros da casa de Myron. Ele estivera ali pela última vez quatro anos atrás, na despedida de solteiro de um colega do ensino médio. Alguém contratara uma prostituta negra que tinha o nome bastante adequado de Perigo e apresentara um "show erótico" que estava mais para piração. Ela dera cartões de visita em que se lia: "QUER DIVERSÃO? PERIGO É A SOLUÇÃO." Original.

– Você quer esperar no carro? – perguntou ele.

– Vou dar uma voltinha por aí.

O saguão tinha papel de parede de estampa florida. O tapete era verde--claro. O balcão de recepção ficava à direita. À esquerda se via uma escultura de plástico que parecia dois rabos de peixe colados um ao outro. Feia de doer.

O bufê do café da manhã ainda estava sendo servido. Dezenas de pessoas rodeavam a comida, como se obedecendo a uma coreografia: um passo à frente, uma colherada no prato, um passo atrás, um passo à direita, um passo à frente novamente. Ninguém se esbarrava. Mãos e bocas eram um borrão. Aquilo se parecia um pouco com um especial do Discovery sobre um formigueiro.

Uma hostess empertigada parou na frente dele.

– Quantas pessoas?

Myron assumiu sua melhor cara de policial, acrescentando apenas um leve esboço de sorriso. Ao estilo dos âncoras de telejornal: profissional, mas acessível. Ele pigarreou e perguntou:

– A senhorita viu este homem?

Sem preâmbulos.

Mostrou a fotografia do jornal e a mulher a examinou. Ela não perguntou quem Myron era, provavelmente presumindo por sua postura que ele era algum tipo de autoridade.

– Não é a mim que o senhor deve perguntar. O senhor deve falar com Caroline.

– Caroline?

Myron Bolitar, detetive Papagaio.

– Caroline Gundeck. Foi ela que almoçou com ele.

De vez em quando, você simplesmente dá sorte.

– Isso foi na quinta-feira passada?

A hostess pensou por um instante.

– Acho que sim.

– Onde posso encontrar a Srta. Gundeck?

– O escritório dela fica no piso B. No fim do corredor.

– Caroline Gundeck trabalha aqui?

Sherlock reencarnado.

– Caroline sempre trabalhou aqui – respondeu a hostess, revirando os olhos de forma amistosa.

– Qual é a função dela?

– Gerente de comidas e bebidas.

Humm. Sua ocupação não era nada esclarecedora – a menos que Horace estivesse planejando dar uma festa antes de ser assassinado. Improvável. De todo modo, tratava-se de uma pista muito consistente. Ele desceu os degraus do porão e logo encontrou o escritório. Mas sua sorte parou por ali: uma secretária informou que a Srta. Gundeck estava ausente. Será que ela viria ainda? A secretária não podia informar. Poderia me informar o número de sua casa? A secretária franziu a testa. Myron não insistiu. Caroline Gundeck só podia morar naquelas redondezas; conseguir telefone e endereço não seria difícil.

De volta ao corredor, Myron discou para o serviço de informações. Ele perguntou por Gundeck, em Livingston. Nada. Ele perguntou por Gundeck em East Hanover ou nos arredores. Bingo. Havia um C. Gundeck em Whippany. Myron discou o número. Depois de quatro toques, caiu na secretária eletrônica. Myron deixou uma mensagem.

Ao voltar ao saguão, encontrou Brenda sozinha a um canto. Seu rosto exprimia exaustão e os olhos estavam abertos como se alguém acabasse de dar-lhe um soco no plexo solar. Ela não se mexeu e nem ao menos o olhou quando ele se aproximou.

– O que está acontecendo? – perguntou Myron.

Brenda inspirou e voltou-se para ele.

– Acho que já estive aqui antes.

– Quando?

– Há muito tempo. Não me lembro ao certo. É só uma sensação... ou talvez eu apenas esteja imaginando. Mas acho que estive aqui na infância. Com minha mãe.

Silêncio.

– Você se lembra...

– Não me lembro de nada – interrompeu-o Brenda. – Nem ao menos tenho certeza se estive aqui. Talvez tenha sido em outro hotel. Este não tem nada de especial. Mas acho que já estive aqui. Aquela escultura esquisita... Ela não me é estranha.

– Como você estava vestida?

– Não sei.

– E sua mãe? Como estava vestida?

– Você é consultor de moda?

– Estou apenas tentando extrair alguma coisa daí.

– Não me lembro de nada. Ela sumiu quando eu tinha 5 anos. Você se lembra de coisas que aconteceram quando tinha essa idade?

Ela estava com a razão.

– Vamos andar um pouco por aí. Para ver se você se lembra de algo.

Mas nada aflorou, se é que havia mesmo alguma coisa ali que pudesse aflorar. De todo modo, Myron não tinha muita esperança. Ele não era bom em lembranças reprimidas nem em nada do tipo. Ainda assim, todo o episódio era curioso e mais uma vez encaixava-se em sua teoria. Quando estavam voltando para o carro, Myron achou que já era hora de revelá-la.

– Acho que sei o que seu pai estava fazendo.

Brenda parou e olhou para ele. Myron continuou andando e entrou no carro, sendo então seguido por ela.

– Acho que Horace estava procurando sua mãe.

Levou algum tempo para que a ficha caísse. Brenda recostou-se no banco e pediu:

– Diga-me por quê.

Ele deu partida no carro.

– Tudo bem, mas lembre-se de que usei a palavra *acho*. Não tenho nenhuma prova concreta.

– Ok, continue.

Ele respirou fundo.

– Vamos começar com o registro dos telefonemas de seu pai. Primeiro, ele liga várias vezes para o comitê eleitoral de Arthur Bradford. Por quê? Até onde sei, só existe uma conexão entre os dois.

– O fato de que minha mãe trabalhou na casa dele.

– Certo. Vinte anos atrás. Mas há outra coisa a considerar. Quando comecei a procurar sua mãe, esbarrei nos Bradfords. Achei que eles mantivessem alguma relação. Seu pai pode ter chegado à mesma conclusão.

Ela mostrou-se muito pouco impressionada.

– O que mais?

– Horace telefonou para os dois advogados que administravam sua bolsa de estudos.

– E daí?

– Por que telefonaria para eles?

– Não sei.

– Suas bolsas de estudos são esquisitas, Brenda. Principalmente a primeira. Você ainda nem era uma jogadora de basquete e conseguiu uma nebulosa bolsa numa escola particular de elite, com todas as despesas pagas? Não faz sentido. Bolsas de estudo simplesmente não funcionam assim. Eu verifiquei. Você é a única pessoa a receber bolsa de Educação Extensiva. Ela só foi concedida uma vez, e apenas naquele ano.

– Aonde você quer chegar?

– Alguém criou essa bolsa com o único objetivo de ajudar você, com o único objetivo de lhe passar dinheiro. – Ele fez uma curva em U e tomou o rumo da Rodovia 10, em direção à rotatória. – Em outras palavras, alguém queria ajudar você. Seu pai estava tentando descobrir quem era.

Myron lançou-lhe um olhar, mas ela procurava não encará-lo.

– E você acha que era minha mãe?

Myron tentou ir devagar.

– Não sei. Mas que outra razão seu pai teria para ligar tantas vezes para Thomas Kincaid? O homem não administrava sua bolsa desde que você saiu do colégio. Você leu aquela carta. Por que Horace iria infernizá-lo? A única explicação é que Kincaid dispunha das informações que seu pai queria.

– A origem do dinheiro da bolsa?

– Sim. Suponho que, se pudéssemos rastrear isso, poderíamos descobrir algo muito interessante.

– Podemos fazer isso?

– Não tenho certeza. Sem dúvida os advogados vão falar em sigilo profissional. Mas vou pôr Win na jogada. Se o caso envolve dinheiro, ele tem contatos que podem dar informações sobre a origem do financiamento.

Brenda tentou assimilar tudo aquilo.

– Você acha que meu pai conseguiu descobrir?

– Duvido, mas não sei. Seja como for, seu pai estava começando a fazer algum barulho. Ele pressionou os advogados e chegou até a questionar Arthur Bradford. Aí é que ele foi longe demais. Mesmo que não tenha havido nada condenável, Bradford não gostaria de ver alguém escavando seu passado, conjurando velhos fantasmas, principalmente em ano eleitoral.

– Então ele matou meu pai?

Myron não sabia ao certo como responder à pergunta.

– É muito cedo para afirmar isso. Mas vamos admitir por um instante que seu pai tenha exagerado nas investigações. E vamos imaginar também que os Bradfords o assustaram com uma surra.

– O sangue no armário.

– Isso mesmo. Fico me perguntando por que encontramos sangue ali, por que Horace não foi para casa trocar de roupa ou se recuperar. Ele deve ter sido espancado perto do hospital. No mínimo em Livingston.

– Onde Bradford mora.

Myron aquiesceu.

– E se Horace tivesse escapado da surra ou apenas ficado com medo de que fossem atrás dele, não voltaria para casa. Com certeza trocaria de roupa no hospital e fugiria. No necrotério vi roupas a um canto: o uniforme de um segurança. Certamente foi a roupa que ele colocou quando chegou ao armário. Então meteu o pé na estrada e... – Myron se interrompeu.

– E o quê? – perguntou ela.

– Droga.

– O quê?

– Qual é o telefone da Mabel?

Brenda lhe passou o número.

– Por quê?

Myron pegou o celular, ligou para Lisa, da companhia telefônica, e lhe pediu que checasse o número. Lisa levou uns dois minutos.

– Nada de oficial. Mas há um ruído na linha.

– O que isso significa?

– Alguém provavelmente a grampeou. Algo interno. Você vai ter que mandar alguém lá para ter certeza.

Myron agradeceu e desligou.

– O telefone da Mabel também está grampeado. Com certeza foi assim que eles acharam seu pai. Ele ligou para sua tia e o localizaram.

– Quem está por trás desse grampo?

– Não sei.

Silêncio. Eles passaram por uma pizzaria. Em sua juventude, Myron ouvira dizer que havia um prostíbulo nos fundos. Myron fora várias vezes lá com a família. Quando seu pai foi ao banheiro, Myron o seguiu. Nada.

– Tem outra coisa que não faz sentido – disse Brenda.

– O quê?

– Mesmo que você esteja certo sobre as bolsas de estudos, onde minha mãe iria arrumar esse dinheiro?

Boa pergunta.

– Quanto ela levou de seu pai?

– Catorze mil, acho.

– Se ela tiver feito bons investimentos, o dinheiro daria. Passaram-se sete anos entre o seu desaparecimento e o primeiro pagamento da bolsa, portanto...

Myron se pôs a calcular de cabeça. Humm. Anita Slaughter deve ter tido muita sorte para poder fazer o dinheiro durar tanto. Era possível, claro, mas, mesmo nos tempos de Reagan, não muito provável.

Espere um pouco.

– Será que ela conseguiu outra maneira de ganhar dinheiro? – perguntou lentamente.

– Como?

Por um instante, Myron ficou em silêncio. As engrenagens de sua cabeça estavam em ação de novo. Ele deu uma olhada no retrovisor e não viu ninguém seguindo-os. Mas isso não queria dizer muito. Um olhar ao acaso raramente detecta esse tipo de coisa. Você precisa observar carros, memorizá-los, estudar-lhes os movimentos. Mas ele não podia se concentrar naquilo. Pelo menos não naquele momento.

– Myron?

– Estou pensando.

Ela parecia prestes a dizer alguma coisa, mas reconsiderou.

– Suponhamos – continuou Myron – que sua mãe tenha sabido alguma coisa sobre a morte de Elizabeth Bradford.

– Já não tentamos esse caminho?

– Apenas me acompanhe por um segundo, está bem? Antes, aventamos duas opções: ela estava com medo e fugiu ou tentaram machucá-la e ela fugiu.

– E agora você tem uma terceira?

– Mais ou menos.

Ele passou pela nova Starbucks, na esquina da Mount Pleasant Avenue. Ele queria parar – sua necessidade de cafeína funcionava como um ímã –, mas seguiu em frente.

– Suponhamos que sua mãe tenha fugido e que, já a salvo, exigiu dinheiro para ficar de bico calado.

– Você acha que ela chantageou os Bradfords?

– Mais como uma espécie de indenização – respondeu ele, falando como se as ideias ainda estivessem se formando. O que era sempre uma coisa perigosa. – Sua mãe vê alguma coisa. Ela percebe que a única maneira de garantir a própria segurança e a da família é fugir e esconder-se. Se os Bradfords a encontrarem, irão matá-la. Se ela tentar dar uma de esperta, por exemplo, pondo uma prova num cofre, vão torturá-la até confessar. Sua mãe não tem escolha. Precisa fugir. Mas quer cuidar da filha também. Então, toma providências para que a filha tenha tudo o que ela mesma nunca poderia lhe oferecer. Uma educação de alta qualidade. Uma chance de viver num campus perfeito em vez de ficar nas entranhas de Newark. Alguma coisa assim.

Mais silêncio.

Myron esperou. Ele estava desenvolvendo suas teorias rápido demais, não dando ao próprio cérebro uma chance de processá-las ou mesmo de examinar suas palavras. Ele se deteve, deixando tudo se assentar.

– Essas hipóteses... – começou Brenda. – Você está sempre procurando atribuir a minha mãe um belo papel. Acho que isso o deixa cego.

– Como assim?

– Vou perguntar novamente: se tudo isso é verdade, por que minha mãe não me levou com ela?

– Ela estava fugindo de assassinos. Que tipo de mãe iria querer pôr a filha em perigo?

– E ela estava tão paranoica que não podia ligar para mim? Ou se encontrar comigo?

– "Paranoica"? Esses caras grampearam seu telefone. Botaram gente para seguir você. Seu pai está morto.

– Você não entende.

– Entende o quê?

Ela estava com os olhos marejados, forçando a voz a ficar regular.

– Você pode inventar quantas desculpas quiser, mas não pode ocultar o fato de que ela abandonou a filha. Mesmo que tivesse uma boa razão para isso, mesmo que fosse essa maravilhosa mãe capaz de sacrificar-se, que fez tudo para me proteger, por que deixou que a filha acreditasse ter sido abandonada pela mãe? Será que ela não imaginou que isso arrasaria uma menina de 5 anos? Será que não podia encontrar alguma maneira de dizer-lhe a verdade... mesmo depois de todos esses anos?

Ela falava sempre *a filha*, nunca *eu*. Interessante. Mas Myron se manteve calado. Ele não tinha resposta para aquilo.

Passaram pelo Kessler Institute e pararam num semáforo. Depois de algum tempo, Brenda avisou:

– Ainda quero treinar esta tarde.

Myron assentiu. Ele entendia. A quadra era uma válvula de escape.

– E quero jogar na partida de abertura.

Com certeza Horace também gostaria que ela jogasse.

Fizeram a curva próximo à Mountain High School e chegaram à casa de Mabel Edwards. Havia mais de dez carros estacionados na rua, a maioria de fabricação americana, antigos e em péssimo estado. Um casal negro em trajes formais estava à porta. O homem tocou a campainha. A mulher segurava uma travessa de comida. Quando eles viram Brenda, lançaram-lhe um olhar duro e deram-lhe as costas.

– Dá para notar que eles leram os jornais – comentou Brenda.

– Ninguém acha que você fez aquilo.

O olhar dela pedia que Myron parasse de tratá-la com condescendência.

Eles foram até a porta da frente e se postaram atrás do casal, que, irritado, desviou a vista. O homem bateu o pé. A mulher dava um suspiro atrás do outro. Myron abriu a boca, mas Brenda o silenciou com um firme balançar de cabeça. Ela já previa suas intenções.

Alguém abriu a porta. Já havia um monte de gente dentro da casa. Todos negros e bem-vestidos. Estranho aquilo chamar a atenção de Myron. Na noite anterior, no churrasco, ele não achara estranho o fato de todos, menos Brenda, serem brancos. Então, por que ele haveria de se surpreender por ser o único branco ali? E por que aquilo o fazia sentir-se esquisito?

O casal desapareceu dentro da casa como se tragado por um turbilhão. Brenda hesitou. Depois que ela e Myron passaram pela porta, ocorreu uma típica cena de saloon num filme de John Wayne. Os murmúrios cessaram como se alguém tivesse desligado o rádio abruptamente. Todos se voltaram, lançando olhares raivosos. Por um breve instante, Myron julgou tratar-se de algo racial – ele era o único branco –, mas então notou que a animosidade voltava-se contra a filha desconsolada.

Brenda tinha razão: eles pensavam que ela o matara.

A sala estava cheia e abafada. Ventiladores giravam inutilmente. Os homens enfiavam os dedos nos colarinhos para se refrescar. O suor cobria os rostos. Myron encarou Brenda. Ela parecia pequena, sozinha e assustada, mas não desviava o olhar. Ele sentiu a mão dela na sua e a apertou. Brenda agora estava ereta, a cabeça levantada.

O aglomerado de pessoas se abriu um pouco e Mabel apareceu, com os olhos vermelhos e inchados e um lenço embolado na mão. Todos voltaram os olhos para Mabel, esperando sua reação. Quando ela viu a sobrinha, abriu os braços e fez um gesto para que se aproximasse. Brenda não hesitou. Caiu em seus braços volumosos e macios, encostou a cabeça nos ombros da tia e, pela primeira vez, chorou. Não se tratava de um choro comum: eram soluços que lhe vinham das entranhas.

Mabel embalava a sobrinha, oscilando com ela para a frente e para trás, batia em suas costas e dizia-lhe baixinho palavras de conforto. Ao mesmo tempo, a tia corria os olhos pela sala, mãe-loba protetora, desafiando e aniquilando todo olhar raivoso que lançassem contra sua sobrinha.

Todos desviaram a atenção e o murmúrio voltou ao normal. Myron começou a relaxar. Passou os olhos pela sala em busca de algum rosto familiar. Identificou dois jogadores dos tempos antigos, caras contra os quais ele tinha jogado na quadra do bairro ou no ensino médio. Alguns acenaram com a cabeça para ele e Myron retribuiu o gesto. Um menininho que mal começara a andar disparou pela sala imitando uma sirene. Myron o reconheceu das fotografias do console da lareira. O neto de Mabel Edwards. Filho de Terence.

Por falar nisso, onde estava o candidato Edwards?

Myron correu os olhos pela sala novamente. Nenhum sinal dele. Tia e sobrinha enfim se soltaram. Brenda enxugou os olhos. Mabel apontou-lhe o caminho até o banheiro. Brenda deu um pequeno aceno de cabeça e afastou-se depressa.

Mabel dirigiu-se até Myron, resoluta, com o olhar fixo nele e, sem nenhum preâmbulo, perguntou:

– Você sabe quem matou meu irmão?

– Não.

– Mas você vai descobrir.

– Sim.

– Você tem ideia de quem foi?

– Só uma ideia, nada mais.

Ela assentiu.

– Você é um homem bom, Myron.

Havia uma espécie de santuário na lareira. A fotografia de um Horace sorridente estava rodeada de flores e de velas. Myron olhou o sorriso que havia dez anos não via e nunca tornaria a ver.

E não se sentiu um homem bom.

– Vou precisar lhe fazer mais algumas perguntas – avisou Myron.

– Estou à disposição.

– Sobre Anita também.

Mabel ficou encarando-o.

– Você ainda acha que ela está ligada a tudo isso?

– Sim. E ainda quero mandar um homem verificar seu telefone.

– Por quê?

– Acho que está grampeado.

Mabel pareceu confusa.

– Mas quem iria querer grampear meu telefone?

Era melhor não fazer especulações por enquanto.

– Não sei. Mas quando seu irmão ligou, mencionou o Holiday Inn, em Livingston?

Algo transpareceu em seu olhar.

– Por que você quer saber isso?

– Horace almoçou com uma gerente lá na véspera do desaparecimento. Foi o último pagamento em seu cartão de crédito. E quando passamos lá, Brenda reconheceu o hotel. Disse que talvez tivesse estado lá com Anita.

Mabel fechou os olhos.

– O que foi? – indagou Myron.

Entraram mais pessoas na casa, todas trazendo travessas de comida. Mabel ouvia suas palavras de solidariedade com um sorriso terno e um vigoroso aperto de mão. Myron esperou.

Quando ficou livre por um instante, Mabel respondeu:

– Horace não mencionou o Holiday Inn durante a ligação.

– Mas tem mais uma coisa.

– Fale.

– Algum dia Anita levou Brenda ao Holiday Inn?

Brenda entrou novamente na sala e olhou para eles. Mabel pôs a mão no braço de Myron.

– Este não é o momento adequado. – Ele aquiesceu e Mabel acrescentou: – Talvez esta noite. Você acha que consegue voltar depois sozinho?

– Sim.

Mabel então o deixou, para dar atenção à família e aos amigos de Horace. Myron sentiu-se deslocado novamente, mas daquela vez não tinha nada a ver com a cor da pele. Ele tratou de ir embora mais que depressa.

capítulo 20

Uma vez na estrada, Myron ligou o celular. Duas chamadas perdidas. Uma de Esperanza, do escritório, e outra de Jessica, de Los Angeles. Ele pensou rapidamente no que fazer. Na verdade, não havia o que pensar. Discou para a suíte do hotel de Jessica. Era fraqueza retornar logo a ligação? Talvez. Mas Myron considerava aquilo um dos momentos de maior maturidade. Podiam considerá-lo um derrotado, mas joguinhos mentais nunca fizeram seu gênero.

A funcionária do hotel passou a ligação, mas ninguém atendeu. Ele deixou uma mensagem, depois telefonou para o escritório.

– Estamos com um grande problema – avisou Esperanza.

– Num domingo?

– O Senhor pôde descansar no domingo, mas donos de equipes, não.

– Você já soube de Horace Slaughter?

– Sim. Sinto muito pelo seu amigo, mas ainda temos um negócio a administrar. E um problema.

– Que problema?

– Os Yankees vão vender Lester Ellis. Para o Seattle. Já marcaram uma entrevista coletiva amanhã de manhã.

Myron esfregou a ponte do nariz com o indicador e o polegar.

– Como ficou sabendo?

– Por Devon Richards.

Fonte confiável. Droga.

– Lester sabe?

– Não.

– Ele vai ter um ataque.

– E eu não sei?

– Tem alguma sugestão?

– Nenhuma – respondeu Esperanza. – Uma das vantagens de ser subordinada.

Ele ouviu o toque de ligação à espera.

– Ligo para você depois.

Myron atendeu a outra ligação:

– Alô?

– Estou sendo seguida – avisou Francine.

– Onde você está?

– No A&P perto do Memorial Circle.

– Que tipo de carro?

– Um Buick Skylark azul. Um pouco velho. Teto branco.

– Tem placa?

– Nova Jersey, quatro-sete-seis-quatro-cinco-tê.

Myron pensou um pouco.

– Quando você começa seu turno?

– Em meia hora.

– Fazendo ronda ou em sua sala?

– Em minha sala.

– Ótimo, vou pegá-lo aí.

– Pegá-lo?

– Como você vai ficar na delegacia, ele não vai gastar um belo domingo parado aí na frente. Vou segui-lo.

– Seguir quem está me seguindo?

– Isso mesmo. Entre na Mount Pleasant rumo à Livingston Avenue. Vou pegá-lo ali.

– Ei, Myron?

– Sim.

– Se rolar alguma coisa importante, quero ficar por dentro.

– Claro.

Eles desligaram. Myron voltou para Livingston e estacionou o carro perto do Memorial Circle, próximo ao desvio para a Livingston Avenue. Boa visão da delegacia e acesso fácil para todas as rodovias. Myron manteve o motor ligado e ficou observando as pessoas percorrerem o perímetro de 800 metros do parque. Uma tremenda variedade de habitantes de Livingston frequentava o local. Havia velhas senhoras andando devagar, normalmente aos pares, algumas das mais corajosas levantando minúsculos halteres. Havia casais na faixa dos 50 ou 60 anos, muitos vestidos com casacos combinando. De certa forma, eram fofos. Adolescentes avançavam lentamente, mais exercitando as bocas que qualquer músculo dos membros ou do coração. Corredores passavam por eles em velocidade, sem nem um relance de olhar. Reluzentes óculos de sol, rostos rijos e barrigas à mostra. Barrigas à mostra. Até os homens.

Ele evitava lembrar-se do beijo em Brenda. Ou de sua sensação quando ela sorrira para ele. Ou do rosto corado de Brenda quando ela estava exultante. Ou de sua animação ao conversar com as pessoas no churrasco. Ou da delicadeza com que aplicara o curativo em Timmy.

Que bom que ele não estava pensando nela.

Por um breve instante ele se perguntou se Horace aprovaria tal relacionamento. Que pensamento estranho. Mas lá estava ele. Será que seu antigo mentor aprovaria? Ele se perguntava como seria namorar uma negra. O tabu incitaria atração? Repulsa? Preocupação com o futuro? Ele imaginou os dois morando nos subúrbios, a pediatra e o agente esportivo, um casal de raças diferentes com sonhos semelhantes, e então se deu conta da bobagem que era um homem apaixonado por uma mulher em Los Angeles imaginar esse absurdo sobre alguém que ele conhecia havia apenas dois dias.

Sim, bobagem.

Uma corredora loura de short magenta justo e um top bastante usado passou ao seu lado, olhou para dentro do carro e lhe sorriu. Myron retribuiu o sorriso.

Do outro lado da rua, Francine parou na entrada de carros da delegacia. Myron engatou a marcha e manteve o pé no freio. O Buick Skylark passou pela delegacia sem diminuir a velocidade. Myron tentou verificar a placa com sua fonte no Departamento de Veículos Motorizados, mas... era domingo e tratava-se do DVM: tire suas próprias conclusões.

Myron entrou na Livingston Avenue e seguiu o Buick na direção sul. Myron se manteve quatro carros atrás dele e esticou o pescoço. Ninguém estava acelerando muito. Aos domingos, Livingston não tinha pressa. O Buick parou no semáforo da Northfield Avenue. À direita havia uma espécie de pequeno centro comercial. Quando Myron era garoto, ali ficava a escola Roosevelt; vinte e poucos anos atrás, alguém decidira que Nova Jersey precisava de menos escolas e mais shoppings. Uma pessoa de visão.

O Skylark dobrou à direita. Myron manteve distância e fez o mesmo. Eles agora rumavam novamente para a Rodovia 10, mas, antes de avançarem 800 metros, o carro dobrou à esquerda na Crescent Road. Myron franziu a testa. Uma pequena rua suburbana, mais usada para cortar caminho até a Hobart Gap Road. Humm. Isso provavelmente significava que o Sr. Skylark conhecia a cidade muito bem e não era um forasteiro.

O Buick logo tomou a direita. Agora Myron sabia para onde ele se dirigia. Havia apenas uma coisa aninhada naquela paisagem suburbana, além das casas de dois pavimentos e um regato que mal conseguia fluir: o campo da liga infantil de Meadowbrook.

Na verdade, tratava-se de dois campos. Por ser um domingo ensolarado, a estrada e o estacionamento estavam repletos de veículos. Os utilitários e minivans tomavam o lugar das caminhonetes com painéis de madeira da juventude de Myron, porém pouca coisa mais havia mudado. O estacionamento ainda era de cascalho. As barracas de guloseimas e suvenires esportivos ainda eram de cimento branco com remates verdes e dirigidas por mães voluntárias. As arquibancadas ainda eram de metal e precárias, cheias de pais torcendo em altos brados.

O Buick parou num local proibido próximo à barreira do campo. Myron diminuiu a velocidade e esperou. A porta do Skylark se abriu e o detetive Wickner, o principal encarregado das investigações sobre o "acidente" sofrido por Elizabeth Bradford, desceu do carro em grande estilo. Myron não ficou nem um pouco surpreso. O agente reformado arrancou do rosto os óculos escuros, jogou-os no carro e colocou um boné verde, com a letra S. Quase se podia ver o rosto enrugado de Wickner relaxar, como se a luz solar do campo fosse o mais delicado massagista. O homem acenou para alguns sujeitos que estavam atrás da barreira – a Barreira de Eli Wickner, como se lia na placa. Os caras responderam ao aceno. O ex-policial apressou-se em reunir-se a eles.

Myron permaneceu por algum tempo onde estava. Wickner ficava no mesmo lugar desde antes de Myron frequentar aquele campo. O Trono de Wickner. As pessoas o saudavam ali. Elas vinham, davam tapinhas em suas costas e apertavam-lhe a mão; Myron quase esperava que lhe beijassem o anel. Agora Wickner sorria, radiante. Estava em casa. No paraíso. No lugar onde ele ainda era um grande homem.

Hora de mudar aquilo.

A uma quadra de distância, Myron encontrou um lugar para estacionar. Ele desceu do carro e se aproximou. Seus sapatos faziam o cascalho ranger. Retornou a uma época em que andava sobre aquela mesma superfície, com chuteiras macias. Myron fora um bom jogador da liga infantil – aliás, um *grande* jogador – até os 11 anos. Fora ali mesmo, no Campo Dois. Ele estava em primeiro lugar na liga em *home runs* e parecia ser apenas uma questão de tempo até quebrar todos os recordes da Liga Infantil Americana de Livingston. Faltando quatro partidas, ele precisava de apenas mais duas jogadas que lhe permitissem completar o circuito das bases. O lançador era

Joey Davito, de 12 anos, que lançava com vigor e sem nenhum controle. O primeiro arremesso atingiu Myron na testa, logo abaixo da borda do capacete. Ele caiu de costas e ficou fitando a luz ofuscante do sol. Primeiro surgiu o rosto de seu treinador, o Sr. Farley. E logo seu pai estava lá, piscando para reprimir as lágrimas. Tomou-o em seus braços fortes, aninhando delicadamente a cabeça de Myron em sua mão grande. Ele foi levado ao hospital, mas não houve nenhuma sequela. Pelo menos nada físico. Mas depois daquilo Myron passou a se esquivar internamente e o beisebol nunca mais foi o mesmo para ele. O jogo o machucara, ele perdera a inocência.

Um ano depois, havia parado de jogar de vez.

Havia meia dúzia de homens com Wickner. Todos usavam bonés bem altos, sem afundá-los na cabeça, como os jovens costumavam fazer. Camisetas brancas se esticavam sobre barrigas que pareciam conter bolas de boliche. Barrigas de cerveja. Eles se encostavam no alambrado, com os cotovelos apoiados na parte de cima como se estivessem dando um passeio de carro num domingo. Faziam comentários sobre os meninos, examinavam-nos, analisavam suas jogadas, previam seu futuro – como se suas opiniões valessem alguma coisa.

Há muita dor numa liga infantil. Nos últimos tempos, os pais agressivos da liga infantil são muito criticados – como devem ser –, mas a conversa mole politicamente correta, meio Nova Era, de que todo mundo é igual, não era muito melhor. Um menino lança uma bola rasteira fraca. Desapontado, ele dá um suspiro e sai aborrecido para a cabine dos jogadores. O treinador da Nova Era grita "Boa bola!", mas claro que não era verdade. Então, que recado você está dando? Os pais fingem que ganhar é irrelevante, que o melhor jogador de um time não devia participar por mais tempo nem ter uma posição melhor como batedor do que o pior. O problema disso tudo – além do fato de ser uma mentira – é que as crianças não se deixam enganar. Elas não são imbecis. Sabem que aquela conversa de "contanto que a gente se divirta" não passa de condescendência. E se ressentem.

Portanto, o sofrimento permanece. E provavelmente nunca irá embora.

Várias pessoas reconheceram Myron. Elas cutucavam os ombros de quem estava próximo e apontavam. Lá está ele. Myron Bolitar. O maior jogador de basquete de todos os tempos desta cidade. Ele teria sido um profissional de primeira linha se... Se. O destino. O joelho. Myron Bolitar. Em parte, uma verdadeira lenda. Em parte, uma advertência para a juventude da atualidade. O equivalente, no campo do esporte, ao carro amassado que se usa para demonstrar o perigo de dirigir alcoolizado.

Myron caminhou diretamente até os homens que estavam ao longo da barreira. Torcedores de Livingston. Os mesmos caras iam a todos os jogos de futebol americano, de basquete e de beisebol. Alguns eram legais. Outros, fanfarrões. Todos reconheceram Myron e o saudaram calorosamente. Wickner se manteve calado, acompanhando o jogo com um interesse um tanto exagerado, levando-se em consideração que estavam no intervalo.

Myron deu um tapinha no ombro de Wickner.

– Olá, detetive.

Wickner voltou-se devagar. Ele sempre tivera aqueles olhos cinzentos penetrantes, mas naquele momento estavam muito avermelhados. Conjuntivite, talvez. Ou alergia. Ou bebida. De tão bronzeada, sua pele tinha o tom de couro cru. Usava uma camisa de gola amarela com um pequeno zíper na frente, que estava aberto, deixando visível uma grossa corrente de ouro. Provavelmente nova. Algo para dar alguma vivacidade à aposentadoria. No caso dele, a intenção foi malsucedida.

Wickner deu um sorriso forçado.

– Agora você já tem idade para me chamar de Eli, Myron.

Myron experimentou:

– Como vai, Eli?

– Nada mal, Myron. A aposentadoria está me fazendo bem. Eu pesco muito. E você? Vi que tentou voltar a jogar. Sinto muito que não tenha dado certo.

– Obrigado.

– Você ainda está morando com seus pais?

– Não, agora estou na cidade.

– Então o que o traz aqui? Veio visitar a família?

Myron fez que não com a cabeça.

– Eu queria falar com você.

Eles se afastaram uns 3 metros do grupo. Ninguém os seguiu, pois suas posturas funcionavam como um campo de força, dando a entender que não queriam companhia.

– Sobre o quê? – perguntou Wickner.

– Um caso antigo.

– Um caso de polícia?

Myron encarou-o com firmeza.

– Sim.

– E que caso seria esse?
– A morte de Elizabeth Bradford.
Wickner não se deu o trabalho de fingir surpresa. Tirou o boné, alisou os cabelos grisalhos esvoaçantes e recolocou-o na cabeça.
– O que você quer saber?
– O suborno. Os Bradfords lhe pagaram de uma só vez ou em prestações, com juros e bens?
Wickner sentiu o golpe, mas se manteve firme. Houve um tremor do lado esquerdo da boca, como se ele estivesse contendo lágrimas.
– Não gosto muito de sua atitude, filho.
– Como você é durão. – Myron sabia que sua única chance ali era um ataque frontal. Fazer rodeios ou um interrogatório sutil o deixaria numa posição de inferioridade. – Você tem duas opções, Eli. Primeira: você me conta o que de fato aconteceu a Elizabeth Bradford e eu tento deixar seu nome fora disso. Segunda: eu começo a bradar a todos os jornais sobre um acobertamento da polícia e destruo sua reputação. – Myron apontou para o campo. – Quando eu terminar, você terá sorte se puder ficar no Mictório Eli Wickner.
Wickner deu-lhe as costas. Myron via seus ombros erguendo-se e abaixando-se devido à respiração sôfrega.
– Não sei do que você está falando.
Myron hesitou um instante, então perguntou em um tom de voz mais suave:
– O que aconteceu com você, Eli?
– O quê?
– Eu costumava olhar para você e me preocupar com o que você pensava.
As palavras atingiram o alvo. Os ombros de Wickner começaram a sacudir-se um pouco. Ele estava de cabeça baixa. Myron esperou. Wickner enfim voltou o rosto para ele. A pele de couro cru agora parecia mais seca, frágil, quebradiça. Ele estava se esforçando para dizer alguma coisa. Myron lhe deu espaço e aguardou.
Myron sentiu uma manzorra apertar seu ombro.
– Há algum problema aqui?
Myron se virou. A mão era de Roy Pomeranz, o brutamontes que fora parceiro de Wickner. Ele vestia camiseta e short brancos bem justos e ainda tinha o físico do He-Man, mas agora estava careca e sua cabeça parecia que havia sido encerada.
– Tire a mão de meu ombro – disse Myron.

Pomeranz ignorou-o.

– Tudo bem por aqui?

– Estávamos só conversando, Roy – respondeu Wickner.

– Falando sobre o quê?

– Sobre você – interveio Myron.

– Sério? – perguntou Pomeranz com um largo sorriso.

Myron apontou a outra dele.

– Acabamos de comentar que, se você tivesse um brinco de argola, ficaria igual ao Mr. Clean, aquele cara que aparece nos produtos de limpeza.

O sorriso de Pomeranz desapareceu.

– Vou repetir – falou Myron, a voz mais baixa. – Tire sua mão ou eu vou quebrá-la em três lugares.

Note a referência a três lugares: ameaças específicas em geral são mais eficientes. Myron aprendera com Win.

Pomeranz manteve a mão ali por um ou dois segundos – para não se dar por vencido –, depois a retirou.

– Você ainda está na corporação, Roy, portanto tem mais a perder. Mas vou lhe fazer a mesma proposta. Conte-me o que sabe sobre o caso Bradford, que eu deixo seu nome fora disso.

Pomeranz lhe deu um sorriso enviesado.

– Que engraçado, Bolitar.

– O quê?

– Você remexendo nisso em ano eleitoral.

– E daí?

– Você está trabalhando para Davison, tentando derrubar um homem bom como Arthur Bradford em benefício daquele escroto.

Davison era o concorrente de Bradford para o cargo de governador.

– Desculpe, Roy, isso não é verdade.

– Não? Bem, de todo modo, Elizabeth Bradford morreu de uma queda.

– Quem a empurrou?

– Foi um acidente.

– Alguém a empurrou acidentalmente?

– Ninguém a empurrou, espertinho. Era tarde da noite. A varanda estava escorregadia. Ela caiu. Foi um acidente. Esse tipo de coisa acontece o tempo todo.

– É mesmo? Nos últimos vinte anos, quantas pessoas caíram acidentalmente da varanda e morreram?

Pomeranz cruzou os braços. Seus bíceps sobressaíam como bolas de beisebol enquanto ele os flexionava de forma quase imperceptível.

– Acidentes domésticos. Você sabe quantas pessoas morrem em acidentes domésticos todo ano?

– Não, Roy, quantas?

Pomeranz não respondeu. Grande surpresa. Ele olhou nos olhos de Wickner, que continuou calado, parecendo um tanto envergonhado.

Myron resolveu entrar de sola.

– E que tal o ataque contra Anita Slaughter? Também foi acidente?

Silêncio estupefato. Involuntariamente, Wickner soltou um pequeno gemido. Pomeranz deixou os braços penderem ao longo do corpo.

– Não sei do que você está falando.

– Claro que sabe, Roy. Eli até aludiu a isso nos autos.

Sorriso raivoso.

– Você se refere ao dossiê que Francine Neagly roubou do arquivo?

– Ela não o roubou, Roy. Ela o consultou.

– Bem, agora ele está sumido. Ela foi a última pessoa a consultá-lo. Temos certeza de que a agente Neagly o roubou.

Myron balançou a cabeça.

– A coisa não é tão fácil assim. Você pode esconder o dossiê. Você pode até esconder o processo sobre o ataque a Anita Slaughter. Mas eu já pus a mão no arquivo do hospital. Do St. Barnabas. Eles mantêm registros, Roy.

Mais olhares estupefatos. Era um blefe. Mas um bom blefe, que acertou em cheio.

Pomeranz inclinou-se para bem perto de Myron, o hálito exalando o cheiro de uma refeição mal digerida, e ameaçou em voz baixa:

– Você está metendo o nariz onde não é chamado.

– E você anda se esquecendo de escovar os dentes depois das refeições.

– Não vou deixar que você derrube um homem bom com calúnias.

– Calúnias – repetiu Myron. – Você andou ouvindo CDs que enriquecem o vocabulário na viatura, Roy? Será que os contribuintes sabem disso?

– Você está se enfiando em um jogo perigoso, seu engraçadinho.

– Ooooh, estou com tanto medo.

Quando não se tem uma resposta boa, usam-se as clássicas.

– Não preciso começar por você. – Pomeranz se inclinou um pouco para trás, o sorriso voltando-lhe ao rosto. – Eu tenho Francine Neagly.

– O que é que tem ela?

– Ela não tem nada a ver com esse dossiê. Nós achamos que alguém envolvido na campanha de Davison, provavelmente você, Bolitar, pagou a ela para roubá-lo. Para pegar qualquer informação que possa ser deturpada visando prejudicar Arthur Bradford.

Myron franziu a testa.

– Deturpada?

– Você acha que não vou acabar com ela?

– Eu nem sei o que isso significa. Deturpada? Você ouviu isso num daqueles CDs?

Pomeranz pôs o dedo na cara de Myron.

– Você acha que não vou botar pra foder com ela e acabar com sua carreira?

– Pomeranz, nem mesmo você pode fazer uma burrada dessas. Você já ouviu falar em Jessica Culver?

O policial baixou o braço.

– Ela é sua namorada, certo? Escritora ou coisa do tipo.

– Uma grande escritora. Muitíssimo respeitada. E você sabe o que ela adoraria fazer? Uma grande reportagem sobre o sexismo nos departamentos de polícia. Se você fizer alguma coisa contra Francine Neagly, se você rebaixá-la, lhe atribuir uma função ruim ou respirar no cangote dela entre as refeições, eu lhe garanto que, quando Jessica tiver feito a parte dela, você vai fazer Bob Packwood parecer Betty Friedan.

Pomeranz pareceu confuso: provavelmente não conhecia o famoso assediador ou, o mais provável, a líder feminista. Talvez Myron devesse ter dito Gloria Steinem. Pelo menos Pomeranz não se descontrolou. Esforçou-se para se recuperar, abrindo um sorriso quase cândido.

– Tudo bem, voltamos à Guerra Fria. Eu posso aniquilar você, você pode me aniquilar. É um impasse.

– Errado, Roy. Você é o cara que tem emprego, família, reputação e talvez muitos anos de cadeia para levar nas costas. Quanto a mim, não tenho nada a perder.

– Você só pode estar brincando. Está lidando com a família mais poderosa de Nova Jersey. Você acha mesmo que não tem nada a perder?

Myron deu de ombros.

– Sou louco também. Ou, em outras palavras, minha mente funciona de maneira deturpada.

Pomeranz e Wickner se entreolharam. Tinha acontecido a rebatida. A torcida ficou toda de pé. A bola bateu no alambrado. Billy passou ao largo da segunda base e entrou na terceira.

Pomeranz afastou-se sem mais uma palavra.

Myron fitou Wickner por um bom tempo.

– Você é uma completa fraude, hein? – Wickner ficou em silêncio. – Quando eu tinha 11 anos, você deu uma palestra para a minha turma de sexto ano e nós todos achamos que era o cara mais legal que já tínhamos visto. Eu costumava olhar para você durante meus jogos. Eu desejava sua aprovação. Mas você não passa de uma mentira.

Wickner mantinha os olhos no campo.

– Esqueça isso, Myron.

– Não consigo.

– Davison é um escroto. Não vale a pena fazer nada por ele.

– Não estou trabalhando para Davison. Estou trabalhando para a filha de Anita Slaughter.

Wickner continuou fitando o campo. Sua boca estava fechada, mas Myron notou que um canto dela pôs-se a tremer.

– Você só vai conseguir prejudicar um monte de gente.

– O que aconteceu com Elizabeth Bradford?

– Ela caiu. Só isso.

– Não vou parar de escavar.

Wickner ajeitou o boné novamente e começou a se afastar.

– Então vai morrer mais gente.

Não havia ameaça em seu tom de voz, apenas o timbre bombástico e doloroso da inevitabilidade.

capítulo 21

MYRON FOI PARA O CARRO E VIU que os dois capangas das Fazendas Bradford estavam esperando por ele. O grandalhão e o franzino, mais velho. O magro estava de manga comprida, por isso Myron não pôde ver se havia uma tatuagem de serpente, mas os dois correspondiam perfeitamente à descrição feita por Mabel Edwards.

Myron sentiu algo dentro dele ferver de raiva.

O grandalhão parecia gostar de se exibir. Com certeza tinha sido um brigão na época do ensino médio. Talvez leão de chácara de um bar da região. Ele se achava durão; Myron sabia que ele não seria grande problema. O cara magro e mais velho era um espécime fisicamente nada formidável. Mas o rosto de doninha e os olhos miúdos faziam a pessoa hesitar. Myron sabia muito bem que não podia julgar pela aparência, mas a cara do sujeito era fina, pontuda e cruel demais.

– Posso ver sua tatuagem? – perguntou Myron à Doninha Magricela. Abordagem direta.

O grandalhão pareceu confuso, mas a Doninha rebateu de primeira.

– Não estou acostumado com caras me falando isso – disse Magricela.

– Caras, ok. Mas com essa sua aparência, as franguinhas devem pedir isso a você o tempo todo.

Magricela até podia ter se ofendido com o gracejo, mas se pôs a rir.

– Quer dizer que você quer mesmo ver a serpente?

Myron assentiu. A serpente. Agora não havia mais dúvida. Aqueles eram mesmo os caras. O grandalhão socara Mabel no olho.

A raiva borbulhou com mais intensidade.

– Então, em que posso ajudá-los, meus chapas? Vocês estão recolhendo doações?

– Sim – respondeu o grandalhão. – Doações de sangue.

Myron o encarou.

– Eu não sou uma vovó, fortão.

– Ahn? – perguntou Grandalhão.

Magricela pigarreou.

– O futuro governador Bradford gostaria de falar com você.

– Futuro governador?

Doninha deu de ombros.

– Estamos confiantes.

– Bom saber. Por que ele não liga para mim?

– O futuro governador achou que seria melhor se o acompanhássemos.

– Acho que consigo dirigir até lá sozinho. – Myron olhou para o grandalhão novamente e acrescentou devagar: – Afinal de contas, não sou uma vovó.

O grandalhão fungou e girou a cabeça para estalar o pescoço.

– Eu posso bater em você como se fosse.

– Bater em mim como faria com uma vovó. Puxa, que coisa.

Myron lera havia pouco tempo sobre gurus de autoajuda que ensinavam os pupilos a se imaginar bem-sucedidos. Visualize o que você quer e irá acontecer, ou alguma crença do gênero. Myron não acreditava muito, mas sabia que aquilo funcionava num combate. Se aparecer uma oportunidade, imagine como irá atacar e a reação de seu adversário e prepare-se para ela. Era isso que Myron estava fazendo desde que Magricela admitira ter a tatuagem. Notando que não havia ninguém à vista, ele atacou.

Myron deu uma joelhada em cheio na virilha do grandalhão, que fez um barulho como se tivesse sugando um canudinho em que restavam apenas algumas gotas de líquido. Ele se dobrou, Myron sacou o revólver e apontou para Doninha. O grandalhão desabou no chão, todo esparramado.

Doninha não se mexera, parecendo se divertir.

– Não havia necessidade disso.

– Sim – concordou Myron. – Mas me sinto muito melhor agora. – Ele olhou para o grandalhão. – Isso foi por Mabel Edwards.

Magricela deu de ombros. Não estava nem aí.

– Bem, e agora?

– Onde está o carro de vocês?

– Deixaram-nos aqui. Devemos voltar para casa com você.

– Acho que não.

O grandalhão contorceu-se, tentando respirar com sofreguidão. Nenhum dos homens que estavam de pé se importou. Myron guardou sua arma.

– Eu mesmo dirijo, se você não se importa.

Doninha abriu os braços.

– Faça como quiser.

Myron começou a andar em direção ao Taurus.

– Você não sabe o que está enfrentando – comentou Magricela.
– Eu ouço isso o tempo todo.
– Talvez. Mas agora você ouviu de mim.
– Pode acreditar, estou morrendo de medo.
– Pergunte a seu pai, Myron.
Ele estacou.
– O que é que tem meu pai?
– Pergunte-lhe sobre Arthur Bradford. – O homem abriu um sorriso que mais lembrava um mangusto mordendo sua presa. – Pergunte-lhe sobre mim.
Myron tomou um balde de água fria.
– O que meu pai tem a ver com essa história toda?
Mas Magricela não estava a fim de responder.
– Rápido, o futuro governador de Nova Jersey está esperando você.

capítulo 22

MYRON LIGOU PARA WIN e lhe contou o que se passara.

– Não era para fazer isso – comentou Win.

– Ele atacou uma mulher.

– Era para atirar no joelho dele. Inutilizá-lo para o resto da vida. Uma joelhada nos testículos não adianta nada.

Etiqueta adequada para a revanche, por Windsor Horne Lockwood III.

– Vou deixar meu celular ligado. Você pode vir aqui?

– Claro. Mas, por favor, evite mais violência até eu chegar aí.

Em outras palavras: deixe alguma coisa para mim.

O segurança das Fazendas Bradford ficou surpreso ao ver Myron sozinho. O portão estava aberto, provavelmente à espera de três pessoas. Myron não hesitou, passando direto. O segurança entrou em pânico e pulou para fora da guarita. Myron fez-lhe um pequeno aceno com o dedo, como Oliver Hardy costumava fazer. Ele chegou a retorcer o rosto, dando o mesmo sorriso do Gordo. Puxa, se ele tivesse um chapéu-coco, também o usaria.

Quando Myron estacionou na frente da casa, o velho mordomo já estava na porta e fez uma pequena mesura.

– Por favor, siga-me, Sr. Bolitar.

Eles avançaram por um longo corredor.

Inúmeras pinturas a óleo nas paredes, a maioria de homens a cavalo. Havia um nu, naturalmente de uma mulher, mas sem cavalos. Catarina, a Grande, estava de fato morta. O mordomo dobrou à direita para uma passagem de vidro que devia dar no Epcot Center. Myron calculou que já deviam ter andado uns 50 metros.

O empregado parou e abriu uma porta. Seu semblante era o protótipo do rosto inexpressivo de um mordomo.

– Por favor, entre, senhor.

Myron sentiu o cheiro de cloro antes de ouvir o chapinhar da água.

O mordomo esperou.

– Não trouxe minha roupa de banho – avisou Myron. O homem lhe lançou um olhar inexpressivo. – Normalmente eu uso uma tanga. Embora possa me virar com um biquíni. – O criado apenas piscou. – Posso pegar o seu. Se você tiver um sobrando.

– Por favor, entre, senhor.

– Certo, bem, vamos manter contato.

O mordomo, ou fosse lá o que fosse, foi embora. Myron entrou. O recinto tinha um cheiro azedo próprio de locais com piscinas internas. Tudo era de mármore. Muitas plantas. Havia estátuas de algumas deusas em cada canto da piscina. Que deusas eram aquelas, Myron não sabia. As deusas das piscinas internas, imaginou ele. Arthur Bradford cortava as águas sem provocar a menor ondulação, nadando com movimentos desenvoltos, quase preguiçosos. Ele chegou à borda da piscina próxima a Myron e parou. Tirou os óculos de natação com lentes azul-escuras e passou a mão nos cabelos.

– O que aconteceu com Sam e Mario? – perguntou Bradford.

– Mario... Esse deve ser o grandalhão, não é?

– Sam e Mario deveriam acompanhar você até aqui.

– Eu já sou grande, Artie. Não preciso que me acompanhem.

Naturalmente, Bradford os enviara para intimidá-lo; Myron precisava mostrar-lhe que aquilo não produzira o efeito desejado.

– Ótimo, então – disse Bradford, a voz incisiva. – Ainda tenho que atravessar a piscina cinco vezes. Você se importa?

Myron fez um gesto de que estava tudo bem.

– Ei, por favor, vá em frente. Não consigo imaginar nada que me dê mais prazer do que ver outro homem nadando. Eis uma grande ideia. Por que não filmar um comercial aqui? Slogan: "Vote no Art: ele tem uma piscina interna."

Bradford quase sorriu.

– É justo.

Ele saiu da piscina com um movimento único e relaxado. Seu corpo era comprido, esguio e parecia enxuto quando estava molhado. Pegou uma toalha e indicou duas espreguiçadeiras. Myron sentou-se em uma, mas não reclinou o corpo. Arthur Bradford fez o mesmo.

– Foi um dia longo – comentou Arthur. – Já participei de quatro atividades de campanha e tenho mais três hoje à tarde.

Myron balançou a cabeça ante aquela conversa fiada, querendo que Bradford fosse direto ao assunto. O político entendeu e bateu as mãos nas coxas.

– Bom, então, você é um homem ocupado. Eu sou um homem ocupado. Vamos direto ao ponto?

– Claro.

Bradford inclinou-se um pouco.

– Queria conversar com você sobre sua visita anterior.

Myron tentou manter o rosto inexpressivo.
– Você há de concordar, não é, que foi bem esquisita.
Myron fez uma espécie de "aham", só que não muito enfático.
– Em suma, eu gostaria de saber o que você e Win pretendiam.
– Eu queria algumas respostas.
– Sim, percebi. Minha pergunta é: por quê?
– Por que o quê?
– Por que você veio me perguntar sobre uma mulher que há vinte anos não trabalha para mim?
– Qual é a diferença? Você mal se lembra dela, não é?
Arthur abriu um sorriso que indicava que os dois sabiam muito mais do que deixavam transparecer.
– Eu gostaria de ajudá-lo. Mas primeiro tenho que saber seus motivos. – Ele abriu os braços. – Afinal de contas, esta é uma eleição muito importante.
– Você acha que estou trabalhando para Davison?
– Você e Windsor vieram a minha casa com falsos pretextos. Começaram a fazer perguntas estranhas sobre meu passado. Você pagou a uma policial para roubar um dossiê sobre a morte de minha mulher. Tem ligações com um homem que recentemente tentou me chantagear. E foi visto conversando com criminosos notórios, cúmplices de Davison – Bradford deu um sorriso político, que demonstrava certa condescendência. – Se você estivesse em meu lugar, o que pensaria?
– Vamos retroceder um pouco – pediu Myron. – Primeiro, não paguei ninguém para roubar um dossiê.
– A agente Francine Neagly. Você nega ter-se encontrado com ela no Ritz Diner?
– Não. – Ia demorar muito explicar a verdade e de que adiantaria? – Tudo bem, esqueça isso por enquanto. Quem tentou chantagear você?
O mordomo entrou no recinto.
– Chá gelado, senhor?
Bradford pensou um pouco.
– Limonada, Mattius. Um pouco de limonada seria divino.
– Muito bem. Sr. Bolitar?
Myron duvidava que ali houvesse grandes reservas de achocolatado.
– O mesmo para mim, Mattius. Mas faça a minha *extra*divina.
Mattius assentiu.
– Muito bem, senhor – disse ele, e saiu.

Arthur envolveu os ombros com uma toalha e reclinou-se na espreguiçadeiras, tão comprida que suas pernas não chegavam até a borda. Ele fechou os olhos.

– Ambos sabemos que eu me lembro de Anita Slaughter. Como você disse, um homem não esquece o nome da pessoa que achou o corpo de sua esposa.

– Esse é o único motivo?

Bradford abriu um olho.

– O quê?

– Eu vi fotos dela. É difícil esquecer uma mulher bonita daquele jeito.

Bradford tornou a fechar o olho e, por um instante, permaneceu em silêncio.

– Existem muitas mulheres atraentes no mundo.

– Aham.

– Você acha que tive um caso com ela?

– Eu só disse que ela era atraente. Os homens se lembram de mulheres atraentes.

– É verdade – concordou Bradford. – Mas, veja bem, esse é o tipo de boato que Davison gostaria de ter em mãos. Entende minha preocupação? Política é manipulação de informações. Você se engana ao pensar que minha preocupação com o assunto prova que tenho algo a esconder. Não é o caso. A verdade é que me preocupam as interpretações equivocadas que possam fazer disso. O fato de eu não ter feito nada não impede que meu adversário tente dar a impressão de que fiz. Está entendendo?

– Como um político atrás de uma propina – respondeu Myron.

Mas Bradford tinha um bom argumento. Ele era candidato a governador e, mesmo que não houvesse nada no caso, iria se colocar na defensiva.

– Então, quem tentou chantageá-lo?

Bradford esperou um segundo, pesando os prós e contras de dizer a Myron. O computador interno expôs as várias possibilidades. Os prós venceram.

– Horace Slaughter.

– Com o quê? – perguntou Myron.

– Ele ligou para meu comitê eleitoral.

– E conseguiu falar com você?

– Ele disse ter informações sobre Anita Slaughter que me incriminavam. Imaginei que fosse uma maluquice, mas o fato é que ele sabia que o nome de Anita me incomodava.

Não tenho dúvida, pensou Myron.

– E o que ele disse?

– Ele queria saber o que eu tinha feito com a mulher dele. Me acusou de tê-la ajudado a fugir.

– Como?

– Apoiando-a, ajudando-a, obrigando-a a fugir – respondeu ele, acenando com as mãos. – Eu não sei. Ele estava especulando.

– Mas o que ele disse?

Bradford sentou-se e apoiou as pernas na lateral da espreguiçadeira. Durante alguns segundos, olhou para Myron como se o agente fosse um hambúrguer que ele não sabia ao certo se já era hora de descartar.

– Quero saber qual o seu interesse nessa história.

Você me dá um pouco, recebe um pouco. Assim funciona o jogo.

– A filha.

– Como?

– A filha de Anita Slaughter.

Bradford assentiu lentamente.

– Ela não é jogadora de basquete?

– Sim.

– Você é agente dela?

– Sim. E eu era amigo do pai dela. Você ouviu falar que ele foi assassinado?

– Saiu no jornal – disse Bradford. "No jornal". Com aquele cara, nunca havia um simples "sim" ou "não". – Então, que tipo de relação você tem com a família Ache?

Myron teve um estalo.

– Eles são cúmplices de Davison?

– Sim.

– Quer dizer que os Aches têm interesse que ele ganhe a eleição?

– Claro. Por isso quero saber que tipo de relação você tem com eles.

– Nenhuma relação. Eles estão organizando uma liga de basquete feminino para rivalizar com a atual. Eles querem contratar Brenda.

Mas então Myron pensou: os Aches andaram se encontrando com Horace Slaughter. Segundo FJ, ele até assinara um contrato para que sua filha jogasse com eles. Além disso, Horace estava importunando Bradford com a história de sua falecida esposa. Será que ele estava trabalhando para os Aches? Tema para reflexão.

Mattius voltou com as limonadas. Feitas na hora. Geladas. Deliciosas, embora não divinas. Ah, os ricos... Quando Mattius saiu, Bradford mergulhou na fingida reflexão profunda de que tanto se valera no encontro anterior. Myron esperou.

– Ser político é uma coisa estranha – começou Bradford. – Todas as criaturas lutam para sobreviver. É instintivo, claro. Mas a verdade é que um político é mais frio que a maioria. Ele não pode evitar. Temos aqui um homicídio e a única coisa que consigo enxergar é o potencial risco político. É a mais pura verdade. Meu objetivo é simplesmente deixar meu nome fora disso.

– Isso não vai acontecer. Independentemente do que você ou eu queiramos.

– Por que você diz isso?

– A polícia vai ligar você a isso, da mesma forma que eu fiz.

– Não estou entendendo.

– Vim procurá-lo porque Horace Slaughter ligou para você. A polícia vai verificar os mesmos registros telefônicos. Eles vão ter que investigar.

Arthur sorriu.

– Não se preocupe com a polícia.

Myron se lembrou de Wickner e Pomeranz e do poder daquela família. Bradford devia ter razão. Myron resolveu tirar vantagem da situação.

– Você está me pedindo para ficar quieto?

Bradford hesitou. Hora de estudar o tabuleiro de xadrez e imaginar o próximo movimento de Myron.

– Estou lhe pedindo que seja justo.

– O que significa isso?

– Que você não tem nenhuma prova concreta de que estou envolvido em algo ilícito. E, se você não está trabalhando para Davison, não tem motivo para prejudicar minha campanha.

– Não tenho certeza se isso é verdade.

– Entendo. – Mais uma vez, Bradford tentando ler a borra do café. – Imagino que você deseja alguma coisa em troca de seu silêncio.

– Talvez. Mas não é o que você pensa.

– O que é, então?

– Duas coisas. Primeiro, quero algumas respostas. Respostas verdadeiras. Se eu desconfiar que você está mentindo ou preocupado com a impressão que pode causar, vou criar problemas para você. Não estou a fim de prejudicá-lo. Não me importo com essa eleição. Eu só quero a verdade.

– E a segunda coisa?

Myron sorriu.

– Chegaremos lá. Primeiro preciso das respostas.

Bradford ficou em silêncio, então indagou:

– Mas como você quer que eu aceite uma condição sem nem saber qual é?

– Responda a minhas perguntas primeiro. Se eu me convencer de que está falando a verdade, eu lhe apresentarei a segunda condição. Mas se você se mostrar evasivo, a segunda condição se torna irrelevante.

Bradford não gostou daquilo.

– Não posso concordar com isso.

– Tudo bem. – Myron se levantou. – Tenha um bom dia, Arthur.

– Sente-se – ordenou Bradford, ríspido.

– Você vai responder a minhas perguntas?

Arthur fitou-o.

– O congressista Davison não é o único a ter amigos repulsivos.

Myron deixou que as palavras pairassem no ar.

– Se você quiser sobreviver na política – continuou Bradford –, tem que se aliar a alguns dos elementos mais sórdidos do estado. Essa é a feia verdade, Myron. Estou sendo claro?

– Sim. Pela terceira vez nesta última hora, estou sendo ameaçado.

– Você não parece muito amedrontado.

– Não me assusto com facilidade. – O que era uma meia verdade. Demonstrar medo era pouco saudável e podia levar à morte. – Então vamos deixar de rodeios. Tenho perguntas. Eu posso fazê-las. Ou a imprensa.

Mais uma vez, Bradford não mostrou pressa em responder. Seu forte era a prudência.

– Ainda não entendi: qual o seu interesse nisso?

Ainda adiando as perguntas.

– Já disse: a filha.

– E quando você veio aqui da outra vez estava procurando o pai dela?

– Sim.

– E você veio me procurar porque esse Horace Slaughter ligou para meu comitê?

Myron aquiesceu devagar.

Bradford assumiu de novo a expressão de desagrado.

– Então por quê, em nome do bom Deus, você perguntou por minha mulher? Se você realmente estivesse interessado apenas em Horace Slaughter, por que estava tão preocupado com Anita Slaughter e com o que aconteceu há vinte anos?

O recinto ficou silencioso, exceto pelo suave ondear da água da piscina.

A luz refletida movia-se de um lado para outro, como um errático protetor de tela. Eles tinham chegado ao ponto crucial, e ambos sabiam disso. Myron refletiu por um instante, mantendo os olhos nos de Bradford, perguntando-se o quanto deveria dizer e como poderia usar aquilo. Negociando. A vida era como o trabalho de um agente esportivo: uma série de negociações.

– Porque eu não estava só procurando Horace Slaughter – respondeu Myron. – Eu estava procurando Anita Slaughter também.

Bradford se esforçou para manter o controle das expressões faciais e da linguagem corporal. Mesmo assim, as palavras de Myron fizeram-no tomar um grande hausto de ar. Seu rosto ficou ligeiramente pálido. Sem dúvida ele era um bom ator, mas havia alguma coisa estranha ali.

– Anita Slaughter desapareceu vinte anos atrás, não foi? – perguntou Bradford lentamente.

– Sim.

– E você acha que ela ainda está viva?

– Sim.

– Por quê?

Para conseguir informação, você tem que dar também. Myron sabia disso. É preciso investir. Mas agora Myron estava esbanjando informações. Hora de inverter a situação.

– Por que você se preocupa com isso?

– Não me preocupo. – Bradford não se mostrava nem um pouco convincente. – Mas eu achava que ela estava morta.

– Por quê?

– Ela parecia uma mulher decente. Por que iria fugir e abandonar a filha daquela forma?

– Talvez ela estivesse com medo.

– Do marido?

– De você.

Bradford congelou.

– Por que ela teria medo de mim?

– Você é que deve me dizer, Arthur.

– Não tenho a menor ideia.

– E sua mulher acidentalmente escorregou da varanda vinte anos atrás, certo? – Bradford permaneceu calado. – Anita Slaughter veio trabalhar certa manhã e encontrou sua mulher morta de uma queda. Ela escorregou da própria varanda em meio à escuridão chuvosa e ninguém notou. Ninguém. Anita simplesmente apareceu junto de seu cadáver. Não foi isso que aconteceu?

A fachada de Bradford não estava rachando, mas Myron notou o aparecimento de fissuras.

– Você não sabe de nada.

– Então me conte.

– Eu amava minha esposa. Eu a amava com todas as minhas forças.

– O que aconteceu com ela?

Bradford tomou alguns haustos de ar e tentou recuperar o controle.

– Ela caiu. – Pensando um pouco mais, perguntou: – Por que você acha que a morte de minha mulher tem alguma coisa a ver com o desaparecimento de Anita? – Ele acrescentou com o timbre mais forte, já voltando ao normal: – Na verdade, se bem me lembro, Anita continuou trabalhando aqui depois do acidente. Ela deixou o emprego bem depois da morte trágica de Elizabeth.

Era verdade. E um detalhe que irritava continuamente Myron, como um grão de areia na retina.

– Então por que insiste em falar da morte de minha esposa?

Myron não soube o que responder, por isso esquivou-se com perguntas:

– Por que todo mundo está preocupado com esse dossiê da polícia? Por que os policiais estão tão preocupados?

– Pela mesma razão que eu estou. Estamos em ano eleitoral. Vasculhar dossiês é uma atitude suspeita. É só isso. Minha mulher morreu num acidente. Fim da história – completou Arthur, a voz ainda mais forte. Negociações podem ter mais reviravoltas que um jogo de basquete. Se é assim, o grande momento voltara para o lado de Bradford. – Agora me responda: por que você acha que Anita Slaughter continua viva? Quer dizer, considerando-se que a família não tem notícias dela há vinte anos.

– Quem disse que eles não tiveram notícias dela?

Ele arqueou uma sobrancelha.

– Você está dizendo que eles tiveram?

Myron deu de ombros. Ele tinha que ser muito cauteloso naquele terreno. Se Anita Slaughter ainda estivesse se escondendo daquele cara e Bradford acreditasse mesmo que ela havia morrido, como ele reagiria diante da prova de que ela estava viva? Será que iria, como era de se esperar, tentar localizá-la e silenciá-la? Fazia sentido. Mas, ao mesmo tempo, se Bradford estivesse lhe dando dinheiro secretamente, como Myron imaginara antes, por certo saberia que ela estava viva. No mínimo, saberia que ela fugira para evitar sofrer alguma violência.

Então, o que estava acontecendo ali?

– Acho que eu já disse o bastante – falou Myron.

Bradford tomou um longo gole de limonada, esvaziando o copo. Ele sacudiu o jarro para misturar tudo, tornou a encher o copo e fez um gesto em direção ao de Myron, que recusou. Os dois voltaram a se acomodar.

– Eu gostaria de contratá-lo – disse Bradford.

Myron ensaiou um sorriso.

– Como assim?

– Como uma espécie de consultor. De segurança, talvez. Quero contratá-lo para que me mantenha informado sobre sua investigação. Diabo, eu tenho idiotas demais na área de prevenção de danos. Quem melhor do que o homem inteirado do caso? Você estará em condições de me preparar para um potencial escândalo. O que acha disso?

– Acho que estou fora.

– Não seja tão precipitado. Prometo minha cooperação e também a de minha equipe.

– Certo. E se alguma coisa ruim vier à tona, você a descartará.

– Não vou negar que estarei interessado em que os fatos sejam apresentados sob a luz adequada.

– Ou sombra.

– Considere sua recompensa, Myron – disse Bradford, sorrindo. – Sua cliente não está interessada em mim nem em minha carreira política. Ela quer encontrar a mãe. Eu gostaria de ajudar.

– Claro que você gostaria. Afinal, o principal motivo para você entrar na política foi seu desejo de ajudar as pessoas.

Bradford balançou a cabeça.

– Estou lhe fazendo uma proposta séria e você prefere o sarcasmo.

– Não se trata disso. – Hora de inverter o embate novamente. Myron escolheu as palavras com cuidado. – Mesmo que eu quisesse, não posso.

– Por que não?

– Já falei de uma segunda condição.

Bradford pôs um dedo nos lábios.

– Falou.

– Eu já trabalho para Brenda Slaughter. Ela deve continuar sendo minha preocupação principal nesse assunto.

Bradford pôs a mão na nuca. Relaxado.

– Sim, claro.

– Você leu os jornais. A polícia pensa que ela é a culpada.

– Bem, você deve admitir que ela se encaixa bem como suspeita.

– Talvez. Mas se eles a prenderem, devo agir no interesse dela. – Myron lançou-lhe um olhar direto. – Isso significa que vou colher todas as informações que possam fazer a polícia procurar outros potenciais suspeitos.

Bradford sorriu, sabendo o que aquilo significava.

– Inclusive eu.

Myron levantou as mãos espalmadas para cima e deu de ombros.

– Que alternativa eu teria? Minha cliente em primeiro lugar. – Houve uma pequena hesitação. – Mas, naturalmente, nada disso vai acontecer se Brenda continuar livre.

– Ah – fez Bradford, ainda sorrindo.

Myron ficou calado.

Bradford sentou-se e pôs as mãos em posição de repouso.

– Não precisa dizer mais nada. – Myron obedeceu. – Eu garantirei que isso aconteça. – Bradford consultou o relógio. – Agora preciso me vestir. Compromissos de campanha.

Ambos se levantaram. Bradford estendeu a mão e Myron a apertou. O político não agira de forma limpa, mas não deixava de ser algo previsível. Os dois haviam adquirido um pouco de conhecimento. Myron não tinha certeza de que fizera o acordo mais vantajoso. Mas a primeira regra em toda negociação é evitar a avidez. Se você só fala, a longo prazo o tiro sai pela culatra.

– Adeus – despediu-se Bradford, ainda lhe apertando a mão. – Espero que você me mantenha informado sobre o andamento de sua investigação.

Os dois se soltaram. Myron encarou Bradford. Ele não queria, mas não conseguiu deixar de perguntar:

– Você conhece meu pai?

Bradford inclinou a cabeça e sorriu.

– Ele lhe disse isso?

– Não. Quem me disse isso foi seu amigo Sam.

– Sam trabalha para mim há muito tempo.

– Eu não perguntei por Sam. Perguntei por meu pai.

Mattius abriu a porta e Bradford foi em direção a ela.

– Por que não pergunta a seu pai, Myron? Talvez isso ajude a esclarecer a situação.

capítulo 23

ENQUANTO ERA ACOMPANHADO POR Mattius ao longo do corredor, Myron remoía um pensamento: *Meu pai?*

Myron vasculhou a memória em busca de uma menção casual ao nome de Bradford em sua casa, um tête-à-tête político envolvendo o mais proeminente habitante de Livingston. Não lhe ocorreu nada.

Então como Bradford conhecia seu pai?

Mario Grandalhão e Sam Magricela estavam no vestíbulo. Mario andava de um lado para outro pisando forte, como se o chão o tivesse aborrecido. Seus braços e mãos moviam-se com a sutileza dos gestos de Jerry Lewis. Se ele fosse um personagem de quadrinhos, estaria saindo fumaça de seus ouvidos.

Sam acendeu um Marlboro e recostou-se no corrimão como Frank Sinatra esperando por Dean Martin. Sam tinha essa desenvoltura. Como Win. Myron entregava-se à violência, e era bom nisso, mas sentia descargas de adrenalina, pernas formigando e suores frios pós-combate. Nada anormal, claro. Apenas uns poucos tinham a capacidade de se desligar, de manter o olhar calmo para ver as explosões em câmera lenta.

Mario investiu contra Myron. Punhos cerrados dos lados do corpo, rosto retorcido como se tivesse sido apertado contra uma porta de vidro.

– Você está morto, seu babaca. Está ouvindo? Morto. Morto e enterrado. Vou levar você para fora e...

Myron novamente deu uma joelhada naquele lugar. Mario Grandalhão se estatelou no mármore frio e se debateu feito um peixe agonizante.

– Dica amigável de hoje: invista em uma saqueira.

Myron olhou para Sam, que ainda estava recostado no corrimão. Ele deu outra tragada no cigarro e deixou que a fumaça saísse pelas narinas.

– O cara é novo – disse Sam à guisa de explicação.

Myron assentiu.

– Às vezes a gente só quer assustar os estúpidos. Gente estúpida tem medo de músculos volumosos. – Outra tragada. – Mas não permita que essa incompetência deixe você muito orgulhoso dos próprios colhões.

Myron olhou para baixo. Estava prestes a dizer uma gracinha, mas se conteve e balançou a cabeça. Orgulhoso dos colhões. Uma joelhada nos testículos.

Fácil demais.

◆ ◆ ◆

Win esperava junto ao carro de Myron, um pouco inclinado, praticando sua tacada de golfe. Naturalmente, ele não estava com taco nem bola. Você se lembra de ouvir rock no volume mais alto e pular na cama fingindo tocar uma guitarra? Jogadores de golfe fazem a mesma coisa. Eles ouvem alguns sons internos da natureza, aproximam-se dos primeiros bancos de areia imaginários e fingem brandir tacos. Em campos fictícios, normalmente. Às vezes, quando eles desejam maior controle, tiram tacos de aço imaginários de suas bolsas imaginárias. E, como adolescentes com suas *air guitars*, os golfistas gostam de se olhar no espelho. Win, por exemplo, sempre examina o próprio reflexo em vitrines. Ele para na calçada, certifica-se de que está segurando o taco na posição correta, checa seu movimento de recuo, ajeita os punhos e assim por diante.

– Win?

– Um momento.

Win tinha mudado a posição do retrovisor do lado do passageiro para ter uma visão melhor de corpo inteiro. Ele interrompeu o movimento, viu alguma coisa na imagem refletida, franziu a testa.

– Lembre-se de que objetos no espelho podem parecer menores do que realmente são.

Win o ignorou. Ele reposicionou, ahn, a bola, escolheu um taco de areia imaginário e tentou dar um toquezinho. Pela expressão de Win, a... bola caiu no green, rolou e ficou a pouco menos de um metro do buraco. Win sorriu, levantou a mão para agradecer os aplausos da... bem, da multidão entusiasmada.

Golfistas...

– Como conseguiu chegar tão depressa?

– Batcóptero.

A Lock-Horne tinha um helicóptero e um heliporto no alto do edifício. Win provavelmente voara até uma área próxima e viera correndo.

– Então você ouviu tudo?

Win fez que sim.

– O que você acha?

– Não havia necessidade daquilo.

– Certo, eu devia ter dado um tiro no joelho dele.

– Bem, sim, é isso. No caso, porém, estou me referindo à coisa toda.

– Como assim?

– Arthur Bradford talvez esteja em busca de algo. Você não está concentrado no que deseja obter.

– E o que eu desejo?

Win sorriu.

– Exatamente.

– Mais uma vez, não tenho ideia do que você está falando.

Ele abriu as portas do carro e os dois sentaram nos bancos. O courino estava quente por causa do sol. O ar-condicionado soltou algo muito parecido com um borrifo morno.

– Vez por outra fazíamos tarefas extracurriculares. Mas sempre havia um propósito. Um objetivo, se você preferir. Nós sabíamos o que almejávamos.

– E você acha que este não é o caso?

– Isso mesmo.

– Vou lhe enumerar três objetivos, então. Primeiro, encontrar Anita Slaughter. Segundo, descobrir o assassino de Horace Slaughter. Terceiro, proteger Brenda.

– Protegê-la de quê?

– Ainda não sei.

– Ah – fez Win. – E... vamos ver se entendi bem: você acha que a melhor maneira de proteger a Srta. Slaughter é perturbar a polícia, a mais poderosa família do estado e mafiosos notórios?

– Não dá para evitar.

– Bem, sim, claro que você tem razão. E ainda temos que analisar seus outros dois objetivos.

Win abaixou o espelho interno do carro e examinou o cabelo. Não havia um fio louro fora do lugar, mas ainda assim ele ajeitou alguma coisa, franzindo a testa. Ao término, voltou a levantar o espelho.

– Vamos começar pela história de encontrar Anita Slaughter, está bem?

Myron assentiu, mas sabendo que não ia gostar do rumo que aquilo iria tomar.

– Essa é a questão fundamental, não é? Encontrar a mãe de Brenda?

– Certo – concordou Myron.

– Então... e, mais uma vez, vamos ver se eu entendi direito: você perturba a polícia, a mais poderosa família do estado e mafiosos notórios para encontrar uma mulher que fugiu há vinte anos?

– Sim.

– E qual o motivo dessa busca?

– Brenda. Ela quer saber do paradeiro da mãe. Ela tem o direito...

– Bah – interrompeu Win.

– "Bah"?

– Quem você é, a União Americana pelas Liberdades Civis? Que direito? Brenda não tem direito nenhum nesse caso. Você acha que Anita está retida em algum lugar contra sua vontade?

– Não.

– Então, pelo amor de Deus, me diga o que está tentando fazer. Se Anita ansiasse por uma reconciliação com a filha, iria procurá-la. É evidente que optou por não fazer isso. Nós sabemos que ela fugiu há vinte anos. Sabemos que ela fez o máximo para manter-se escondida. O que não sabemos, naturalmente, é o porquê. E em vez de respeitar sua decisão, você resolve ignorá-la.

Myron ficou calado.

– Em circunstâncias normais – continuou Win –, essa busca envolveria alguns riscos. Mas quando você acrescenta as complicações do caso... o perigo óbvio de perturbar esse tipo de adversários... o risco é enorme. Em suma, estamos nos arriscando muito por muito pouco.

Myron balançou a cabeça, mas reconheceu a lógica do argumento. Ele mesmo não pusera em questão aqueles mesmos pontos? Ele estava andando na corda bamba novamente, dessa vez sobre um inferno enfurecido, e arrastando outras pessoas consigo, inclusive Francine Neagly. E para quê? Win tinha razão. Ele estava irritando gente poderosa. Podia até estar ajudando, inadvertidamente, aqueles que queriam machucar Anita Slaughter, fazendo com que ela se expusesse e fosse localizada com mais facilidade. Ele sabia que tinha de agir com todo cuidado. Um passo em falso e... cataploft!

– E ainda tem mais – arriscou Myron. – Um crime pode ter sido encoberto.

– Agora você está se referindo a Elizabeth Bradford?

– Sim.

Win franziu a testa.

– Então esse é o seu objetivo, Myron? Você está arriscando vidas para fazer-lhe justiça vinte anos depois? Elizabeth Bradford o está chamando da tumba ou algo do tipo?

– E ainda é preciso pensar em Horace.

– O que é que tem ele?

– Ele era meu amigo.

– E você acredita que descobrir o assassino vai aliviar seu sentimento de culpa por ter passado dez anos sem falar com ele?

Myron engoliu em seco.

– Isso é golpe baixo, Win.

– Não, meu amigo, estou simplesmente tentando puxar você da beira do abismo. Não é que o que você faz não tem valor. Já trabalhamos visando a ganhos questionáveis. Mas você deve avaliar a relação custo-benefício. Você está tentando encontrar uma mulher que talvez não deseje ser encontrada. E está enfrentando forças maiores do que as nossas duas juntas.

– Você quase dá a impressão de estar com medo, Win.

Win o encarou.

– Você sabe que tenho razão.

Myron fitou seus olhos azuis pintalgados de prata e aquiesceu.

– Trata-se de pragmatismo – continuou Win –, não de medo. Pressionar é bom. Forçar um confronto é bom. Já fizemos isso muitas vezes. Ambos sabemos que eu raramente dou para trás nessas situações, que eu talvez goste delas até demais. Mas sempre havia um objetivo. Procuramos Khaty para ajudar a reabilitar um cliente. Procuramos o assassino de Valerie pelo mesmo motivo. Procuramos Greg porque você ia ter um bom retorno monetário. O mesmo se pode dizer do garoto dos Coldrens. Mas, neste caso de agora, o objetivo é nebuloso demais.

O volume do rádio do carro estava baixo, mas ainda assim Myron ouvia Seal "comparar" sua namorada a "um beijo do rosa no cinza". Que romântico.

– Seja como for, tenho que levar isso adiante por mais algum tempo – disse Myron. Win permaneceu em silêncio. – E eu gostaria que você me ajudasse. – Nada ainda. – Alguém financiou bolsas de estudo para Brenda. Acho que Anita tem passado dinheiro por meio delas. Anonimamente. Quero que você tente descobrir a origem disso tudo.

Win inclinou-se para a frente e desligou o rádio. Quase não havia trânsito. Sem contar o zumbido do ar-condicionado, o silêncio pesava. Depois de alguns minutos, Win indagou:

– Você está apaixonado por ela, não é?

A pergunta pegou-o de surpresa. Myron abriu a boca, depois a fechou. Win nunca lhe questionara algo do tipo; na verdade, ele fazia o possível para evitar o assunto. Explicar relações amorosas a Win era o mesmo que explicar jazz a uma espreguiçadeira.

– Talvez eu esteja.

– Isso está afetando sua capacidade de discernimento – afirmou Win. – A emoção deve estar sobrepondo-se ao pragmatismo.

– Não vou deixar que isso aconteça.

– Imagine que não está apaixonado por ela. Ainda assim você seguiria em frente?

– Isso tem alguma importância?

Win assentiu: ele sabia que hipóteses nada tinham a ver com a realidade.

– Ótimo, então. Me fale sobre as bolsas de estudo. Vou ver o que posso descobrir.

Ambos ficaram em silêncio. Como sempre, Win parecia perfeitamente relaxado e num estado de completa prontidão.

– Há uma linha muito tênue entre a inflexibilidade e a estupidez – comentou Win. – Procure ficar do lado certo.

capítulo 24

O TRÂNSITO DA TARDE DE DOMINGO estava tranquilo e eles passaram rapidamente pelo túnel Lincoln. Win mexia nos botões do novo CD player de Myron e colocou uma compilação recém-comprada de clássicos de emissoras AM dos anos 1970. Ouviram "The Night Chicago Died", depois "The Night the Lights Went out in Georgia". As noites, refletiu Myron, eram perigosas naquela década: Chicago morria e as luzes se apagavam na Geórgia. Então, a canção-tema do filme *Billy Jack* pediu paz na terra em altos brados.

A última canção, "Shannon", era um melodrama clássico, em que a personagem-título some logo no início da música. Num tom bastante agudo, ficamos sabendo que Shannon se foi, levada pelo mar. Triste. A canção sempre comovia Myron. A mãe fica desconsolada e está sempre cansada, já sem a companhia do marido. Nada é o mesmo sem Shannon.

– Você sabia que Shannon era uma cadela? – perguntou Win.

– Você está de brincadeira.

Win negou com um gesto de cabeça.

– Preste atenção ao coro para ver.

– Eu só consigo entender a parte em que Shannon é levada pelo mar.

– Depois o dono espera que Shannon tenha encontrado uma ilha com uma árvore que dê sombra.

– Uma árvore que dê sombra?

– Igualzinha à que o dono tem no quintal.

– Isso não significa que se trata de um cachorro, Win. Talvez Shannon gostasse de ficar embaixo de uma árvore. Talvez eles tivessem uma rede.

– Talvez. Mas há uma indicação bastante sutil.

– Qual?

– O encarte do CD diz que a canção é sobre um cachorro.

Win.

– Você quer que eu o deixe em casa? – perguntou Myron.

Win negou com um gesto de cabeça.

– Tenho um trabalho burocrático a fazer. E acho que é melhor eu ficar por perto.

Myron não discutiu.

– Você está com uma arma? – indagou Win.

– Sim.

– Quer outra?

– Não.

Eles deixaram o carro no estacionamento do Kinney e subiram de elevador juntos. O edifício estava silencioso naquele dia, as formigas todas fora do formigueiro. O efeito era um tanto soturno, como em um desses filmes apocalípticos onde tudo fica abandonado e fantasmagórico. O tinido do elevador ecoava como um trovão.

Myron desceu no décimo segundo andar. Apesar de ser domingo, Big Cyndi estava em sua mesa de trabalho. Como sempre, tudo em volta dela parecia minúsculo, como no episódio de *Além da imaginação* em que a casa encolhe ou como se alguém jogasse um grande animal de pelúcia no Corvette rosa da Barbie. Naquele dia, Big Cyndi estava com uma peruca que parecia roubada do closet de uma senhorinha. Provavelmente seu cabelo não estava com uma boa aparência. Ela se levantou e sorriu para Myron, que manteve os olhos abertos e ficou surpreso por não se transformar em pedra.

Apesar de já ser muito alta, Big Cyndi estava usando calçados com saltos bem altos, que gemeram em agonia quando ela se pôs de pé. Ela vestia trajes que alguns talvez classificassem como executivos. A blusa tinha babados ao estilo da Revolução Francesa e o terninho era de um cinza chapado, com um rasgo recente ao longo da costura do ombro.

Ela levantou as mãos e fez uma pirueta para Myron. Imagine Godzilla empinando o corpo depois de ser atingido por uma arma de eletrochoque.

– Gostou?

– Muito – respondeu Myron. *Jurassic Park: O desfile de moda.*

– Comprei no Benny's.

– Benny's?

– É uma loja de roupas para travestis. Mas muitas moças grandinhas como eu também fazem compras lá.

– Que prático.

Big Cyndi fungou e de repente começou a chorar. Ela estava com excesso de maquiagem, nada à prova d'água, e logo começou a se parecer com uma lâmpada de lava deixada num micro-ondas.

– Oh, Sr. Bolitar!

Ela correu para ele com os braços abertos, o chão trepidando sob seus pés. Veio-lhe à mente uma daquelas cenas de desenho animados em que as personagens vão caindo piso após piso de um prédio, deixando sua silhueta recortada em cada um deles.

Myron ergueu as mãos. *Não! Myron bom! Myron gosta de Cyndi! Cyndi não machuca Myron!* Mas o gesto de nada adiantou.

Ela o abraçou e levantou-o do chão. Era como se um colchão de água o tivesse atacado. Ele fechou os olhos e tentou segurar o tranco.

– Obrigada – sussurrou ela por entre lágrimas.

Pelo canto do olho, ele viu Esperanza assistir à cena de braços cruzados, com um pequeno sorriso. O novo emprego, Myron de repente se lembrou. Big Cyndi fora recontratada para ficar em tempo integral.

– Não há de quê – ele conseguiu dizer.

– Não vou deixar você na mão.

– Então eu gostaria que suas mãos me deixassem.

Big Cyndi fez um barulho que poderia ser tomado por um risinho. Crianças das redondezas gritaram e buscaram a mão da mamãe.

Ela o pôs delicadamente no chão, como uma criança colocando um bloquinho de construção no alto de uma pirâmide.

– Você não vai se arrepender. Vou trabalhar noite e dia. Vou trabalhar nos fins de semana. Levar sua roupa para lavar, fazer café, pegar achocolatados e até lhe fazer massagem nas costas.

A imagem de um rolo compressor aproximando-se de um pêssego amassado perpassou-lhe a mente.

– Ahn, um achocolatado seria ótimo.

– Agora mesmo – falou Big Cyndi, saltitando até a geladeira.

Myron foi até Esperanza.

– Ela faz uma excelente massagem nas costas – avisou Esperanza.

– Acredito em você.

– Eu disse a Big Cyndi que a ideia de contratá-la por tempo integral foi sua.

– Da próxima vez, deixe-me apenas tirar um espinho de sua pata, está bem?

Big Cyndi trouxe a lata de achocolatado.

– Quer que eu a agite para o senhor?

– Pode deixar comigo, Cyndi, obrigado.

– Sim, Sr. Bolitar.

Ela saltou para trás e Myron se lembrou da cena em que o navio vira em *O destino de Poseidon*. Ela lhe passou o achocolatado e sorriu novamente. E os deuses lhes protegeram os olhos.

– Alguma novidade sobre a venda de Lester? – perguntou Myron a Esperanza.

– Não.

– Ligue para Ron Dixon. Tente o número da casa dele.

Big Cyndi encarregou-se disso.

– Agora mesmo, Sr. Bolitar.

Esperanza deu de ombros. Big Cyndi discou e usou seu sotaque inglês. Ela parecia Maggie Smith numa peça de Noël Coward. Myron e Esperanza foram para o escritório dele. A ligação foi transferida.

– Ron? Aqui é Myron Bolitar, como vai?

– Eu sei quem está falando comigo, seu mentecapto. Sua recepcionista me falou. Hoje é domingo, Myron. Aos domingos, não se trabalha. Domingo é o dia que dedico à minha família. Meu dia de lazer. Minha oportunidade de conhecer melhor as crianças. Então por que você está me ligando num domingo?

– Você vai vender Lester Ellis?

– É por isso que você está me ligando num domingo?

– É verdade?

– Sem comentários.

– Você me disse que não iria vendê-lo.

– Errado. Eu disse que não tomaria a iniciativa de incluí-lo no pacote. Não sei se você recorda, Superagente, que queria pôr uma cláusula de aprovação de venda no contrato dele. Eu respondi que não seria possível, a menos que você quisesse tirar 50 mil do salário dele. Você recusou. Agora vem o remorso lhe morder a bunda, não é isso, campeão?

Myron mexeu-se na cadeira. Com a bunda ferida e tudo.

– O que você está conseguindo para ele?

– Sem comentários.

– Não faça isso, Ron. Ele é um grande talento.

– É. Pena que não seja um grande jogador de beisebol.

– Você vai fazer papel de bobo. Lembra-se da troca de Nolan Ryan por Jim Fregosi? Lembra-se de Babe Ruth, que foi... ahn... – Myron se esqueceu do outro jogador da transação –... que foi vendido pelo Red Sox?

– Agora Lester Ellis é Babe Ruth?

– Vamos conversar sobre isso.

– Não há nada o que conversar, Myron. E agora, se você me permite, minha mulher está me chamando. É estranho isso.

– O quê?
– Esse tempo de folga. Conhecer melhor meus filhos. Sabe o que descobri, Myron?
– O quê?
– Que odeio meus filhos.
Clique.
Myron olhou para Esperanza.
– Ligue para Al Toney, no *Chicago Tribune.*
– Ele vai ser vendido para o Seattle.
– Bote fé em mim.
Esperanza fez um gesto indicando o telefone.
– Não peça a mim. Peça a Big Cyndi.
Myron acionou o interfone.
– Big Cyndi, pode fazer o favor de ligar para Al Toney? Ele deve estar no escritório.
– Sim, Sr. Bolitar.
Um minuto depois, Big Cyndi retornou:
– Al Toney está na linha um.
– Al, aqui é Myron Bolitar.
– Ei, Myron, o que está acontecendo?
– Eu lhe devo uma, certo?
– Pelo menos uma.
– Bem, tenho um furo para você.
– Meus mamilos estão endurecendo com essa nossa conversa. Diga-me coisas picantes, baby.
– Você conhece Lester Willis? Amanhã ele vai ser vendido para o Seattle. Lester está vibrando. Ele passou o ano todo enchendo o saco dos Yankees para vendê-lo. Não podíamos estar mais contentes.
– Esse é o seu grande furo?
– Ei, essa é uma matéria importante.
– Em Nova York ou em Seattle, talvez. Mas estou em Chicago, Myron.
– Mesmo assim. Achei que você gostaria de saber.
– Isso não vale nada. Você continua me devendo.
– Você não quer consultar seus mamilos primeiro?
– Espere na linha. – Pausa. – Já estão moles feito uvas maduras demais. Mas posso verificar de novo dentro de alguns minutos se você quiser.
– Deixe pra lá, Al, obrigado. Francamente, eu achava mesmo que você

não se interessaria, mas não custava tentar. Cá entre nós, os Yankees estão se empenhando bastante nesse negócio. Eles querem que eu cuide para que a notícia seja divulgada da forma mais favorável. Achei que você podia ajudar.

– Por quê? Quem eles vão pôr no lugar?

– Não sei.

– Lester é um jogador muito bom. Inexperiente, mas bom. Por que os Yankees têm tanto interesse em livrar-se dele?

– Você não vai publicar?

Pausa. Myron quase conseguia ouvir o cérebro de Al trabalhando a mil.

– A não ser que você me proíba.

– Ele está machucado. Acidente doméstico. Machucou o joelho. Eles estão escondendo isso, mas Lester vai precisar de uma cirurgia no fim da temporada.

Silêncio.

– Você não pode publicar isso, Al.

– Sem problema. Ei, tenho que ir.

Myron sorriu.

– Até mais, Al.

Ele desligou.

Esperanza o encarou.

– Você está fazendo o que estou pensando que está fazendo?

– Al Toney é mestre na arte de se esquivar. Garantiu que *ele* não iria publicar. E não vai mesmo. Mas ele trabalha na base da troca de favores. Em seu ramo, não há quem o supere na barganha.

– E daí?

– Ele vai ligar para um amigo do *Seattle Times* e barganhar. O boato de que Lester está machucado vai se espalhar. Se chegar ao público antes que a transação seja anunciada, bem, ela deixará de existir.

Esperanza sorriu.

– Antiético ao extremo.

Myron deu de ombros.

– Digamos que é um caso complicado.

– Ainda assim, gosto disso.

– Não se esqueça do lema da MB Representações Esportivas: "O cliente em primeiro lugar."

– Mesmo nas relações sexuais.

– Ei, somos uma agência que presta serviço completo. – Myron a encarou por um bom tempo e acrescentou: – Posso lhe perguntar uma coisa?

Ela inclinou a cabeça.

– Não sei. Você pode?

– Por que você odeia Jessica?

A expressão de Esperanza se obscureceu e ela deu de ombros.

– Por hábito, acho.

– Estou falando sério.

Ela cruzou as pernas, em seguida as descruzou.

– Deixe-me apenas continuar fazendo minhas pequenas críticas, está bem?

– Você é minha melhor amiga. Eu quero saber por que você não gosta dela.

Esperanza deu um suspiro, tornou a cruzar as pernas, colocou uma mecha de cabelo atrás da orelha.

– Jessica é brilhante, inteligente, divertida, uma grande escritora, e eu não a enxotaria da cama por comer biscoitos.

Bissexuais...

– Mas ela magoou você – concluiu Esperanza.

– E daí? Ela não é a primeira mulher a cometer um deslize.

– É verdade. – Ela bateu as mãos nos joelhos e se levantou. – Acho que estou errada. Posso ir agora?

– Então por que você ainda guarda rancor?

– Gosto do rancor. É mais fácil do que o perdão.

Myron balançou a cabeça, fazendo sinal para que se sentasse.

– O que você pretende me dizer, Myron?

– O motivo de você não gostar dela.

– Estou só sendo um pé no saco. Não leve isso a sério.

Myron balançou a cabeça novamente.

Esperanza pôs a mão no rosto e desviou o olhar por um instante.

– Você não é forte o bastante, não é, Myron?

– Como assim?

– Para esse tipo de dor. Muita gente consegue aguentar. Eu consigo. Jessica consegue. Win com certeza consegue. Mas você não. Você não é forte o bastante. Você simplesmente não tem estrutura para isso.

– Então talvez a culpa seja minha.

– A culpa é sua. Pelo menos em parte. Você idealiza demais os relacionamentos, pois é muito sensível. Você costumava se expor demais. Você costumava ser aberto demais.

– Isso é tão ruim assim?

Ela hesitou.

– Não, na verdade é uma coisa boa, acho. Você é um pouco ingênuo, mas muito melhor do que aqueles babacas que se fecham completamente. Agora podemos parar de falar nesse assunto?

– Continuo achando que você não respondeu à minha pergunta.

Esperanza ergueu as mãos com as palmas para cima.

– Fiz o melhor que pude.

Myron rememorou o momento em que fora atingido pelo arremesso de Joey Davito, depois do qual nunca mais pusera os pés na área do batedor da mesma forma. Ele assentiu. Costumava se expor, Esperanza tinha dito. *Costumava.*

Esperanza aproveitou o silêncio para mudar de assunto:

– Pesquisei para você sobre Elizabeth Bradford.

– E...?

– Nada indica que a sua morte não tenha sido um acidente. Você pode procurar o irmão dela se quiser. Ele mora em Westport. Só que é estreitamente ligado ao ex-cunhado, por isso duvido que você chegue a algum lugar.

Perda de tempo.

– Algum outro familiar?

– Uma irmã que também mora em Westport. Mas ela está veraneando na Côte d'Azur.

Segundo ponto contra o batedor.

– Mais alguma coisa?

– Uma coisa me incomodou um pouco. Elizabeth Bradford se socializava muito, era uma dama da sociedade de primeira categoria. Mal se passava uma semana sem que seu nome estivesse nos jornais, por um ou outro motivo. Mas cerca de seis meses antes de cair da varanda, as referências a ela sumiram.

– Quando você diz "sumiram"...

– Quero dizer completamente. Seu nome não aparecia em nenhum lugar, nem mesmo no jornal local.

Myron refletiu sobre aquilo.

– Talvez ela estivesse na Côte d'Azur.

– Talvez. Mas o marido não estava lá com ela. Arthur ainda aparecia bastante nos jornais.

Myron reclinou-se na cadeira e girou-a. Examinou mais uma vez os pôsteres da Broadway atrás de sua escrivaninha. Sim, definitivamente eles tinham que sair dali.

– Você disse que saíam muitas matérias sobre Elizabeth Bradford antes disso?

– Matérias, não – corrigiu Esperanza. – Referências. Seu nome quase sempre vinha precedido de "À frente do evento estava...", "Entre os convidados estava..." ou "Na foto, da esquerda para a direita estão..."

– Essas notas apareciam em determinada coluna?

– O *Jersey Ledger* tinha uma. Chamava-se "Soirées Sociais".

– Fácil de lembrar.

Myron se recordava vagamente da coluna, da época em que era garoto. Sua mãe costumava passar os olhos por ela, verificando os nomes em destaque em busca de alguém conhecido. Chegara, inclusive, a ser mencionada uma vez, identificada como "a proeminente advogada local Ellen Bolitar". Foi assim que ela quis ser chamada durante a semana seguinte. Quando Myron gritava "Ei, mãe!", ela respondia: "Para seu governo, Sr. Espertalhão, sou a Proeminente Advogada Local Ellen Bolitar."

– Quem escrevia a coluna? – perguntou Myron.

Esperanza lhe passou uma folha de papel com uma foto de rosto de uma mulher com um sofisticado penteado que mais parecia um capacete. Seu nome era Deborah Whittaker.

– Você acha que podemos conseguir o endereço dela?

– Não deve ser difícil.

Eles se encararam por um bom tempo. O ultimato de Esperanza pairava sobre eles como a foice de um ceifeiro.

– Não consigo imaginar você fora da minha vida – afirmou Myron.

– Isso não vai acontecer. Não importa o que você decida, você será sempre meu melhor amigo.

– A relação entre sócios destrói amizades.

– Isso é o que você diz.

– Isso é o que eu sei.

Ele já evitara aquela conversa por tempo demais. Para usar a linguagem do basquete, ele já fora aos quatro cantos da quadra e os 24 segundos exigidos para o lance tinham se esgotado. Ele não podia adiar o inevitável na esperança de que o inevitável se evaporasse.

– Meu pai e meu tio tentaram. Eles acabaram parando de se falar por quatro anos.

– Eu sei.

– Mesmo agora a relação entre eles não é como antes. E nunca será. Eu conheço dezenas de famílias e amigos... boas pessoas, Esperanza... que tentaram uma sociedade como seria a nossa. Não sei de nenhuma que tenha funcionado a longo prazo. Nenhuma. Irmão contra irmão. Filha contra pai. Melhor amigo contra melhor amigo. O dinheiro transforma as pessoas de um modo esquisito. – Esperanza aquiesceu e Myron acrescentou: – Nossa amizade pode sobreviver a qualquer coisa, mas não sei bem se sobreviveria a uma sociedade.

Esperanza se levantou.

– Vou conseguir o endereço de Deborah Whittaker para você. Não vai demorar muito.

– Obrigado.

– E vou lhe dar três semanas para a transição. Você acha que é um prazo razoável?

Com a garganta seca, Myron fez que sim. Ele queria dizer mais alguma coisa, porém o que lhe veio à mente era ainda mais inócuo.

O interfone tocou. Esperanza saiu da sala. Myron apertou o botão.

– Sim?

– O *Seattle Times* está na linha – anunciou Big Cyndi.

capítulo 25

O LAR DOS CONVALESCENTES DE Inglemoore era pintado de amarelo-vivo. Muito bem-cuidado, tinha um jardim multicolorido, mas ainda assim parecia um lugar aonde se ia para morrer.

Em uma das paredes do saguão, estava pintado um arco-íris. A mobília era alegre e funcional. Nada muito suntuoso. Não se desejava que os clientes tivessem dificuldade de levantar-se das cadeiras. Uma mesa no centro do salão tinha um enorme arranjo de rosas recém-colhidas. As flores eram vermelho-sangue, incrivelmente belas, e morreriam em um ou dois dias.

Myron respirou fundo. *Calma, rapaz, calma.*

O ambiente tinha um forte cheiro de cerejas, lembrando um daqueles odorizadores para carros. Uma mulher de calça e blusa cumprimentou-o. Ela devia ter 30 e poucos anos e lhe dava um sorriso francamente caloroso de uma verdadeira Amélia.

– Vim visitar Deborah Whittaker.

– Pois não. Acho que Deborah está na sala de recreação. Eu sou Gayle. Vou acompanhar você até lá.

Deborah. Gayle. Todo mundo era chamado pelo primeiro nome. Com certeza havia um Dr. Bob no estabelecimento. Eles seguiram pelo corredor ladeado de murais festivos. Os pisos brilhavam, mas Myron ainda via marcas de cadeiras de rodas. Todos os funcionários tinham o mesmo sorriso postiço. Fazia parte do treinamento, imaginou Myron. Todos eles – serventes, enfermeiras, o que fossem – usavam roupas normais. Ninguém exibia estetoscópio, crachá nem nada que lembrasse hospitais. Todos eram amiguinhos ali em Inglemoore.

Gayle e Myron entraram na sala de recreação. Mesas de pingue-pongue que ninguém usava. Mesas de carteado também às moscas. Televisão usada com frequência.

– Por favor, sente-se – pediu Gayle. – Becky e Deborah logo virão ter com você.

– Becky?

Mais um sorriso.

– Becky é amiga de Deborah.

– Entendi.

Myron foi deixado na companhia de seis pessoas, sendo cinco mulheres. Não há sexismo na longevidade. Elas estavam bem arrumadas, o homem usava até gravata, todos em cadeiras de rodas. Duas delas tremiam. Duas falavam consigo mesmas. Os seis tinham a pele mais para um cinza desbotado que para a cor normal. Uma mulher acenou para Myron com uma mão ossuda de veios azuis. Myron sorriu e retribuiu ao aceno.

Várias plaquinhas na parede traziam o lema do local: INGLEMOORE – NÃO HÁ DIA COMO HOJE.

Bonito, pensou Myron, mas não pôde deixar de imaginar outro mais adequado: INGLEMOORE – MELHOR QUE A ALTERNATIVA.

Humm. Ao sair, ele ia deixar aquilo na caixa de sugestões.

– Sr. Bolitar?

Deborah Whittaker entrou na sala arrastando os pés. Ela usava o penteado-capacete da foto do jornal – preto feito graxa e empastado de laquê até ficar parecendo com fibra de vidro –, mas ainda assim o efeito geral era de uma espécie de Dorian Gray, como se ela tivesse envelhecido um zilhão de anos de uma só vez. Seu olhar era o de um soldado estressado pela batalha e havia um leve tremor no rosto que lembrava o de Katharine Hepburn. Parkinson, talvez, mas ele não entendia daquilo.

Sua "amiga" Becky fora a que o chamara pelo nome. Becky devia ter uns 30 anos. Também usava trajes normais em vez de uniforme branco e, embora nada em sua aparência desse a entender que era uma enfermeira, Myron pensou em Louise Fletcher em *Um estranho no ninho*.

Ele se pôs de pé.

– Eu sou Becky – apresentou-se a enfermeira.

– Myron Bolitar.

Becky apertou-lhe a mão e brindou-o com um sorriso complacente. Provavelmente aquilo lhe era inevitável. Provavelmente ela não conseguia dar um sorriso verdadeiro até ter ficado pelo menos uma hora fora dali.

– Vocês se importam se eu ficar um pouco com vocês?

– Vá embora – respondeu Deborah com rispidez. Sua voz parecia um pneu gasto numa estrada de cascalho.

– Ora, Deborah...

– Não me venha com "Ora, Deborah". Estou sendo visitada por um cavalheiro e não quero dividi-lo com ninguém. Portanto, dê o fora.

O sorriso complacente de Becky ficou um tanto desconcertado.

– Deborah... – disse ela num tom que se pretendia amigável, mas terminava em... bem, complacência –... você sabe onde está?

– Claro – retrucou Deborah. – Os Aliados acabam de bombardear Munique. O Eixo se rendeu. Sou uma garota da Organização de Auxílio às Forças Armadas, de pé no píer sul de Manhattan. A brisa do oceano sopra em meu rosto. Estou esperando a chegada dos marinheiros para que eu possa dar um grande beijo molhado no primeiro cara que descer do navio.

Deborah piscou para Myron.

– Deborah, não estamos em 1945. Estamos...

– Eu sei, droga! Isso é o cúmulo, Becky, não seja tão simplória. – Ela sentou-se e se inclinou para Myron. – A verdade é que eu entro e saio. Às vezes eu fico aqui. Às vezes eu viajo no tempo. Quando vovô teve isso, diziam que suas artérias estavam endurecidas. Quando mamãe teve, chamavam de senilidade. Comigo, é mal de Parkinson e Alzheimer. – Ela encarou a enfermeira, os músculos faciais ainda trêmulos. – Por favor, Becky, enquanto ainda estou lúcida, suma da minha frente.

Becky esperou um segundo, mantendo o sorriso o máximo possível. Myron fez um gesto de cabeça e ela se afastou.

Deborah aproximou-se mais de Myron e sussurrou:

– Adoro irritá-la. É a única vantagem da velhice. – Ela descansou as mãos no colo e deu um sorriso trêmulo. – Sei que você acabou de me dizer, mas esqueci seu nome.

– Myron.

Ela pareceu confusa.

– Não, não é isso. André, talvez? Você se parece com André. Era ele quem arrumava meu cabelo.

A um canto, Becky estava de olho nela. De prontidão.

Myron foi direto ao assunto:

– Sra. Whittaker, eu gostaria de lhe perguntar sobre Elizabeth Bradford.

– Lizzy? – Os olhos dela brilharam. – Ela está aqui?

– Não, senhora.

– Pensei que ela tinha morrido.

– Ela morreu.

– Coitada. Ela dava tantas festas maravilhosas... Nas Fazendas Bradford. Eles penduravam luzes em todo o comprimento da varanda. Recebiam centenas de pessoas. Lizzy apresentava sempre a melhor orquestra e tinha sempre o melhor fornecedor. Eu me divertia muito em suas festas. Eu me arrumava e...

Algo perpassou o olhar de Deborah, a compreensão, talvez, de que as festas e os convites nunca voltariam, e ela parou de falar.

– Em sua coluna – prosseguiu Myron –, você escrevia sobre Elizabeth Bradford.

– Ah, claro – disse ela, fazendo um gesto vago com a mão. – Lizzy sempre dava o que falar. Ela era uma força social. Mas...

Ela se deteve do nada e desviou o olhar.

– Mas o quê?

– Bem, há meses não escrevo sobre Lizzy. Uma coisa muito estranha. Na semana passada, Constance Lawrence deu um baile beneficente para a Sociedade de Proteção às Crianças e Lizzy mais uma vez não compareceu. E aquele era o evento favorito de Lizzy. Nos últimos quatro anos, era ela quem o dirigia, sabe?

Myron assentiu, tentando acompanhar as mudanças de época.

– Mas Lizzy não vai mais a festas, não é?

– Não, não vai.

– Por que não?

Deborah teve um leve sobressalto e lhe lançou um olhar desconfiado.

– Como é mesmo seu nome?

– Myron.

– Eu sei disso. Você acabou de me dizer. Quero dizer seu sobrenome.

– Bolitar.

Outro brilho no olhar.

– Filho de Ellen?

– Sim, isso mesmo.

– Ellen Bolitar – falou ela com um sorriso largo. – Como ela está?

– Está bem.

– Que mulher sagaz. Diga-me, Myron: ela continua arrasando testemunhas de acusação?

– Sim, senhora.

– Ela é muito sagaz.

– Ela adorava sua coluna.

Deborah ficou radiante.

– Ellen Bolitar, a advogada, lê minha coluna?

– Toda semana. Era a primeira coisa que ela lia.

Deborah reclinou-se na cadeira, balançando a cabeça.

– Que coisa, Ellen Bolitar lê minha coluna. – Ela sorriu para Myron, que estava ficando confuso com os tempos verbais e os saltos no tempo. Ele precisava tentar acompanhá-la. – Esta visita está sendo tão agradável, não é, Myron?

– Sim, senhora, está.

Seu sorriso perdeu a firmeza e sumiu.

– Ninguém aqui se lembra de minha coluna. São todos muito doces e gentis. Tratam-me bem. Mas para eles sou apenas mais uma velha senhora. Você chega a certa idade e então se torna invisível. Eles veem só esta casca que está apodrecendo. Não percebem que esta mente aqui dentro era aguçada, que este corpo costumava comparecer às festas mais fabulosas e dançar com os homens mais elegantes. Eles não veem isso. Eu não me lembro do que comi no café da manhã, mas me lembro daquelas festas. Você acha isso esquisito?

– Não, senhora, não acho.

– Lembro da última *soirée* de Lizzy como se fosse ontem à noite. Ela trajava um tomara que caia preto da Halston com pérolas brancas. Estava bronzeada e encantadora. Eu usava um vestido de verão rosa-brilhante, um Lilly Pulitzer. E vou lhe dizer uma coisa: eu ainda virava a cabeça dos homens.

– O que aconteceu com Lizzy, Sra. Whittaker? Por que ela parou de ir às festas?

O corpo de Deborah se enrijeceu subitamente.

– Sou uma colunista social, não uma fofoqueira.

– Eu sei. Não estou perguntando por mera bisbilhotice. Pode ser importante.

– Lizzy é minha amiga.

– Você a viu depois dessa festa?

Seus olhos novamente se perderam na distância.

– Acho que ela bebia demais. Sempre me perguntei se ela tinha algum problema.

– Um problema com bebida?

– Não gosto de fofocas. Eu escrevo uma coluna social. Não acredito em gente que se compraz em ferir os outros.

– Aprecio essa virtude, Sra. Whittaker.

– Mas de todo modo eu errei.

– Errou?

– Lizzy não tem problema com bebida. Ah, claro, ela bebe socialmente, mas é uma anfitriã correta demais para passar dos limites.

Ainda o tempo presente.

– A senhora a viu depois daquela festa?

– Não – respondeu ela baixinho. – Nunca mais.

– A senhora não conversou com ela ao telefone?

– Liguei para ela duas vezes. Depois que ela perdeu a festa dos Woodmeres e o caso Constance, bem, percebi que havia algo muito errado. Só que nunca mais falei com ela. Ou ela tinha saído ou não podia atender ao telefone. – Ela ergueu os olhos para Myron. – Você sabe onde ela está? Você acha que ela vai se recuperar?

Myron não sabia ao certo o que responder. Nem em que tempo verbal.

– A senhora está preocupada com ela?

– Claro que sim. É como se Lizzy simplesmente tivesse sumido. Eu perguntei a todos os seus amigos íntimos do clube, mas a maioria também não a viu. – Ela franziu a testa. – Na verdade, não eram amigos. Amigos não fofocam desse jeito.

– Fofocam sobre o quê?

– Sobre Lizzy.

– O que tem ela?

Deborah passou a falar em um sussurro conspiratório:

– Eu achava que ela estava agindo de modo estranho por beber demais. Mas não era isso.

Myron se inclinou para ela e falou no mesmo tom:

– Então o que era?

Deborah fitou Myron. Os olhos estavam leitosos, anuviados, e Myron se perguntou o que de fato eles estavam vendo.

– Um esgotamento nervoso. As senhoras do clube comentavam que ela teve esgotamento nervoso. Que Arthur a mandara para uma instituição com paredes almofadadas.

Myron sentiu o corpo se retesar.

– Fofoca – cuspiu Deborah. – Boatos horrorosos.

– A senhora não acredita nisso?

– Me diga uma coisa. – Deborah umedeceu seus lábios, tão secos que pareciam prestes a rachar-se. Ela se endireitou na cadeira. – Se Elizabeth Bradford estivesse internada numa instituição, como poderia ter caído em sua própria casa?

Myron aquiesceu. Matéria para reflexão.

capítulo 26

Ele ficou mais um pouco e conversou com Deborah sobre pessoas e um tempo que ele não vivenciara. Becky finalmente pediu que a visita se encerrasse. Myron prometeu tornar a vê-la. Ele disse que ia tentar trazer a mãe. E o faria. Deborah foi embora e Myron imaginou se ela ainda se lembraria de sua visita quando chegasse ao quarto. Se é que aquilo tinha alguma importância.

Myron voltou ao carro e ligou para o escritório de Arthur Bradford. Sua "secretária executiva" lhe informou que o "futuro governador" estaria em Belleville. Myron agradeceu e desligou. Ele consultou o relógio e partiu. Se o trânsito estivesse livre, ele chegaria a tempo.

Ao chegar à Garden State Parkway, Myron ligou para o escritório do pai. Eloise, sua secretária de longa data, avisou que iria passar a ligação imediatamente, como sempre fazia havia mais de 25 anos. Não importava se o pai estivesse ocupado. Não importava se ele estivesse ao telefone ou recebendo alguém no escritório. Havia muito tempo, seu pai dera as instruções: "Se meu filho ligar, estarei sempre disponível."

– Não precisa – replicou Myron. – Basta dizer a ele que vou passar aí daqui a umas duas horas.

– Aqui? Meu Deus, Myron, faz anos que você não põe os pés aqui.

– É, eu sei.

– Algum problema?

– Nenhum, Eloise. Só quero falar com ele. Mas lhe avise que não é necessário se preocupar.

– Ah, seu pai vai ficar tão contente...

Myron não tinha tanta certeza.

◆ ◆ ◆

O ônibus que Arthur Bradford usava em sua campanha tinha listras vermelhas e azuis e grandes estrelas brancas. "BRADFORD PARA GOVERNADOR", lia-se numa faixa oblíqua, com letras em 3-D. As janelas eram de vidro fumê, para que o populacho não espiasse seu líder, mas quem estivesse do lado de dentro poderia contemplar claramente o lado de fora. Um toque especial.

Arthur Bradford estava à porta do ônibus, com o microfone na mão.

Atrás dele, seu irmão Chance exibia um sorriso já preparado para as câmeras, bem no estilo do sequaz de um brilhante candidato. À sua direita, Terence Edwards, primo de Brenda, também com uma vivacidade fingida. Ambos estavam com aqueles chapéus de isopor ridículos usados pelos políticos, meio parecidos com os usados por conjuntos musicais toscos que tocam em barbearias.

Não havia tantas pessoas e a maioria era de velhos. Muito velhos. Eles pareciam desatentos, olhando em volta como se alguém os tivesse atraído com a promessa de comida grátis. Alguns diminuíam a passada e ficavam vagando por ali para dar uma olhada, como transeuntes que veem uma batida de carro e esperam estourar uma briga. Os homens de Bradford misturaram-se ao aglomerado e começaram a distribuir grandes emblemas, bótons e até os ridículos chapéus de isopor com os mesmos dizeres: "BRADFORD PARA GOVERNADOR". De vez em quando, os integrantes do séquito de Arthur infiltrados rompiam em aplausos, acompanhados sem muito entusiasmo pelos demais. Havia também certo número de jornalistas da mídia impressa e das TVs a cabo, correspondentes políticos locais visivelmente incomodados com o que estavam fazendo, perguntando-se o que era pior: cobrir mais um discurso político ou perder um membro num acidente provocado por uma máquina.

Myron meteu-se na confusão e aproximou-se das primeiras fileiras.

– O que Nova Jersey precisa é de uma mudança! – gritava Arthur Bradford. – Nova Jersey precisa é de uma liderança ousada e corajosa. Nova Jersey precisa é de um governador que não se dobre diante de interesses escusos.

Ai, meu Deus.

Os cabos eleitorais adoraram aquela fala. Eles começaram a aplaudir como atrizes de filmes pornô fingindo orgasmo (bem, pelo menos foi o que Myron imaginou). O público se mostrava mais morno. Os homens de Bradford começaram a entoar "Bradford... Bradford... Bradford". Original. Outra voz bradou no alto-falante: "Mais uma vez, senhoras e senhores, o futuro governador de Nova Jersey, Arthur Bradford! É dele que precisamos em Nova Jersey!"

Aplausos. Arthur acenou para as pessoas. Então desceu de seu poleiro e chegou a tocar em uns poucos escolhidos. "Conto com o seu apoio", dizia ele depois de cada aperto de mão.

Myron sentiu um tapinha no ombro e se voltou. Era Chance. Ele ainda estava sorrindo e com o chapéu de isopor ridículo.

– Que diabo você quer?

Myron apontou para a cabeça dele.

– Pode me dar seu chapéu?

Ainda sorrindo.

– Não gosto de você, Bolitar.

Myron imitou-lhe o sorriso.

– Ai, essa doeu.

Ambos mantiveram os sorrisos congelados. Se um dos dois fosse uma mulher, eles bem que podiam estrelar uma daquelas cenas bregas de novela mexicana.

– Eu preciso falar com Art – disse Myron.

O mesmo sorriso. Bons amigos.

– Entre no ônibus.

– Certo. Mas, quando estiver lá dentro, posso parar de sorrir? Minhas bochechas estão começando a doer.

Mas Chance já se afastava. Myron deu de ombros e subiu no ônibus. O tapete do veículo era espesso, castanho-avermelhado. Os bancos tinham sido arrancados e substituídos por outros que pareciam chaises-longues. Havia vários aparelhos de televisão suspensos, um bar com uma minigeladeira, telefones, terminais de computadores.

Sam Magricela era o único ocupante. Estava sentado na frente, lendo um exemplar da *People*. Ele olhou para Myron, depois para a revista.

– As cinquenta pessoas mais interessantes. E eu não sou uma delas.

Myron balançou a cabeça demonstrando solidariedade.

– Essa lista se baseia em contatos, não em mérito.

– Política – concordou Sam, e virou a página. – Vá lá para o fundo, machão.

– Já estou indo.

Myron se acomodou numa cadeira de rodinhas pseudofuturista que parecia ter vindo do set de *Battlestar Galactica*. Ele não precisou esperar muito. Chance foi o primeiro a entrar, ainda sorrindo e acenado. Em seguida, entrou Terence Edwards. Depois, Arthur. O motorista apertou um botão e a porta se fechou. Também se fecharam os três rostos: os sorrisos foram jogados de lado como máscaras que provocavam coceiras.

Arthur fez sinal para que Terence se sentasse na frente. Ele obedeceu como um... bem, um lacaio político. Arthur e Chance foram para o fundo do veículo: o primeiro irmão parecia calmo, o segundo parecia estar com prisão de ventre.

– Bom ver você – disse Arthur.

– É sempre um prazer – falou Myron.

– Gostaria de um drinque?

– Claro.

O ônibus partiu. O aglomerado ao redor acenava para as janelas escuras. Arthur olhava para eles com absoluto desprezo. Homem do povo. Ele passou um Snapple a Myron e abriu um para si. Myron fitou a garrafinha: chá gelado de pêssego diet. Nada mal. Arthur sentou-se e Chance acomodou-se ao seu lado.

– O que achou do meu discurso? – perguntou Arthur.

– O que precisamos em Nova Jersey é de um grande clichê político.

Arthur sorriu.

– Você preferiria uma discussão mais detalhada sobre alguns temas, não é? Neste calor? Com esse povão?

– Que posso dizer? Ainda gosto de "Vote no Art: ele tem uma piscina interna".

Bradford fez um aceno, descartando o comentário.

– Você descobriu alguma coisa nova sobre Anita Slaughter?

– Não. Mas descobri uma coisa nova sobre sua falecida esposa.

Arthur franziu a testa. A cara de Chance ficou vermelha.

– Você deveria estar procurando Anita Slaughter – falou Arthur.

– Engraçado isso: quando analiso o desaparecimento de Anita Slaughter, o nome de sua mulher aparece o tempo todo. O que você acha que isso significa?

Chance interveio em altos brados:

– Que você é um maldito idiota.

Myron encarou Chance e pôs o dedo nos lábios.

– Sshh.

– Perda de tempo – comentou Arthur. – Tremenda perda de tempo. Já lhe repeti um monte de vezes que a morte de Elizabeth nada tem a ver com Anita Slaughter.

– Então me satisfaça uma dúvida: por que sua mulher parou de ir a festas?

– O quê?

– Durante os últimos seis meses de vida dela, nenhuma das amigas de sua esposa a viu. Ela nem ao menos ia ao clube. – Seja lá que clube era aquele.

– Quem lhe disse isso?

– Conversei com muitas das amigas dela.

Arthur sorriu.

– Você conversou com uma velha gagá.
– Cuidado, Artie. Uma velha gagá também tem direito de votar. – Myron fez uma pausa. – Ei, agora você tem mais um slogan para a sua campanha: "Velha gagá, é em mim que você deve votar."
Ninguém se mexeu para pegar uma caneta.
– Você está tomando meu tempo e estou farto de tentar colaborar – reclamou Arthur. – Vou mandar o motorista fazer você descer.
– Eu ainda posso procurar a imprensa.
Ao ouvir isso, Chance deu um salto.
– E eu posso enfiar uma bala no seu coração.
Myron voltou a pedir silêncio.
Chance ia dizer mais alguma coisa, porém Arthur tomou a dianteira:
– Fizemos um acordo. Eu ajudo a manter Brenda Slaughter fora da cadeia. Você procura Anita Slaughter e deixa meu nome fora dos jornais. Mas você insiste em ciscar em assuntos periféricos. Está cometendo um erro. Suas investigações descabidas vão acabar chamando a atenção de meu adversário e lhe dar munição para usar contra mim. – Ele esperou que Myron dissesse alguma coisa, mas só houve silêncio. – Você não me deixa alternativa. Vou lhe dizer o que quer saber. Você vai ver que essa história é irrelevante para as questões com que temos de lidar. E então vamos seguir em frente.
Chance não gostou nada daquilo.
– Arthur, você não pode estar falando sério...
– Sente-se lá na frente, Chance.
– Mas... – começou Chance, agora muito agitado. – Ele pode estar trabalhando para Davison.
– Ele não está.
– Mas como você pode saber...?
– Se ele estivesse trabalhando para Davison, a esta altura eles já teriam dez caras farejando essa pista. E se ele continuar fuçando essa história, o pessoal de Davison com certeza vai notar.
Chance olhou para Myron, que piscou.
– Não estou gostando disso – comentou Chance.
– Vá lá para a frente, Chance.
Chance levantou-se com o máximo de dignidade que conseguiu reunir, isto é, nenhuma, e avançou de fininho para a frente do ônibus.
Arthur se voltou para Myron.
– Nem preciso dizer que o que vou lhe contar é estritamente confiden-

cial. Se você passar adiante... – Ele resolveu não terminar a frase. – Você já falou com seu pai?

– Não.

– Falar com ele vai ajudar.

– Ajudar em quê?

Arthur permaneceu calado e olhou pela janela. O ônibus parou num semáforo. Um grupo de pessoas acenou para o ônibus, mas Arthur não deu importância.

– Eu amava minha mulher. Quero que você entenda isso. Nós nos conhecemos na faculdade. Um dia eu a vi atravessando o refeitório e... – O sinal ficou verde. O ônibus seguiu viagem. – E nada em minha vida continuou igual – Arthur encarou Myron e abriu um sorriso. – Meloso, não?

Myron deu de ombros.

– Soa ótimo.

– Ah, e foi mesmo. – Arthur inclinou a cabeça, evocando algo. Por um instante, o político deu lugar a um ser humano de verdade. – Elizabeth e eu nos casamos uma semana depois da formatura. Tivemos uma grande festa de casamento nas Fazendas Bradford. Você precisava ver. Seiscentas pessoas. Nossas famílias ficaram perturbadas, mas não demos a mínima para isso. Estávamos apaixonados e tínhamos a certeza, própria dos jovens, de que nada nunca iria mudar.

Ele olhou pela janela novamente. O ônibus zumbia. Alguém ligou uma televisão, depois tirou o som.

– O primeiro golpe ocorreu um ano depois do casamento. Elizabeth descobriu que não podia ter filhos. Uma espécie de debilidade das paredes uterinas. Ela podia engravidar, mas não era capaz de levar adiante a gestação além do primeiro trimestre. Quando penso nisso agora, acho muito estranho. Sabe, desde o princípio vi que Elizabeth tinha o que julguei serem momentos de quietude: ataques de melancolia, como alguns os chamam. Mas aquilo não me parecia ser melancolia. Pareciam-me períodos de reflexão. Eu os achava estranhamente fascinantes. Isso faz algum sentido para você?

Myron assentiu, mas Arthur voltou a olhar pela janela.

– Mas os ataques se tornaram mais frequentes. E mais profundos. É natural, suponho. Quem não ficaria triste naquelas circunstâncias? Hoje, naturalmente, Elizabeth teria sido classificada como maníaco-depressiva – Ele sorriu. – Dizem que é tudo fisiológico. Que se trata apenas de um desequilíbrio químico no cérebro ou coisa assim. Alguns chegam a afirmar que estímulos externos são irrelevantes, que, mesmo sem o problema uterino, Elizabeth, a longo prazo, ficaria doente do mesmo jeito. Você acredita nisso?

– Não sei.

Ele parecia não ter ouvido.

– Acho que é possível. As doenças mentais são muito estranhas. Um problema físico a gente consegue entender. Mas quando a mente funciona de forma irracional, bem... por definição, a mente racional não consegue entender perfeitamente. Só podemos lamentar. Então, acompanhei o seu processo de perda da sanidade. Ela piorou. Amigos que achavam Elizabeth excêntrica começaram a estranhar. Às vezes ela ficava tão mal que simulávamos férias para mantê-la em casa. Isso durou anos. Pouco a pouco, a mulher por quem eu me apaixonara foi consumida por completo. Bem antes de sua morte... cinco, seis anos antes... ela já era outra pessoa. Demos-lhe o melhor atendimento médico, todo o apoio e deixamos que ela saísse de casa novamente. Mas nada detinha a decadência. Por fim, ela já não podia sair de casa.

Silêncio.

– Você a internou? – perguntou Myron.

Arthur tomou um gole do chá gelado. Seus dedos começaram a brincar com o rótulo da garrafa, puxando os cantos.

– Não – respondeu ele por fim. – Minha família me pressionou para que eu o fizesse, mas eu não era capaz. Elizabeth já não era a mulher que eu amara. Eu sabia disso. E talvez eu pudesse prescindir dela. Mas não podia abandoná-la. Eu ainda precisava ampará-la, independentemente daquilo em que se tinha transformado.

Myron assentiu, mudo. Agora a TV estava desligada, mas o rádio lá na frente fora sintonizado numa estação só de notícias: você lhes dá 22 minutos, eles lhe dão o mundo. Sam lia sua *People*. Chance se virava o tempo todo para trás, os olhos reduzidos a fendas minúsculas.

– Contratei enfermeiras para trabalharem em tempo integral e mantive Elizabeth em casa. Continuei a levar minha vida enquanto ela declinava para o esquecimento. Em uma análise retrospectiva, percebo que minha família tinha razão. Eu devia tê-la internado.

O ônibus parou com um solavanco.

– Você com certeza consegue imaginar o que aconteceu em seguida. Elizabeth piorou. No final ela estava quase catatônica. O mal que lhe penetrara o cérebro se apossara totalmente dela. Você tinha razão, claro. Sua queda não foi acidental. Foi intencional, da parte dela. Minha esposa se suicidou.

Ele pôs a mão no rosto e inclinou o corpo para trás. Myron ficou observando-o. Talvez fosse uma performance teatral – políticos são excelentes atores –, mas Myron pensou ver ali um sentimento de culpa autêntico, de que algo abandonara o olhar daquele homem e não deixara nada em seu lugar. Mas nunca se pode ter certeza. Aqueles que se gabam de ter a capacidade de identificar uma mentira são, em geral, os que mais se enganam.

– Anita encontrou o corpo dela? – perguntou Myron.

Ele fez que sim.

– E o resto é típico da família Bradford. Imediatamente, procurou-se encobrir o suicídio. Houve suborno. Veja bem, um suicídio... Uma esposa tão louca que um Bradford a fez se matar... não iria pegar bem. Precisávamos manter o nome de Anita fora disso também, mas ele vazou. A mídia tomou conhecimento.

Aquela parte fazia sentido.

– Você falou em suborno.

– Sim.

– Quanto Anita ganhou?

Ele fechou os olhos.

– Anita não queria meu dinheiro.

– O que ela queria?

– Nada. Ela não era disso.

– E você confiou que ela ficaria de bico calado.

– Sim, eu confiava nela.

– Você nunca a ameaçou ou...

– Nunca.

– Acho difícil de acreditar.

Arthur deu de ombros.

– Ela ficou conosco por mais nove meses. Talvez isso lhe diga alguma coisa.

Novamente a mesma questão. Myron refletiu um pouco sobre ela. Ouviu um barulho na frente do ônibus: Chance se levantara. Ele disparou para o fundo do ônibus e se postou ao lado deles. Os dois o ignoraram.

Depois de um tempo, Chance perguntou:

– Você contou a ele?

– Sim – respondeu Arthur.

Chance se voltou para Myron.

– Se você disser uma palavra a quem quer que seja, eu vou matar...

– Sshh.

Então Myron viu tudo.

Estava o tempo todo ali. Mas fora do ângulo de visão. A história era parcialmente verdadeira – as melhores mentiras em geral são –, mas alguma coisa estava faltando. Ele olhou para Arthur e disse:

– Você se esqueceu de uma coisa.

– O quê?

Myron apontou para Chance, depois para Arthur.

– Qual de vocês dois bateu em Anita Slaughter? – Silêncio sepulcral. – Poucas semanas antes do suicídio de Elizabeth, alguém agrediu Anita. Ela foi levada ao hospital St. Barnabas e ainda tinha escoriações quando sua mulher pulou. Quer me falar sobre isso?

Arthur fez um leve aceno de cabeça. Sam largou a *People* e se pôs de pé.

– Ele sabe demais! – gritou Chance, apoplético. – Temos que acabar com ele!

Arthur estava refletindo sobre a situação. Sam começou a se mover na direção deles.

– Chance? – chamou Myron em voz baixa.

– O que é?

– Sua braguilha está aberta.

Chance olhou para baixo e viu que Myron pressionava o .38 contra sua virilha. Recuou um pouco, mas Bolitar manteve a boca da arma no lugar. Sam sacou o revólver e apontou-o para Myron.

– Fale para Sam se sentar – disse Myron – ou você vai ter problemas com cateter.

Todos ficaram paralisados. Sam manteve a arma apontada para Myron, que continuava com o .38 colado à virilha de Chance. Arthur ainda parecia perdido em pensamentos. Chance começou a tremer.

– Não mije em meu revólver, Chance.

Conversa de homem durão. Mas Myron não estava gostando daquilo. Ele conhecia bem a raça de Sam. E sabia que Sam podia muito bem correr o risco e atirar.

– Não há necessidade de arma – falou Arthur. – Ninguém vai fazer mal a você.

– Já estou me sentindo melhor.

– Você vale mais vivo do que morto. Se não fosse por isso, a esta altura

Sam já teria estourado sua cabeça. Está entendendo? – Myron ficou calado. – Nosso acordo continua de pé: você encontra Anita, Myron, e eu mantenho Brenda fora da cadeia. E nós dois deixamos minha esposa fora disso. Fui claro?

Sam manteve o revólver apontado e deu um pequeno sorriso.

Myron indicou Sam com a cabeça.

– Que tal uma amostra de boa-fé?

Arthur assentiu.

– Sam.

Sam guardou o revólver, voltou ao seu lugar e pegou a revista.

Myron apertou o .38 com mais força. Chance ganiu. Então Myron guardou a arma.

O ônibus o deixou perto de seu carro. Sam fez uma ligeira saudação a Myron quando ele desceu. Myron respondeu com um aceno de cabeça. O ônibus avançou pela rua e desapareceu na esquina. Myron percebeu que estivera prendendo a respiração e tentou relaxar e pensar com clareza.

– Problemas com cateter – disse ele em voz alta. – Que horror.

capítulo 27

O ESCRITÓRIO DO PAI DE MYRON ficava num depósito em Newark. Anos atrás, ali se produzia roupas de baixo. Agora eles importavam mercadorias da Indonésia, Malásia ou de algum outro lugar que explorava o trabalho infantil. Todos sabiam que esses abusos aconteciam e ainda assim compravam esses produtos porque economizavam alguns trocados e, para dizer a verdade, a situação toda era moralmente nebulosa. É fácil se opor ao trabalho infantil em fábricas; é fácil se opor ao pagamento de 12 centavos a hora, ou algo do tipo, a crianças de 12 anos; é fácil condenar os pais. Mais difícil é escolher entre 12 centavos e a morte.

Mais fácil ainda é não pensar muito no assunto.

Trinta anos atrás, quando eles ainda produziam roupas de baixo em Newark, um monte de negros, residentes no centro degradado da cidade, trabalhavam para seu pai. Ele achava que aquilo era vantajoso para os empregados, que eles o consideravam um líder benevolente. Quando os protestos estouraram em 1968, aqueles mesmos trabalhadores queimaram quatro dos edifícios de sua fábrica. Nunca mais Al os encarou da mesma forma.

Eloise Williams trabalhava com seu pai desde antes das manifestações. "Enquanto eu viver, Eloise vai trabalhar aqui", Al costumava dizer.

Ela era como uma segunda esposa e cuidava dele durante a jornada de trabalho. Eles discutiam, brigavam e ficavam amuados um com o outro. Aquilo era afeição genuína. Sua mãe sabia disso. "Graças a Deus Eloise é mais feia do que uma vaca das cercanias de Chernobyl", Ellen gostava de comentar. "Senão, eu iria desconfiar."

A indústria de seu pai chegara a funcionar em cinco edifícios, mas sobrara apenas aquele depósito. O pai o usava para armazenar as mercadorias importadas. Seu escritório ficava enfiado no meio, abarrotado quase até o teto. As quatro paredes eram de vidro, permitindo ao pai de Myron ficar de olho em seu estoque como um carcereiro na torre principal.

Myron subiu a passos rápidos as escadas de metal. Quando chegou ao topo, Eloise saudou-o com um grande abraço e um beliscão na bochecha. Ele quase esperava que ela fosse tirar um brinquedinho da gaveta da escrivaninha. Na infância, sempre que ia ali, nunca deixava de ganhar uma espingarda de ar comprimido, um aeromodelo ou um gibi. Mas daquela vez Eloise se limitou ao abraço e Myron ficou só um pouco desapontado.

– Pode entrar.

Através do vidro, ele viu o pai estava ao telefone. Animado. Como sempre. Myron entrou. O pai ergueu um dedo para ele.

– Irv, eu disse amanhã. Nada de desculpas. Amanhã, está ouvindo?

Era domingo e todo mundo estava trabalhando. O tempo de lazer encurtava cada vez mais.

Al desligou o telefone. Ele olhou para Myron e todo o seu ser mostrou-se radiante. Myron rodeou a escrivaninha e beijou-lhe a bochecha. Como sempre, a pele dele parecia uma lixa, com um leve cheiro de perfume.

Seu pai se vestia como um membro do parlamento de Israel: calça preta com uma camisa social branca de colarinho aberto e uma camiseta por baixo. Os pelos brancos do peito apareciam no espaço entre o pescoço e a gola. Al era um semita típico: pele grossa azeitonada e um nariz que as pessoas educadas classificavam como proeminente.

– Lembra-se do Don Rico's? – perguntou o pai.

– O restaurante português aonde costumávamos ir?

O pai assentiu.

– Acabou. Mês passado mais ou menos. Manuel administrou a casa com excelência durante 36 anos. Por fim, teve que abandoná-la.

– Sinto muito ouvir isso.

O pai produziu um som de mofa e fez um gesto de indiferença.

– Quem diabo se importa? Estou só de conversa mole porque ando um pouco preocupado. Eloise disse que você estava meio esquisito ao telefone. – Ele acrescentou em voz mais baixa. – Está tudo bem?

– Estou ótimo.

– Está precisando de dinheiro ou outra coisa?

– Não, pai, não estou precisando de dinheiro.

– Mas está com algum problema, certo?

Myron foi direto ao ponto:

– Você conhece Arthur Bradford?

O rosto do pai perdeu a cor – não aos poucos, mas de uma vez só. Ele se pôs a remexer em coisas na escrivaninha. Ajeitou fotografias de família, dedicando especial atenção a uma de Myron erguendo o troféu da Associação Atlética Universitária Nacional, depois de levar a Duke ao título. Havia uma caixa vazia da Dunkin' Donuts. Ele a pegou e jogou na cesta de lixo.

Por fim, o pai se saiu com outro questionamento:

– Por que você me pergunta isso?

– Estou enrolado com uma coisa.

– Que tem a ver com Arthur Bradford?

– Sim.

– Então trate de se desenrolar. Rápido.

O pai levou aos lábios um copo descartável de café e inclinou a cabeça para trás. Só que não havia mais bebida ali.

– Bradford me disse para lhe perguntar sobre ele. Ele e aquele sujeito que trabalha para ele.

Al o encarou de súbito.

– Sam Richards? – perguntou ele em voz baixa, parecendo pasmo. – Ele ainda está vivo?

– Sim.

– Meu Deus.

Silêncio.

– Como é que você os conhece?

O pai abriu a gaveta e vasculhou-a à procura de algo. Então, gritou por Eloise, que veio até a porta.

– Onde está o Tylenol? – questionou ele.

– Na gaveta da direita embaixo. Do lado esquerdo, mais para o fundo. Debaixo da caixa de elásticos. – Eloise virou-se para Myron. – Você quer um achocolatado?

– Sim, por favor.

Uma reserva de achocolatados. Fazia quase uma década que ele não ia ao escritório do pai, mas eles ainda mantinham um estoque da sua bebida favorita. O pai achou o frasco de remédio e ficou brincando com a tampa. Ao sair, Eloise fechou a porta.

– Nunca menti para você – disse o pai.

– Eu sei.

– Tentei protegê-lo. É o que os pais procuram fazer. Eles defendem os filhos. Quando o perigo se aproxima, eles tentam interpor-se para receber o golpe.

– Você não pode receber esse por mim.

O pai assentiu lentamente.

– Isso não torna as coisas mais fáceis.

– Eu vou ficar bem. Só queria saber o que estou enfrentando.

– Você está enfrentando o mal em seu estado absoluto. – Al jogou dois comprimidos na boca e engoliu-os a seco. – Você está lutando contra a crueldade mais feroz, contra homens sem consciência.

Eloise voltou com o achocolatado. Olhando o semblante dos dois, deu a bebida a Myron e tratou de sair depressa. Ao longe, soavam os apitos de um reboque dando ré.

– Foi um ou dois anos depois dos protestos – começou o pai. – Com certeza você é novo demais para se lembrar, mas eles dividiram a cidade em duas. Até hoje essa divisão não foi sanada. Na verdade, aconteceu exatamente o contrário. É como uma de minhas roupas – acrescentou ele, apontando uma das caixas ao nível do chão. – A roupa se rasga perto da costura, ninguém faz nada, então ela continua a se rasgar até dividir-se em duas. Isso é Newark. Uma roupa esfarrapada.

Ele fez uma pausa e prosseguiu:

– De todo modo, meus empregados finalmente voltaram, mas já não eram os mesmos. Estavam com raiva. Para eles, eu já não era o patrão, mas um tirano. Eles me olhavam como se eu fosse um dos que arrastaram seus ancestrais acorrentados para este lado do oceano. Os arruaceiros começaram a incitá-los. A coisa já estava toda traçada, Myron. A parte da manufatura deste negócio já estava indo por água abaixo. O custo da mão de obra estava muito alto. A cidade estava simplesmente implodindo. Então os desordeiros começaram a liderar os trabalhadores. Eles queriam criar um sindicato. Na verdade, o exigiam. Eu era contra essa ideia, claro.

O pai olhou através da parede de vidro para as intermináveis fileiras de caixas. Myron se perguntou quantas vezes seu pai teria contemplado aquele mesmo panorama e no que ele pensava naqueles momentos, com que ele sonhava ao longo de todos aqueles anos no depósito empoeirado. Myron agitou a lata e abriu-a com ruído. O som provocou no pai um pequeno sobressalto. Ele tornou a olhar para o filho e forçou um sorriso.

– O Velho Bradford estava envolvido com os mafiosos que queriam criar um sindicato. Eis os que estavam envolvidos nessa história: mafiosos, arruaceiros, marginais envolvidos com todo tipo de contravenções, de prostituição a jogos de azar. De repente, eles se tornaram especialistas em questões trabalhistas. Mas eu continuava lutando contra eles. E estava levando a melhor. Um dia, o Velho Bradford mandou seu filho Arthur para este mesmo edifício. Para conversar comigo. Sam Richards estava com ele; o filho da puta simplesmente se encostou na parede e não disse nada. Arthur sentou-se e apoiou os pés em cima de minha mesa. "Eu vou aderir à ideia do sindicato", disse ele. "Na verdade, vou lhe dar suporte. Financeiro. Com contribuições generosas." Eu disse ao atrevido que existe um nome para aquilo. Chamava-se extorsão. Eu pedi que desse o fora de meu escritório.

Gotas de suor cobriam a testa do pai. Ele pegou um lenço e, de vez em quando, as enxugava. A um canto do escritório, um ventilador girava de um lado para outro, oferecendo instantes de alívio seguidos de calor sufocante. Myron olhou para as fotos da família, concentrando-se em uma de seus pais num cruzeiro pelo Caribe. Talvez dez anos atrás. A mãe e o pai com camisas de cores berrantes e aparência saudável, bronzeados e muito mais jovens. Aquilo o assustou.

– O que aconteceu depois? – perguntou Myron.

Al engoliu em seco e recomeçou a falar:

– Finalmente Sam abriu a boca. Ele veio até a minha escrivaninha, olhou as fotos da família e sorriu, como se fosse um velho amigo nosso. Então, jogou uma tesoura de poda em cima de minha escrivaninha.

Myron se retesou.

O pai continuou falando, com os olhos bem abertos e uma expressão vaga.

– "Imagine o que uma coisa dessas pode fazer a um ser humano", me falou Sam. "Imagine ir cortando um pedaço de cada vez. Imagine não quanto tempo a pessoa levaria para morrer, mas por quanto tempo você poderia mantê-la viva." Arthur Bradford começou a rir e os dois foram embora de meu escritório.

Al levou novamente o copo de café aos lábios, mas ele continuava vazio. Myron ergueu o achocolatado, oferecendo-o, mas o pai balançou a cabeça e continuou:

– Então fui para casa e tentei fingir que tudo estava bem. Tentei comer. Tentei sorrir. Brinquei com você no quintal, mas não consegui parar de pensar no que Sam tinha dito. Sua mãe percebeu que havia algo errado, mas daquela vez nem ela tentou extrair alguma coisa de mim. Mais tarde fui para a cama. A princípio, não consegui dormir e, como Sam sugeriu, fiquei imaginando. Pensando em como seria cortar pequenos pedaços de um ser humano. Devagar. Cada corte provocando mais um grito. E então o telefone tocou. Levantei de um salto e consultei o relógio. Eram três da manhã. Peguei o fone e ninguém falou. Eram eles. Eu ouvia a respiração. Mas ninguém falou nada. Então desliguei e fui para a cama.

Agora o pai ofegava. Seus olhos se arregalavam. Myron levantou-se, inclinou-se em sua direção, mas o pai ergueu a mão para impedi-lo.

– Deixe-me superar isso, ok?

Myron fez um gesto de concordância e sentou-se.

– Fui ao seu quarto. – Sua voz agora era mais monocórdica, sem vida e sem expressão. – Você provavelmente sabe que eu fazia muito isso. Às vezes eu apenas ficava parado olhando você dormir, com uma sensação de assombro. – Lágrimas começaram a rolar por seu rosto. – Eu entrei no quarto. Ouvi você respirando fundo. O som me reconfortou imediatamente. Sorri e me aproximei para cobri-lo melhor. Foi então que eu vi.

O pai enfiou um pulso na boca, como se abafando uma tosse. Seu peito começou a sacudir-se. Suas palavras saíam aos arrancos.

– Na sua cama. Em cima do cobertor. Uma tesoura de poda. Alguém tinha invadido seu quarto e deixado uma tesoura de poda em sua cama.

Uma mão de aço começou a apertar as entranhas de Myron.

O pai olhou para ele com olhos cada vez mais vermelhos.

– Não se enfrenta gente como aquela, Myron. Porque você não pode vencer. Não é uma questão de coragem. É uma questão de sobrevivência. Você se importa com algumas pessoas, que estão ligadas a você. Esses homens nem ao menos entendem isso. Eles não têm sentimentos. Como se pode ferir uma pessoa que nada sente? – Myron não sabia o que responder. – Simplesmente afaste-se. Isso não é nenhuma vergonha.

Myron se pôs de pé. O pai fez o mesmo. Eles se abraçaram, apertando o corpo um do outro com força. Myron fechou os olhos. Seu pai acariciou-lhe o cabelo. Myron aconchegou-se ao corpo dele e voltou no tempo, lembrando-se que aquela mesma mão afagara sua cabeça depois que Joey Davito o atingira.

Ainda era algo reconfortante, ele pensou. Depois de tantos anos, aquele ainda era o lugar mais seguro onde podia ficar.

capítulo 28

TESOURAS DE PODA.

Não podia ser uma coincidência. Ele pegou o celular e ligou para o lugar de treino dos Dragons.

– Olá – atendeu Brenda depois de alguns minutos.

– Olá.

Os dois ficaram calados.

– Eu amo um homem de fala mansa – disse ela.

– Aham.

Brenda riu. O som era melodioso, tocava-lhe o coração.

– Como você está? – perguntou ele.

– Bem. Jogar ajuda. Além disso, fiquei pensando um bocado em você. Isso também ajuda.

– É recíproco. – Frases de impacto, uma após outra.

– Você vai vir ao jogo de abertura esta noite?

– Claro. Quer que eu pegue você?

– Não, vou no ônibus da equipe.

– Tenho uma pergunta para você.

– Manda.

– Quais são os nomes dos dois rapazes que tiveram os tendões de aquiles cortados?

– Clay Jackson e Arthur Harris.

– Com tesouras de poda, certo?

– Certo.

– E eles moram em East Orange?

– Sim, por quê?

– Acho que não foi Horace quem os atacou.

– Então quem foi?

– É uma longa história. Depois eu lhe conto.

– Depois do jogo – sugeriu Brenda. – Tenho que atender um pouco a mídia, mas talvez a gente possa comer alguma coisa e voltar para a casa de Win.

– Seria muito bom.

Silêncio.

– Dou a impressão de ser muito ávida, não é?

– De jeito nenhum.

– Eu devia ser um pouco mais difícil.

– Não.

– É só que... me faz bem, sabe?

Ele assentiu. Ele sabia. Ele pensou nas palavras de Esperanza: segundo ela, Myron *costumava* se expor, sem nenhum receio de levar uma pancada na cabeça.

– Vejo você no jogo – disse ele, e desligou.

Myron sentou-se, fechou os olhos e pensou em Brenda. Por um instante, não afastou os pensamentos. Deixou que eles lhe viessem aos borbotões. Seu corpo começou a formigar. Ele se pôs a rir.

Brenda.

Ele abriu os olhos, saindo daquele delírio, e discou para Win.

– Desembucha.

– Preciso de reforço.

– Seu puto – disse Win.

◆ ◆ ◆

Eles se encontraram no Essex Green Mall em West Orange.

– A que distância fica? – perguntou Win.

– Dez minutos.

– Zona perigosa?

– Sim.

Win olhou para seu precioso Jaguar.

– Vamos no seu carro.

Eles entraram no Ford Taurus. O sol do fim do verão ainda projetava sombras compridas e estreitas. O calor emanava da calçada em um vapor escuro. O ar estava tão pesado que uma maçã que se desprendesse do galho levaria vários minutos para chegar ao chão.

– Verifiquei a bolsa de estudos de Educação Extensiva – disse Win. – Quem quer que tenha criado o fundo tinha grande sagacidade financeira. O dinheiro vinha de uma fonte no estrangeiro, mais especificamente das ilhas Cayman.

– Quer dizer que é impossível rastreá-lo?

– Quase impossível. Mas, mesmo em lugares como Cayman, molhar a mão é molhar a mão.

– Então que mão devemos molhar?

– Já foi molhada. Infelizmente, a conta estava num nome falso e foi fechada há quatro anos.

– Há quatro anos – repetiu Myron. – Isso deve ter sido logo depois que Brenda recebeu sua última bolsa. Antes de começar a frequentar a faculdade de medicina.

– Lógico.

– Então estamos num beco sem saída.

– Temporariamente, sim. Alguém podia vasculhar arquivos antigos, mas isso levaria alguns dias.

– Mais alguma coisa?

– O beneficiário da bolsa deveria ser escolhido por determinados advogados, e não por uma instituição educacional. Os critérios eram vagos: potencial acadêmico, espírito de cidadania, esse tipo de coisa.

– Em outras palavras, os critérios foram fixados de modo que Brenda fosse escolhida. Como já dissemos, era uma forma de lhe passar dinheiro.

– Lógico – repetiu Win.

Eles estavam saindo de West Orange e entrando em East Orange. A mudança era gradual. As belas casas suburbanas transformavam-se em conjuntos habitacionais com portões. Depois as casas voltavam – menores, com menos terreno em volta, mais deterioradas e aglomeradas. Começaram a aparecer fábricas abandonadas e casas populares, financiadas pelo governo. Era o ciclo de vida da borboleta ao contrário.

– Também recebi um telefonema de Hal – informou Win.

Hal era um especialista em eletrônica com quem eles tinham trabalhado quando estavam a serviço do governo. Myron pedira que ele verificasse se os telefones estavam grampeados.

– E...?

– Todas as residências tinham os telefones grampeados: a de Mabel Edwards, a de Horace Slaughter e o alojamento de Brenda.

– Nenhuma surpresa.

– Exceto por uma coisa: as escutas das casas de Mabel e Horace eram antigas. Hal calculou que estavam ali havia pelo menos três anos.

A cabeça de Myron começou a girar novamente.

– Três anos?

– Sim. É uma estimativa, claro. Mas os dispositivos eram velhos e alguns tinham uma camada de sujeira.

– E o grampo no telefone de Brenda?

– Mais recente. Mas ela só morou lá alguns meses. E Hal também achou escutas no quarto de Brenda. Uma sob a escrivaninha de seu quarto, outra debaixo do sofá na sala de uso comum.

– Microfones?

Win fez que sim.

– Alguém estava interessado em algo mais do que os telefonemas de Brenda.

– Meu Deus.

Win quase sorriu.

– Sim, eu achei que você ia achar estranho.

Myron tentou assimilar as novas informações.

– Obviamente, há muito tempo alguém espionava a família.

– Obviamente.

– Só pode ser alguém com recursos.

– Claro.

– Então só podem ser os Bradfords – concluiu Myron. – Eles estão procurando Anita Slaughter. Pelo que sei, eles a procuram há vinte anos. É a única coisa que faz sentido. E sabe o que mais isso significa?

– Diga-me.

– Que Arthur Bradford andou me enganando.

Win ofegou.

– Um político que não merece a mínima confiança? Daqui a pouco você vai me dizer que o coelhinho da Páscoa não existe.

– É como supusemos logo de início. Anita fugiu porque estava com medo. E é por isso que Arthur mostra-se tão prestativo: ele quer que eu encontre Anita para ele. Assim, ele poderá matá-la.

– E, então, ele vai tentar matar você – acrescentou Win, e checou os próprios cabelos no retrovisor. – Que belezura. Não vai ser fácil, você sabe disso.

– E mesmo assim você sofre sem reclamar.

– É o meu jeito. – Win deu uma última olhada no cabelo.

Clay Jackson vivia num conjunto de casas cujos quintais dos fundos voltavam-se para a Rodovia 280. O bairro dava a impressão de ser habitado por trabalhadores pobres. Todas as casas eram para duas famílias, exceto por várias residências de esquina, cujos térreos funcionavam como tabernas. Surrados letreiros de néon da Budweiser piscavam através de vidraças mergulhadas na sombra. Todas as cercas eram de arame. Por entre as rachaduras da calçada, irrompiam tantas ervas daninhas que era impossível dizer onde terminava o calçamento e onde começava o gramado.

Também ali os moradores eram negros e Myron sentiu seu costumeiro e aparentemente inexplicável desconforto.

Havia um parque em frente à casa de Clay Jackson. As pessoas estavam preparando um churrasco e era disputada uma partida de *softball*. Por toda parte, ouviam-se sonoras gargalhadas e a música de um aparelho de som portátil. Quando Myron e Win saíram do carro, todos se voltaram em sua direção. O aparelho de repente emudeceu. Win ficou completamente impassível diante daqueles olhares perscrutadores.

– Eles estão nos encarando – disse Myron.

– Se dois negros parassem na frente de sua casa em Livingston, como seriam recebidos?

Myron assentiu.

– Então você imagina que os vizinhos estão ligando para a polícia e nos descrevendo como "jovens suspeitos" vagando pelas ruas?

Win arqueou uma sobrancelha.

– Jovens?

– Só um devaneio.

– É, eu concordo.

Eles se dirigiram a uma escada que lembrava a da Vila Sésamo. Um homem remexia numa lata de lixo ali perto, mas não se parecia nada com o Oscar da série de televisão. Myron bateu na porta. Win observava tudo. Os jogadores de *softball* e o pessoal do churrasco do outro lado da rua continuavam olhando. E não pareciam gostar do que viam.

Myron bateu novamente.

– Quem é? – gritou uma mulher.

– Meu nome é Myron Bolitar. Estou com Win Lockwood. Gostaríamos de falar com Clay Jackson, caso seja possível.

– Podem esperar um segundo?

Eles esperaram por pelo menos um minuto. Então ouviram o barulho de uma corrente. A maçaneta girou e uma mulher surgiu à porta, com um sorriso sem firmeza. Ela era negra e devia ter 40 anos.

– Eu sou a mãe de Clay. Por favor, entrem.

Eles a acompanharam. Alguma coisa gostosa estava sendo preparada no fogão. Um velho ar-condicionado zumbia feito um jato, mas funcionava. O frio era mais que bem-vindo, embora tenha durado pouco. A mãe de Clay apressou-se em conduzi-los por um corredor estreito e saiu pela porta da cozinha. Eles estavam novamente fora da casa, agora no quintal.

– Aceitam um drinque? – Ela teve que gritar para ser ouvida, por causa do barulho do trânsito.

Myron olhou para Win, que estava de testa franzida.

– Não, obrigado – respondeu Myron.

– Tudo bem. – O sorriso dela estava ainda mais incerto. – Esperem que vou chamar o Clay. Já volto.

A porta de tela se fechou com um ruído. Eles estavam sozinhos no quintal minúsculo. Havia jardineiras com flores multicoloridas e dois arbustos murchando. Myron aproximou-se da cerca e olhou a Rodovia 280. A autoestrada de quatro pistas estava muito movimentada. A fumaça dos carros pairava por ali e não se dissipava; quando Myron engoliu em seco, chegou a sentir-lhe o gosto.

– Acho que isto não vai acabar bem – opinou Win.

Myron aquiesceu. Dois brancos aparecem em sua casa. Você não conhece nenhum dos dois e não lhes pede a carteira de identidade. Você simplesmente os faz entrar e os deixa no quintal. Com certeza, havia algo errado.

– Vamos ver o que acontece – falou Myron.

Não demorou muito. Oito grandalhões vieram de três direções diferentes. Dois passaram pela porta dos fundos. Três deram a volta pelo lado direito da casa. Mais três pelo lado esquerdo. Todos exibiam bastões de beisebol de alumínio e carrancas que diziam "vamos dar um pau nuns babacas". Eles se dispuserem em semicírculo, cercando o quintal. Myron sentiu o pulso disparar. Win dobrou os braços; apenas os olhos se moviam.

Aqueles não eram punks nem gângsteres. Eram os jogadores de *softball*, adultos com corpos enrijecidos pelo trabalho diário: estivadores, carregadores de caminhão e afins. Uns empunhavam seus bastões em posição de ataque. Outros os apoiavam nos ombros. Alguns os batiam de leve nas pernas.

Myron semicerrou os olhos por causa do sol.

– O jogo já acabou?

O homem mais forte deu um passo à frente. Sua pança era volumosa feito um caldeirão e ele tinha mãos calosas e braços musculosos, embora disformes, de alguém capaz de esmagar equipamentos de ginástica como se fossem copinhos de plástico. Seu boné da Nike era grande, mas ainda assim estava bem enfiado em sua cabeça, apertado. A camiseta tinha o logotipo da Reebok. Boné da Nike, camiseta da Reebok. Fidelidade a marcas um tanto confusa.

– O jogo está só começando, idiota.

– Réplica satisfatória, mas sem muita originalidade – comentou Win. – Além disso, colocar a palavra *idiota* no final pareceu um pouco forçado. Terei que avaliá-la negativamente, mas vou esperar seu próximo trabalho.

Os oito homens rodearam Myron e Win. Nike/Reebok, o líder óbvio, acenou com o bastão.

– Ei, pãozinho de fôrma, sente a bunda aqui.

– Acho que ele está falando com você – disse Myron a Win.

– Deve ser porque eu ajudo a desenvolver corpos fortes de doze modos diferentes.

Win sorriu e Myron sentiu o coração palpitar. As pessoas sempre visavam Win. Com um 1,76 metro, ele era 15 centímetros mais baixo que Myron. Por ser loiro, ter o rosto descorado, veias azuladas visíveis e parecer ter ossos de porcelana, despertava nas pessoas o que elas tinham de pior. Win dava a impressão de ser frágil, franzino, vulnerável – o tipo do cara que se despedaça com um golpe, feito louça barata. Uma presa fácil. Todos gostam de presas fáceis.

Win aproximou-se de Nike/Reebok e arqueou uma sobrancelha e lhe fez sua melhor imitação de Tropeço:

– Chamou, Sr. Addams?

– Como você se chama, pãozinho de fôrma?

– Martin Luther King.

Essa resposta não pegou bem entre os homens, que começaram a resmungar.

– Está fazendo uma piadinha racista?

– Bem diferente de, digamos, chamar alguém de pãozinho de fôrma?

Win olhou para Myron e levantou o polegar. Myron retribuiu o gesto. Se aquilo fosse um debate na escola, Win estaria um ponto à frente.

– Você é policial, Martin?

Win franziu a testa.

– Com *esta* roupa? – Ele remexeu no colarinho. – Ah, faça-me o favor!

– Então o que vocês querem aqui?

– Queremos falar com alguém chamado Clay Jackson.

– Sobre o quê?

– Energia solar e sua importância no século XXI.

Nike/Reebok passou seus homens em revista. Eles apertaram o cerco. Myron sentiu um zumbido nos ouvidos, manteve os olhos em Win e esperou.

– Parece que vocês, brancos, estão aqui para atacar o Clay novamente. – O líder se aproximou mais, olho no olho. – Parece que temos o direito de usar força letal para protegê-lo. Certo, irmãos?

Os homens concordaram com um grunhido, erguendo os bastões.

Win se moveu depressa e de forma inesperada: ele simplesmente estendeu a mão e tomou o bastão das mãos de Nike/Reebok. A boca do grandalhão formou um O de surpresa. Ele fitou as próprias mãos como se esperasse que o bastão voltasse a se materializar a qualquer momento. Não foi o que aconteceu.

Win jogou o bastão num canto do quintal e fez um gesto para que o grandalhão chegasse mais perto.

– Não quer dançar tango, pão de centeio?

– Win – alertou Myron.

Mas Win mantinha os olhos no adversário.

– Estou esperando.

Nike/Reebok deu um sorriso enviesado, esfregou as mãos e umedeceu os lábios.

– Ele é só meu, irmãos.

Isso, presa fácil.

O homenzarrão se lançou à frente como Frankenstein, os dedos grossos buscando o pescoço de Win, que continuou imóvel até o último momento. Então, ele partiu para cima do adversário, as pontas dos dedos pressionadas umas contra as outras, transformando a mão numa espécie de espada, e atingiu o pescoço do grandalhão na altura da laringe, com intensidade e rapidez, como um passarinho dando uma rápida bicada. Um som gorgolejante, parecido com o de um aparelho odontológico de sucção, saiu da boca do homenzarrão; instintivamente, suas mãos ergueram-se para o próprio pescoço. Win abaixou-se e deu uma rasteira no grandalhão, que desabou, batendo a parte de trás da cabeça no chão.

Win enfiou o seu .44 na cara do homem. Ainda sorrindo.

– Parece que você acaba de me atacar com um bastão de beisebol. Parece que atirar em seu olho direito seria perfeitamente justificável.

Myron também empunhara o revólver e mandou que os outros largassem os bastões. Os homens obedeceram. Então, ele fez todos se deitarem de bruços, mãos atrás da cabeça, dedos entrelaçados.

Nike/Reebok esticou o pescoço e falou com uma voz áspera:

– De novo não.

Win pôs a mão em volta do ouvido.

– *Pardon moi*?

– Não vamos deixar vocês machucarem o garoto novamente.

Win explodiu numa gargalhada e se pôs a cutucar a cabeça do homem com a ponta do sapato. Myron olhou nos olhos de Win e balançou a cabeça. Win deu de ombros e parou.

– Não queremos machucar ninguém – afirmou Myron. – Estamos apenas tentando descobrir quem atacou o Clay no telhado.

– Por quê? – perguntou alguém atrás.

Myron voltou-se para a porta de tela. Um jovem saiu claudicando, usando muletas. O gesso que lhe protegia o tendão parecia uma criatura marinha em vias de engolir todo o seu pé.

– Porque todos acham que foi Horace Slaughter quem fez isso – disse Myron.

Clay Jackson equilibrou-se numa perna.

– E daí?

– Foi ele mesmo?

– Por que você quer saber?

– Porque ele foi morto.

Clay deu de ombros.

– E daí?

Myron abriu a boca, fechou-a, deu um suspiro.

– É uma longa história, Clay. Eu só queria saber quem cortou o seu tendão.

O rapaz balançou a cabeça.

– Não vou falar sobre isso.

– Por que não?

Eles me disseram para não falar.

– E você resolveu obedecer? – interveio Win.

O rapaz encarou Win.

– Sim.

– O homem que fez isso... Você tem medo dele?

Clay engoliu em seco.

– Merda, sim.

Win abriu um sorriso torto.

– Eu meto mais medo ainda.

Ninguém se mexeu.

– Você se importaria de ter uma demonstração?

– Win – repreendeu Myron.

Nike/Reebok resolveu se arriscar e começou a se erguer apoiando-se nos cotovelos. Win ergueu o pé e deu uma solada no lugar onde a espinha se articula ao pescoço. Nike/Reebok desabou no chão como areia molhada, de braços abertos, e ficou absolutamente imóvel. Win apoiou o pé na parte de trás da cabeça do homem. O boné deslizou para o chão. Win empurrou o rosto imóvel no chão lamacento como se estivesse esmagando uma guimba.

– Win – alertou Myron.

– Pare com isso! – gritou Clay, e olhou para Myron buscando apoio, olhos arregalados e desesperados. – Ele é meu tio, cara. Ele só está querendo me proteger.

– E está fazendo um belo trabalho. – Win apoiou o pé com mais força. O rosto do tio afundou ainda mais na terra mole, desaparecendo dentro da lama, a boca e o nariz obstruídos.

O tio de Clay agora não podia respirar.

Um dos outros homens começou a se levantar e Win encostou o revólver na sua cabeça.

– Alerta importante: não sou muito bom em avisar que vou atirar.

O homem tratou de se deitar.

Com o pé bem plantado na cabeça do homenzarrão inconsciente, Win voltou a atenção para Clay, que tentava parecer forte, mas visivelmente tremia. Assim como Myron.

– Você teme uma possibilidade – disse Win ao rapaz –, quando devia temer uma certeza.

Win levantou a perna e tomou posição para golpear com o salto do sapato.

Myron começou a aproximar-se dele, mas Win o paralisou com um olhar. Então, Win abriu um pequeno sorriso, indiferente, um tanto divertido, indicando que iria em frente. Que até iria gostar de fazer aquilo. Myron já vira aquele sorriso muitas vezes, mas ele nunca deixava de gelar-lhe o sangue.

– Vou contar até cinco – avisou Win. – Mas provavelmente vou esmagar a cabeça dele antes de chegar a três.

– Dois caras brancos – apressou-se em dizer Clay. – Armados. Um grandalhão nos amarrou. Era jovem e parecia malhar bastante. O mais velho, pequeno... Ele era o cabeça. Foi ele quem nos cortou.

Win voltou-se para Myron e espalmou as mãos.

– Agora podemos ir embora?

capítulo 29

De volta ao carro, Myron comentou:

– Você foi longe demais.

– Aham.

– Estou falando sério, Win.

– Você queria a informação. Eu a consegui.

– Eu poderia ter conseguido.

– Ah, por favor, o homem partiu para cima de mim com um bastão de beisebol.

– Ele estava apavorado. Pensou que íamos machucar o sobrinho.

Win tocou um violino imaginário.

Myron balançou a cabeça.

– O rapaz acabaria falando.

– Duvido muito. O tal do Sam deixou o rapaz apavorado.

– Então você precisava assustá-lo ainda mais?

– Eu diria que sim.

– Você não pode voltar a fazer isso, Win. Você não pode machucar gente inocente.

– Aham. – Win consultou o relógio. – Acabou? Já satisfez sua necessidade de sentir-se moralmente superior?

– Que diabo significa isso?

– Você sabe do que sou capaz – disse Win devagar. – Mesmo assim, continua recorrendo a mim.

Silêncio. O eco das palavras de Win pairou no ar, preso na umidade como a fumaça dos carros. Myron apertou com força o volante e os nós dos dedos ficaram brancos.

Eles não disseram mais nada até chegarem à casa de Mabel Edwards.

– Eu sei que você é violento – começou Myron. Ele estacionou o carro e olhou para o amigo. – Mas na maioria das vezes você só machuca pessoas que merecem.

Win ficou calado.

– Se o rapaz não tivesse falado, você cumpriria sua ameaça?

– Isso não iria acontecer. Eu sabia que o rapaz ia falar.

– Mas suponhamos que ele não falasse.

Win balançou a cabeça.

– Você está falando de algo fora do âmbito das possibilidades.

– Me explique.

Win refletiu por um instante.

– Eu nunca machuco gente inocente de propósito. Mas tampouco faço ameaças ociosas.

– Isso não é resposta, Win.

Win olhou para a casa de Mabel.

– Entre, Myron. O tempo urge.

◆ ◆ ◆

– Quer dizer que Brenda se lembra do Holiday Inn – disse Mabel, sentada diante de Myron numa pequena sala.

Um pequeno vestígio amarelado do machucado permanecia em volta do olho de Mabel, mas, veja bem, iria desaparecer antes que a dor na virilha de Mario passasse. Ainda havia enlutados por ali, mas agora a casa estava em silêncio; com a noite, a realidade se impôs. Win estava lá fora, de vigia.

– Muito vagamente – respondeu Myron. – Era mais um déjà-vu que algo concreto.

Mabel assentiu, como se aquilo fizesse sentido.

– Foi há muito tempo.

– Então Brenda esteve no hotel?

Mabel olhou para o chão, alisou o vestido, estendeu a mão para a xícara de chá.

– Brenda esteve lá com a mãe.

– Quando?

Mabel ficou segurando a xícara diante dos lábios.

– Na noite em que Anita desapareceu.

Myron procurou não se mostrar muito confuso.

– Anita estava com Brenda?

– A princípio, sim.

– Não consigo entender, Brenda nunca disse nada...

– Brenda tinha 5 anos, por isso não se lembra. Ou pelo menos é isso que Horace pensava.

– Mas você nunca disse nada antes.

– Horace não queria que ela soubesse. Ele achava que isso a iria magoar.

– Mesmo assim eu não entendo. Por que Anita levaria Brenda para um hotel?

Mabel enfim tomou um gole de chá. Em seguida, depôs a xícara delicadamente. Ela voltou a alisar o vestido e brincou com a corrente que trazia ao pescoço, onde estavam pendurados seus óculos.

– É como já lhe falei. Anita escreveu um bilhete a Horace dizendo que ia fugir. Ela pegou todo o dinheiro dele e foi embora.

Agora Myron estava compreendendo.

– Mas ela pretendia levar Brenda junto.

– Sim.

O dinheiro, pensou Myron. O fato de Anita tê-lo levado sempre o incomodara. Fugir do perigo é uma coisa. Mas deixar a filha sem um tostão era cruel demais. Mas agora havia uma explicação.

– O que aconteceu, então? – perguntou Myron.

– Anita mudou de ideia.

– Por quê?

Uma mulher enfiou a cabeça pela porta. Mabel lhe lançou um olhar duro e a cabeça desapareceu num instante, como a peça de um estande de tiro. Myron ouvia o barulho vindo da cozinha, familiares e amigos lavando a louça, preparando-se para mais um dia de luto. Mabel parecia ter envelhecido desde aquela manhã. O cansaço emanava dela como uma febre.

– Anita arrumou as malas das duas – Mabel conseguiu dizer. – Ela fugiu com a filha e se hospedou no hotel. Não sei o que aconteceu. Talvez Anita tenha se assustado. Talvez tenha percebido ser impossível fugir com uma criança de 5 anos. Não importa. Anita ligou para Horace, chorando histericamente. Aquilo tudo era insuportável, disse ela, e pediu a Horace que fosse buscar Brenda.

Silêncio.

– Então Horace foi ao Holiday Inn? – perguntou Myron.

– Sim.

– Onde estava Anita?

Mabel deu de ombros.

– Ela já tinha fugido, acho.

– E tudo isso aconteceu na noite em que ela fugiu?

– Sim.

– Então Anita não deve ter fugido muito tempo depois, não é?

– Isso mesmo.

– E o que teria feito Anita mudar de ideia tão rápido? O que a teria feito resolver tão depressa deixar a filha?

Mabel levantou-se com um grande suspiro e andou até o móvel da televisão. Seus movimentos, normalmente desenvoltos e harmoniosos, tinham-se enrijecido pela dor. Ela estendeu a mão meio insegura, pegou um porta-retratos e mostrou-o a Myron.

– Este é Roland, o pai de Terence. Meu marido.

Myron olhou a foto em preto e branco.

– Roland foi morto a tiros quando voltava do trabalho. Por 12 dólares. Bem na frente de casa. Dois tiros na cabeça. Por 12 dólares. – Seu tom era monocórdico, sem nenhuma ênfase nas palavras. – Não consegui lidar bem com isso. Roland foi o único homem que eu amei na vida. Comecei a beber. Terence era apenas um garotinho, mas se parecia tanto com o pai que eu mal conseguia olhar para seu rosto. Então eu bebia um pouco mais. Depois passei a usar drogas. Parei de cuidar de meu filho. O Estado veio e o pôs num abrigo para crianças.

Mabel encarou Myron para ver reação. Ele procurou manter o semblante impassível.

– Foi Anita que me salvou. Ela e Horace me mandaram para uma clínica de reabilitação. Levei algum tempo, mas me reergui. Anita cuidou de Terence nesse meio-tempo, para que o Estado não o afastasse de mim.

Mabel colocou os óculos e fitou a imagem do falecido marido. A expressão de tristeza em seu rosto era tão evidente, tão nua, que Myron sentiu uma lágrima ameaçar rolar.

– Quando mais precisava – continuou Mabel –, Anita estava pronta para me ajudar. Sempre. – Ela olhou para Myron novamente. – Você entende o que estou dizendo?

– Não, senhora, não entendo.

– Anita estava sempre pronta para me ajudar – repetiu ela. – Mas quando ela enfrentava algum problema, onde eu estava? Eu sabia que ela e Horace se desentendiam. E eu ignorei isso. Ela desapareceu, e o que eu fiz? Tentei esquecê-la. Ela fugiu e eu comprei uma bela casa longe da periferia, tentando deixar tudo para trás. Se Anita tivesse abandonado apenas meu irmão, bem... teria sido horrível. Mas alguma coisa assustou Anita de tal forma que ela abandonou a filha. E eu fiquei me perguntando que coisa tinha sido aquela. O que poderia tê-la apavorado a ponto de, vinte anos depois, não ousar voltar?

Myron remexeu-se na cadeira.

– Você chegou a alguma conclusão?

– Não por conta própria. Mas certa vez perguntei a Anita.

– Quando?

– Quinze anos atrás, acho. Quando ela ligou para saber de Brenda. Eu perguntei por que ela não vinha visitar a própria filha.

– E o que ela respondeu?

Mabel olhou diretamente nos olhos de Myron.

– Se eu voltar, Brenda morre.

O coração de Myron virou uma pedra de gelo.

– O que ela quis dizer com isso?

– Era como se fosse um fato inexorável. Como dois e dois são quatro. – Ela recolocou a fotografia em cima do móvel da televisão. – Nunca mais fiz essa pergunta a Anita. No meu modo de ver, às vezes é melhor ficar na ignorância.

capítulo 30

MYRON E WIN VOLTARAM PARA Nova York em seus respectivos carros. O jogo de Brenda começaria em 45 minutos e ele só teria tempo de correr até o loft e trocar de roupa.

Ele parou em fila dupla na Spring Street e deixou a chave na ignição. O carro estava em segurança: Win esperava por ele no Jaguar. Myron subiu de elevador e abriu a porta. E Jessica estava lá.

Ele estacou.

– Não vou abandoná-lo – disse Jessica. – Nunca mais.

Myron engoliu em seco e aquiesceu. Tentou andar para a frente, mas suas pernas tinham outras pretensões.

– O que há de errado? – perguntou Jessica.

– Muita coisa.

– Sou toda ouvidos.

– Meu amigo Horace foi morto.

Jessica fechou os olhos.

– Sinto muito.

– E Esperanza vai sair da MB.

– Você não poderia dar um jeito de evitar isso?

– Não.

O celular de Myron tocou. Ele o desligou. Os dois ficaram ali, sem que nenhum dos dois fizesse o menor movimento.

– E o que mais? – indagou ela

– Só isso.

Ela balançou a cabeça.

– Você nem consegue olhar para mim.

Myron levantou a cabeça e olhou diretamente para ela pela primeira vez desde que entrou no loft. Como sempre, Jessica estava linda de doer. Ele começou a sentir algo dentro dele se romper.

– Eu quase dormi com outra pessoa.

– Quase?

– Sim.

– Entendo. E por que quase?

– O quê?

– Ela é que evitou? Ou foi você?

– Fui eu.

– Por quê?

– Por quê?

– Sim, Myron, por que você não consumou o ato?

– Meu Deus, essa é uma pergunta muito difícil.

– Na verdade, não. Você se sentiu tentado a fazer isso, não foi?

– Sim.

– E até mais do que tentado. Você queria ir em frente.

– Eu não sei.

Jessica bufou.

– Mentiroso.

– Ok, eu queria ir em frente.

– E por que não foi?

– Porque estou envolvido com outra mulher. Na verdade, estou apaixonado por outra mulher.

– Quanto cavalheirismo. Quer dizer que você se conteve por minha causa?

– Eu me contive por nossa causa.

– Outra mentira. Você se conteve pensando em si mesmo. Myron Bolitar, o cara perfeito, o maravilhoso homem de uma mulher só.

Ela fechou uma mão e enfiou o punho na boca. Myron aproximou-se, mas ela recuou.

– Eu fui uma idiota. Reconheço isso. Fiz tantas burradas que nem sei como você não me chutou. Talvez eu tenha feito essas burradas porque sabia que podia. Você sempre iria me amar. Independentemente das minhas burradas, você sempre iria me amar. Talvez por isso eu merecesse um pequeno troco.

– Não se trata de dar o troco.

– Eu sei, eu sei! – Ela se abraçou. Como se de repente a sala tivesse ficado muito fria. Como se ela precisasse de um carinho. – É isso que me assusta.

Ele ficou quieto e esperou.

– Você não trapaceia, Myron. Você não age levianamente. Caramba, você nem ao menos se sente muito tentado. Então, a questão é: quanto você a ama?

Myron levantou as mãos.

– Eu mal a conheço.

– Você acha que isso importa?

– Não quero perder você, Jess.

– E eu não pretendo perder você sem lutar. Mas quero saber contra quem estou lutando.

– Não é bem assim.

– Então como é?

Myron abriu a boca e logo fechou. Por fim, indagou:

– Você quer se casar?

Jessica piscou, surpresa, mas não recuou.

– Isso é um pedido de casamento?

– Estou fazendo uma pergunta: você quer se casar?

– Sim, eu quero me casar.

Myron sorriu.

– Nossa, que entusiasmo.

– O que você quer que eu diga, Myron? Tudo o que você quiser que eu diga, eu digo. Sim, não, qualquer coisa que faça você ficar comigo.

– Isso não é um teste, Jess.

– Então por que você de repente começa a falar em casamento?

– Porque quero ficar com você para sempre. E quero comprar uma casa. E quero ter filhos.

– Eu também. Mas a vida está muito boa do jeito que está. Temos nossas carreiras, nossa liberdade. Por que estragar isso? Haverá tempo para tudo isso mais tarde.

Myron balançou a cabeça.

– O que é? – perguntou ela.

– Você está enrolando.

– Não, não estou.

– Ter uma família não é algo que eu queira encaixar no momento conveniente.

– Mas agora? – Jessica ergueu as mãos. – Agora mesmo? É isso que você realmente quer? Uma casa no subúrbio como seus pais? O churrasco de sábado à noite? A cesta de basquete no quintal? As reuniões dos pais na escola? As compras de volta à escola no shopping? É isso que você realmente quer?

Myron a encarou e, no mais fundo do seu ser, sentiu algo desmoronar.

– Sim. É exatamente isso que eu quero.

Ambos estavam de pé, olhando um para o outro. Ouviram uma batida na porta. Nenhum dos dois se mexeu. Outra batida. E a voz de Win:

– Abra.

Win não era de interromper por nada. Myron obedeceu. Win olhou para Jessica, fez-lhe um pequeno aceno de cabeça e passou a Myron o celular dele.

– É Norm Zuckerman. Ele estava tentando falar com você.

Jessica voltou-se e saiu da sala. Às pressas. Win a observou se afastar, mas manteve a expressão neutra. Myron pegou o telefone.

– Sim, Norm.

– Está quase na hora do jogo – falou Zuckerman em pânico.

– E daí?

– Onde está Brenda, cacete?

O coração de Myron subiu à garganta.

– Ela me disse que iria no ônibus da equipe.

– Ela não tomou o ônibus, Myron.

A imagem de Horace na mesa do necrotério veio à mente de Myron. Seus joelhos quase cederam. Myron olhou para Win.

– Eu dirijo – disse Win.

capítulo 31

ELES PEGARAM O JAGUAR. Win não parava nos sinais vermelhos, não diminuía a velocidade para que os pedestres passassem. Por duas vezes, foi pelas calçadas para se livrar do trânsito intenso.

– O que eu disse, sobre ir longe demais... Esqueça – comentou Myron.

Pelo resto do percurso, nenhum dos dois falou nada.

Win parou o carro cantando os pneus num lugar proibido na esquina sudoeste da Rua 33 com a Oitava Avenida. Myron disparou em direção ao Madison Square Garden, para a entrada de funcionários. Um policial aproximou-se de Win numa atitude ameaçadora. Win rasgou uma nota de 100 dólares e passou uma metade ao homem, que assentiu e deu um breve toque no quepe. Não foi preciso trocar nem uma palavra.

O guarda da entrada de funcionários reconheceu Myron e fez sinal para que ele passasse.

– Onde está Norm Zuckerman? – perguntou Myron.

– Na sala de imprensa. Do outro lado do...

Myron sabia onde era. Enquanto se precipitava escada acima, ouvia o vozerio da multidão esperando o jogo. O som era estranhamente reconfortante. Quando chegou ao nível da quadra, dobrou à direita. A sala de imprensa ficava no outro extremo do andar. Ele se surpreendeu ao ver o tamanho do público. Norm dissera que pretendia estender uma cortina preta sobre as cadeiras vagas para dar a impressão de que o estádio estava ao mesmo tempo lotado e aconchegante. Mas a venda de ingressos superou em muito as expectativas. Uma multidão compacta procurava seus assentos. Muitos torcedores levantavam faixas: AURORA DE UMA NOVA ERA; BRENDA É QUEM MANDA; BEM-VINDOS À CASA DE BRENDA; AGORA É A NOSSA VEZ; AS GAROTAS ESTÃO MANDANDO VER; AVANTE, MENINAS! Logotipos de patrocinadores dominavam o ambiente como o trabalho de um grafiteiro enlouquecido. Imagens gigantescas de uma Brenda estonteante piscavam no placar acima da cabeça dos torcedores. Começaram a tocar música em alto volume. Músicas que estavam entre as mais tocadas na rádio, como Zuckerman queria. Ele fora generoso com os ingressos de cortesia. Spike Lee estava num lugar bem próximo da quadra, assim como Jimmy Smits, Rosie O'Donnel, Woody Allen, Sam Waterston e Rudy Giuliani. Vários ex-apresentadores da MTV faziam caretas para as câmeras, desesperados para serem vistos. Modelos com óculos de armação fina, fazendo um tremendo esforço para parecerem bonitas e intelectuais.

Todos queriam ver o último fenômeno de Nova York: Brenda Slaughter.

Aquela seria a sua noite, sua chance de brilhar na quadra dos profissionais. Myron pensava ter entendido o motivo da insistência de Brenda para disputar o jogo de abertura da temporada, mas na verdade não tinha. Aquilo era mais do que um jogo. Mais que seu amor por basquete. Mais que um tributo. Aquilo era história. Brenda entendera isso. Naquela época de superastros desgastados, ela se comprazia com a chance de ser um modelo para outras pessoas e moldar crianças impressionáveis. Piegas, mas era isso mesmo. Myron parou por um instante e olhou para a imensa tela eletrônica acima de sua cabeça: a Brenda ampliada digitalmente avançava para a cesta, um rosto que era a própria imagem da determinação, o corpo e os movimentos ferozmente esplêndidos, graciosos e resolutos.

Myron voltou a correr. Saiu da quadra, desceu uma rampa e alcançou a sala de imprensa, seguido por Win. Myron abriu a porta e deparou com Maureen McLaughlin e Dan Tiles. Ao lado dos detetives, com suas roupas excêntricas, Norm parecia Janis Joplin atuando em *Miami Vice.*

Tiles consultou o relógio de forma ostensiva.

– Que rapidez.

Ele devia estar sorrindo sob aquelas moitas que faziam as vezes de bigode.

– Ela está aqui? – perguntou Myron.

Maureen deu um sorriso de fingida solidariedade.

– Por que não se senta, Myron?

Myron a ignorou e se voltou para Zuckerman.

– Brenda apareceu?

– Não – disse ele.

Win entrou na sala. Tiles atravessou a sala e lançou a ele o olhar perscrutador do sujeito durão. Win não se incomodou.

– Quem é esse? – perguntou Tiles.

Win apontou para o rosto de Tiles.

– Seu bigode está sujo de comida. Parece que são ovos mexidos.

– O que eles estão fazendo aqui? – perguntou Myron a Zuckerman

– Sente-se, Myron – falou Maureen. – Precisamos conversar.

Myron lançou um olhar a Win, que assentiu e se aproximou de Norm, passando um braço em volta de seus ombros. Os dois foram para um canto.

– Sente-se – repetiu Maureen, com uma ligeira rispidez.

Myron obedeceu. Maureen acomodou-se, encarando-o o tempo todo. Tiles continuou de pé, fuzilando Myron com os olhos. Ele era um daqueles idiotas que acreditam que ficar em um nível acima de outra pessoa intimida.

– O que aconteceu? – perguntou Myron.

– Por que não nos conta, Myron? – indagou Maureen.

– Não tenho tempo para isso, Maureen. Por que vocês estão aqui?

– Estamos à procura de Brenda Slaughter. Você sabe onde ela está?

– Não. Por que vocês a estão procurando?

– Gostaríamos de lhe fazer umas perguntas.

– E vocês acharam que a melhor hora para fazer isso é logo antes do jogo mais importante da vida dela?

Maureen e Tiles trocaram um olhar ostensivo. Myron viu que Win ainda estava cochichando com Zuckerman.

Tiles resolveu intervir:

– Quando você viu Brenda Slaughter pela última vez?

– Hoje.

– Onde?

Seria uma perda de tempo explicar.

– Não tenho que responder a suas perguntas, Tiles. Nem Brenda. Eu sou o advogado dela, lembra? Se você tiver alguma coisa para dizer, fale comigo. Se não, pare de tomar meu tempo.

O bigode de Tiles pareceu encurvar-se, parecendo um sorriso.

– Ah, temos uma coisa, espertinho.

Myron não gostou do modo como ele disse aquilo.

– Sou todo ouvidos.

Maureen inclinou-se para a frente com um olhar sério.

– Obtivemos um mandado de busca e apreensão para o alojamento de Brenda Slaughter. – Seu tom de voz agora era bem policial. – Encontramos no local uma arma, um Smith & Wessson .38, o mesmo calibre que matou Horace Slaughter. Estamos esperando o resultado de um teste de balística para saber se é a arma do crime.

– Há impressões digitais? – perguntou Myron.

Maureen negou com um gesto de cabeça.

– Está limpa.

– Mesmo que seja a arma do crime, é óbvio que foi plantada.

Maureen pareceu intrigada.

– Como você sabe, Myron?

– Ora, Maureen, por que ela iria limpar a arma e deixá-la num lugar onde você poderia achá-la?

– Estava escondida debaixo do colchão dela.

Win afastou-se de Norm e começou a falar ao celular. Alguém atendeu. Win manteve a voz em tom baixo.

Myron deu de ombros, fingindo indiferença.

– É só isso que vocês têm?

– Não tente nos impedir, seu babaca – interveio Tiles novamente. – Nós temos um motivo: ela temia o pai a ponto de requerer uma ordem de restrição. Encontramos a arma do crime escondida debaixo de seu colchão. E ela está claramente foragida. É um porrilhão de coisas mais do que suficientes para prendê-la.

– Então é por isso que vocês estão aqui? Para prendê-la?

Mais uma vez Maureen e Tiles trocaram um olhar.

– Não – respondeu Maureen, pronunciando a palavra como se tivesse dificuldade em falar. – Mas gostaríamos muito de conversar com ela de novo.

Win desligou o telefone e chamou Myron com um aceno de cabeça.

Myron se pôs de pé.

– Com licença.

– Cacete! – praguejou Tiles.

– Preciso conversar por um instante com meu sócio. Volto logo.

Myron e Win se meteram num canto. Tiles abaixou as sobrancelhas a meio mastro e apoiou os punhos na cintura. Por um instante, Win encarou Tiles, que manteve a carranca. Win enfiou os polegares nos ouvidos, pôs a língua para fora e abanou as mãos. Tiles não imitou o gesto.

Win relatou tudo depressa e em voz baixa:

– Segundo Norm, Brenda recebeu um telefonema quando estava no treino. Ela atendeu à chamada e saiu correndo. O ônibus da equipe esperou durante algum tempo, mas Brenda não apareceu. O ônibus partiu e a treinadora assistente esperou com o carro dela. Ela ainda está no local do treino. Isso é só o que Zuckerman sabe. Então eu liguei para Arthur Bradford. Ele sabia do mandado de busca e apreensão. Afirmou que, quando vocês dois fizeram o acordo para proteger Brenda, o mandado já tinha sido concedido e a arma fora encontrada. Ele entrou em contato com amigos influentes, que concordaram em ir bem devagar com a Srta. Slaughter.

Myron assentiu. Aquilo explicava o modo um tanto diplomático de

Maureen e Tiles, que morriam de vontade de prendê-la, mas eram contidos por seus superiores.

– Mais alguma coisa?

– Arthur estava muito preocupado com o desaparecimento de Brenda.

– Aposto que sim.

– Bradford quer que você ligue para ele imediatamente.

– Bem, nem sempre a gente consegue o que quer. – Myron olhou para os dois detetives. – Tudo bem, tenho que dar o fora daqui.

– Você tem algo em mente?

– O detetive de Livingston. Um cara chamado Wickner. Ele quase abriu o bico no campo da liga infantil.

– E você acha que dessa vez ele vai abrir o bico?

– Acho.

– Quer que eu o acompanhe?

– Não, eu cuido disso. Preciso que você fique aqui. Maureen e Tiles não podem legalmente me deter, mas talvez tentem. Dê uma enrolada neles para mim.

Win quase sorriu.

– Sem problema.

– Procure também o cara que atendeu ao telefone no treino. Quem ligou para Brenda deve ter se identificado. Talvez uma companheira de equipe ou uma treinadora tenha visto alguma coisa.

– Vou tratar disso. – Win deu a Myron a metade da cédula rasgada e as chaves de seu carro. Ele apontou para o próprio celular. – Mantenha a linha aberta.

Myron não se preocupou com despedidas e saiu de repente da sala. Ele ouviu Tiles gritar "Pare! Filho de uma..." e pôs-se a correr atrás dele. Win se interpôs, bloqueando-lhe o caminho. Tiles começou a praguejar, mas Win fechou a porta na cara dele. Myron continuou correndo.

Uma vez na rua, Myron entregou a outra metade da nota para o policial e pulou dentro do Jaguar. Obteve o número da casa de Eli Wickner à beira do lago pelo serviço telefônico de informações. Myron ligou. Wickner atendeu ao primeiro toque.

– Brenda Slaughter está desaparecida – informou-lhe Myron.

Silêncio.

– Precisamos conversar, Eli.

– Sim – concordou o detetive aposentado. – Acho que sim.

capítulo 32

A VIAGEM DUROU UMA HORA. Àquela altura, já era noite fechada e a área circunvizinha ao lago parecia ainda mais escura, como sempre ocorre em lugares assim. Não havia postes de iluminação. Myron desacalerou. A velha estrada era estreita e apenas parcialmente pavimentada. No final dela, seus faróis revelaram uma placa de madeira em forma de peixe em que se lia OS WICKNERS. Myron lembrou-se da Sra. Wickner. Era ela quem supervisionava a barraca de comida do campo da liga infantil. Os cabelos aloirados tinham sofrido tantos tratamentos que pareciam palha e sua risada era um som profundo, que parecia vir do fundo da garganta. O câncer de pulmão a levara dez anos atrás. Eli Wickner refugiara-se em seu chalé sozinho.

Myron entrou na estradinha de acesso à casa. Os pneus esmagaram o cascalho. Luzes se acenderam, provavelmente devido a um sensor de movimento. Myron parou o carro e andou em meio à noite mergulhada em silêncio. O chalé de dois andares era bonito e ficava na beira-d'água, onde havia alguns barcos. Myron apurou os ouvidos, tentando escutar chapinhar, mas não havia nenhum som. O lago era incrivelmente calmo, como se alguém tivesse posto uma tampa de vidro para servir de proteção durante a noite. Luzes esparsas brilhavam na superfície glacial, imóveis e sem oscilação. A lua pendia do céu como um brinco frouxo. Morcegos alinhavam-se num galho de árvore como guardas da rainha da Inglaterra em miniatura.

Myron apressou-se até a porta da frente. Havia luzes acesas dentro da casa, mas Myron não viu nenhum movimento. Ele bateu à porta. Nenhuma resposta. Bateu novamente. Então sentiu o cano da espingarda encostado na nuca.

– Não se vire – ordenou Eli.

Myron obedeceu.

– Você está armado?

– Sim.

– Fique contra a parede com as pernas abertas. E não me faça atirar em você, Myron. Você sempre foi um bom menino.

– Não há necessidade de arma, Eli. – Era uma bobagem dizer aquilo, claro, mas ele estava pensando em Win, que ouvia do outro lado da linha, através do celular conectado ao seu.

Myron fez um cálculo rápido: se ele levou uma hora para chegar ali, Win talvez levasse meia hora.

Ele precisava enrolar para ganhar tempo.

Enquanto Wickner o revistava, Myron sentiu cheiro de álcool, o que não era bom sinal. Myron pensou em tentar uma reação, mas Wickner era um policial experiente e ele estava em uma posição desvantajosa.

Wickner achou o revólver de Myron imediatamente, deixou as balas caírem no chão e colocou a arma no bolso.

– Abra a porta – mandou Wickner.

Myron girou a maçaneta e Wickner lhe deu uma leve cutucada. Myron entrou. Seu coração desceu-lhe aos joelhos. O medo apertou-lhe a garganta, dificultando a sua respiração. A sala era decorada como chalés típicos de pesca: animais empalhados acima da lareira, paredes com lambris de madeira, um pequeno bar com pia e torneira para preparar coquetéis, cadeiras confortáveis, uma grande pilha de achas para a lareira, um carpete gasto de cor bege. O que ele não esperava, naturalmente, eram pegadas vermelho-escuras de botas formando uma trilha sobre o fundo bege.

Sangue. Sangue fresco que empesteava a sala com um cheiro de ferrugem.

Myron voltou-se para olhar Wickner, que manteve distância. A espingarda apontava para o peito de Myron. O alvo mais fácil. Os olhos de Wickner estavam um pouco arregalados e mais avermelhados do que no campo da liga infantil. Sua pele parecia pergaminho. Em sua face direita, viam-se veias semelhantes a uma teia de aranha. Devia haver veias iguais no lado esquerdo, mas era difícil dizer devido à mancha de sangue que a cobria.

– Você? – Wickner continuou em silêncio. – O que está acontecendo, Eli?

– Entre no quarto dos fundos.

– Você não quer fazer isso.

– Eu sei disso, Myron. Agora vire-se e comece a andar.

Myron seguiu as marcas de sangue como se elas tivessem sido pintadas ali exatamente para aquilo, uma espécie de guia rodoviário macabro. As paredes eram cobertas de fotos de equipes da liga infantil, sendo que as mais antigas tinham mais de trinta anos. Em todas as imagens, Wickner aparecia com seus jovens pupilos, orgulhoso, sorrindo à luz intensa do sol de um dia claro. Em faixas exibidas por meninos na primeira fila, liam-se nomes de patrocinadores. As crianças estreitavam os olhos e exibiam sorrisos banguelas, às vezes congeladas durante movimentos. No geral, todas pareciam iguais. Era impressionante como, ao longo dos últimos trinta anos, os meninos tinham mudado tão pouco. Mas Eli envelhecera, claro. As fotografias iam lhe tirando anos de vida; o efeito era um tanto bizarro.

Eles se dirigiram ao quarto dos fundos. Uma espécie de escritório. Havia mais fotos nas paredes. Wickner ganhando o troféu da Grande Liga de Livingston. O corte da faixa na inauguração da barreira com seu nome. Wickner com seu uniforme policial ao lado do ex-governador Brendan Byrne. Wickner recebendo o prêmio Raymond J. Clarke de Policial do Ano. Algumas placas e troféus e bolas de beisebol em suportes. Um documento emoldurado intitulado "O que treinar significa para mim", que lhe foi oferecido por uma de suas equipes. E mais sangue.

O medo envolveu Myron, gélido, pressionando-o cada vez mais.

A um canto do chão, de costas, com os braços estendidos como se estivesse esperando a crucificação, estava Roy Pomeranz. Sua camisa dava a impressão de ter recebido um banho de melaço. Os olhos mortos estavam abertos, vidrados e encovados.

– Você matou o seu parceiro – disse Myron.

Novamente, para avisar a Win. Para o caso de ele chegar tarde demais. Para a posteridade, para incriminar Wickner ou algum absurdo do gênero.

– Há menos de dez minutos – falou Wickner.

– Por quê?

– Sente-se, Myron. Bem aí, se não se incomoda.

Myron acomodou-se numa cadeira grande de ripas.

Mantendo a arma apontada para o peito de Myron, Wickner se postou do outro lado de uma escrivaninha. Abriu uma gaveta, jogou a arma de Myron dentro dela, depois atirou para Myron um par de algemas.

– Algeme-se você mesmo no braço da cadeira. Não quero ter o trabalho de vigiar você.

Myron olhou em volta. Aquele era um momento crucial. Uma vez algemado, não haveria mais chance. Ele procurou uma forma de sair da enrascada. Não havia. Wickner estava muito longe e uma escrivaninha os separava. Myron viu um abridor de cartas no móvel. Ah, certo, claro que ele conseguiria lançá-lo como um herói de artes marciais e atingir a jugular do policial. Bruce Lee ficaria muito orgulhoso.

Como se tivesse lido seus pensamentos, Wickner levantou um pouco a arma.

– Coloque as algemas agora, Myron.

Não havia saída. Ele tinha que ganhar tempo. E torcer para que Win chegasse logo. Myron fechou a algema no punho esquerdo, depois fechou a outra no braço da pesada cadeira.

Os ombros de Wickner se abaixaram, relaxando um pouco.

– Eu devia ter imaginado que eles tinham grampeado o telefone.

– Eles quem?

Wickner parecia não ouvi-lo.

– O negócio é o seguinte: você não pode se aproximar desta casa sem que eu saiba. Esqueça o cascalho aí fora. Tenho sensores de movimento por toda parte. As luzes se acendem como em uma árvore de Natal se você se aproxima da casa vindo de qualquer direção. Uso isso para espantar os animais, para que eles não venham fuçar o lixo. Mas, veja bem, eles sabiam disso. Então mandaram alguém em quem eu iria confiar. Meu velho parceiro.

– Você está dizendo que Pomeranz veio aqui para matá-lo? – perguntou Myron para que ele continuasse falando.

– Não há tempo para perguntas, Myron. Você queria saber o que aconteceu. Agora vai saber. E então... – Ele desviou a vista e o resto da frase evaporou-se antes de lhe chegar aos lábios. – A primeira vez que encontrei Anita Slaughter foi no ponto de ônibus na esquina da Northfield Avenue, onde ficava a escola Roosevelt. – Sua voz passara a um tom monótono próprio de policiais, quase como se estivesse lendo um relatório pela segunda vez. – Tínhamos recebido um telefonema anônimo de alguém que estava numa cabine telefônica em frente à casa de Sam, do outro lado da rua. Me disseram que uma mulher sofrera um corte profundo e estava sangrando. Ou melhor, que uma mulher *negra* estava sangrando. O único lugar onde se viam negras era nos pontos de ônibus. Elas vinham fazer faxina nas casas ou simplesmente não vinham. Naquele tempo, se elas estivessem ali por outro motivo, bem... nós lhes mostrávamos que tinham errado o caminho e as levávamos para o ônibus.

Wickner fez uma pausa e prosseguiu:

– Enfim, eu estava na radiopatrulha e recebi a ligação. Ela estava mesmo sangrando muito. Alguém lhe dera uma tremenda surra. Mas o que me impressionou logo de cara foi que a mulher era linda. Preta feito carvão, mas mesmo com todos aqueles arranhões na cara, era simplesmente estonteante. Perguntei-lhe o que aconteceu, mas ela não quis me dizer. Imaginei que se tratasse de uma briga doméstica. Um arranca-rabo com o marido.

Não gostei daquilo, mas naquela época ninguém interferia. Caramba, não é muito diferente hoje em dia. De todo modo, insisti em levá-la ao hospital St. Barnabas. Eles a remendaram. Ela estava muito abalada, mas no geral passava bem. Os arranhões eram muito profundos, como se tivesse sido atacada por um gato. Mas fiz minha parte e esqueci toda a história... até três semanas depois, quando recebi o telefonema sobre Elizabeth Bradford.

Um relógio de parede tocou e o som ecoou pela casa. Eli abaixou a espingarda e desviou o olhar. Myron analisou o punho algemado: estava bem preso. A cadeira era pesada. Nenhuma chance.

– A morte dela não foi um acidente, não é, Eli?

– Não. Elizabeth Bradford se matou.

Wickner pegou uma velha bola de beisebol na escrivaninha e a fitou como se fosse uma cigana lendo a sorte. Uma bola da liga infantil, onde se viam assinaturas meio canhestras de meninos de 12 anos.

– Foi em 1973 – comentou com um sorriso que exprimia dor. – O ano em que ganhamos o campeonato estadual. Um puta time. – Ele largou a bola. – Adoro Livingston. Dediquei minha vida a essa cidade. Mas em todos os lugares bons há uma família Bradford. Para ficar mais tentador, acho. Como a serpente no Jardim do Éden. Começa com pequenas coisas, sabe? Você dispensa um cartão de estacionamento. Então você os vê dirigindo em alta velocidade e faz vista grossa. Como eu disse: pequenas coisas. Eles não o subornam abertamente, mas têm lá seu jeito de lidar com as pessoas. Eles começam lá de cima. Você prende um Bradford por dirigir embriagado, alguém acima de você o solta e você recebe uma punição não oficial. E outros policiais ficam putos porque os Bradfords nos deram ingressos para um jogo dos Giants. Ou então nos bancam umas atividades recreativas no fim de semana. Coisas desse tipo. Mas no fundo sabemos que aquilo é errado. Tentamos nos justificar, mas a verdade é que erramos. Eu errei. – Ele fez um gesto em direção à massa de carne no chão. – E Roy errou. Eu sempre soube que um dia receberíamos o troco. Só não sabia quando. Então você me deu um tapinha no ombro no campo, e... bem, fiquei sabendo. – Wickner se interrompeu e sorriu. – Estou fugindo do assunto, não é?

Myron deu de ombros.

– Não estou com pressa.

– Infelizmente, eu estou. – Mais um sorriso que deu um aperto no coração de Myron. – Eu estava lhe falando sobre a segunda vez que encontrei Anita Slaughter. Como eu disse, foi no dia em que Elizabeth Bradford se suicidou. Uma mulher que se identificou como empregada ligou para a delegacia às seis da manhã. Só ao chegar é que fiquei sabendo que era Anita. Roy e eu estávamos no meio da investigação quando o velho nos chamou para aquela biblioteca extravagante. Você já a viu? A biblioteca dentro do silo?

Myron assentiu.

– Os três estavam lá: o velho, Arthur e Chance. Ainda com aqueles elegantes pijamas de seda, roupões de banho, pelo amor de Deus. O velho nos pediu um pequeno favor. Foi assim que ele chamou. Um pequeno favor. Como se estivesse nos pedindo para ajudar a mudar o piano de lugar. Ele queria que, em nosso relatório, a morte fosse atribuída a um acidente. Por causa da reputação da família. O velho Bradford não era grosso e estúpido o bastante para nos dar uma soma de dinheiro em troca disso, mas deixou claro que haveria uma boa recompensa. Roy e eu pensamos: Que mal há nisso? Acidente ou suicídio... a longo prazo, quem realmente se importa? Esse tipo de coisa sofre mudanças o tempo todo. Nada de mais, certo?

– Você acreditou neles? – disse Myron.

A pergunta tirou Wickner do seu estado de entorpecimento.

– Como assim?

– Você acreditou que foi suicídio?

– Foi suicídio, Myron. Anita Slaughter confirmou isso.

– Como?

– Ela viu o momento.

– Você quer dizer que ela achou o corpo.

– Não, quero dizer que ela viu Elizabeth pular.

Myron ficou surpreso.

– Segundo Anita Slaughter – continuou Wickner –, ela chegou ao trabalho, subiu a entrada para carros, viu Elizabeth Bradford sozinha, de pé na borda da varanda, e a testemunhou mergulhar de cabeça.

– Anita pode deve ter sido instruída a dizer isso.

Wickner balançou a cabeça.

– Negativo.

– Como você pode ter tanta certeza?

– Porque Anita fez essa declaração *antes* de conversar com os Bradfords, tanto ao telefone quanto ao chegarmos à casa. A maioria dos Bradfords ainda estava se levantando da cama. Quando a manipulação dos fatos começou, Anita mudou sua versão. Foi então que ela inventou a história de que encontrou o corpo.

Myron franziu a testa.

– Não estou entendendo. Por que mudar a hora do salto? Que diferença faria?

– Acho que eles queriam fazer acreditar que acontecera à noite, para tornar mais plausível a história do acidente. Uma mulher que escorrega na varanda molhada tarde da noite é uma versão mais fácil de engolir que às seis da manhã.

Myron refletiu sobre aquilo. E não ficou satisfeito.

– Não havia sinais de luta – prosseguiu Wickner. – Havia até um bilhete.

– O que ele dizia?

– Nada que fizesse sentido. Na verdade, nem me lembro. Os Bradfords o guardaram. Alegaram que se tratava de algo confidencial. Pudemos confirmar que se tratava da letra dela. Foi a única coisa com que me preocupei.

– Você registrou em seu relatório que Anita ainda tinha marcas da agressão que sofrera antes. – Wickner fez que sim. – Então você devia estar desconfiado.

– Desconfiado de quê? É verdade que eu fiquei pensando naquilo. Mas não vi nenhuma relação com o caso. Uma empregada leva uma surra três semanas antes do suicídio da patroa. O que uma coisa tem a ver com a outra?

Myron aquiesceu devagar. Fazia sentido. Ele consultou o relógio atrás da cabeça de Wickner. Mais quinze minutos, ele calculou. E Win teria que se aproximar com todo o cuidado. Avançar esquivando-se dos sensores de movimento iria levar tempo. Myron respirou fundo. Win iria conseguir. Ele sempre conseguia.

– E tem mais – disse Wickner.

Myron olhou para ele e esperou.

Eu vi Anita Slaughter uma última vez. Nove meses depois. No Holiday Inn.

Myron se deu conta de que estava prendendo a respiração. Wickner pôs a espingarda na escrivaninha, bem longe do alcance de Myron, pegou uma garrafa de uísque, tomou uma boa golada e empunhou a espingarda novamente.

Ele a apontou para Myron.

– Você deve estar se perguntando por que estou lhe contando tudo isso – falou Wickner com a voz mais pastosa.

A boca da arma parecia ficar cada vez maior, uma boca escura e raivosa, querendo engoli-lo inteiro.

– Isso me passou pela cabeça – admitiu Myron.

Wickner sorriu. Então, soltou um grande suspiro, abaixou um pouco a arma e continuou:

– Eu não estava de plantão naquela noite. Roy também não. Ele ligou para a minha casa e avisou que os Bradfords precisavam de um favor. Eu retruquei que os Bradfords podiam ir para o inferno, eu não era segurança deles. Mas aquilo não passava de fanfarronada. Enfim, Roy ordenou que eu vestisse o uniforme e fosse encontrá-lo no Holiday Inn. Eu fui, é claro. A gente se encontrou no estacionamento. Perguntei a Roy o que estava acontecendo. Ele respondeu que um dos rapazes da família Bradford tinha aprontado de novo. "Aprontou como?", questionei. Roy não sabia dos detalhes. Era um rolo com uma garota. Ele se embebedara ou se enchera de drogas. Uma coisa assim. Entenda que isso aconteceu vinte anos atrás. Termos como estupro ainda não existiam naquela época. Você vai para um quarto de hotel com um cara... Bem, digamos somente que acontece o que acontece. Não estou defendendo isso. Estou só dizendo que foi assim.

Wickner respirou fundo e prosseguiu:

– Perguntei o que queriam que fizéssemos. Roy explicou que bastava a gente isolar a área próximo à porta. Veja, está havendo uma festa de casamento e uma grande convenção. O hotel estava cheio de gente e o quarto estava num lugar bem visível. Então eles precisavam que nós mantivéssemos as pessoas longe dali, para que pudessem arrumar a bagunça, fosse qual fosse, que houvesse por lá. Roy e eu nos colocamos cada um num dos extremos do corredor. Não gostei daquilo, mas acho que não havia muita escolha. O que eu ia fazer, denunciá-los? Os Bradfords já tinham posto as garras em mim. O suborno para ajeitar a história do suicídio viria a público. Assim como tudo o mais. E não só coisas referentes a mim, mas também aos colegas da corporação. Os policiais reagem de forma esquisita quando são ameaçados. – Ele apontou para o chão. – Veja o que Roy estava querendo fazer com seu próprio parceiro.

Myron assentiu.

– Limpamos o chão. E eu vi o assim chamado expert do Velho Bradford. Um sujeitinho horripilante. Ele me aterrorizou. Sam Sei-lá-o-quê.

– Sam Richards.

– É, isso mesmo, Richards. É esse cara mesmo. Ele me veio com a mesma conversa de antes. Garota-problema. Nada com que se preocupar. Ele iria dar um jeito. A garota estava um pouco trêmula, mas eles a remendaram e lhe deram um dinheiro. E tudo iria desaparecer. É assim que funciona com os ricos. O dinheiro limpa todas as sujeiras. A primeira coisa que esse tal Sam fez foi carregar a moça para longe dali. Eu não deveria ter visto a cena. Eu deveria ter ficado no fim do corredor. Sam a envolveu num lençol e carregou-a no ombro como um bombeiro. Mas, por uma fração de segundo, eu vi seu rosto. E sabia de quem se tratava. Anita Slaughter. Seus olhos estavam fechados. Ela jazia no ombro dele como um saco de aveia.

Wickner tirou do bolso um lenço xadrez, desdobrou-o com todo cuidado e assoou o nariz como se estivesse limpando um para-lama. Então, tornou a dobrá-lo e o pôs no bolso.

– Não gostei do que vi. Corri até Roy e falei a ele que tínhamos de impedir aquilo. Roy perguntou como iríamos explicar nossa presença ali. O que iríamos dizer? Que estávamos ajudando Bradford a encobrir um pequeno crime? Ele tinha razão, claro. Não podíamos fazer nada. Voltei ao fim do corredor. Sam estava de novo no quarto. Ouvi-o usando um aspirador de pó. Sem nenhuma pressa, ele limpou todo o quarto. Fiquei dizendo a mim mesmo que aquilo não era nada de mais. Ela não passava de uma negra de Newark. Diabo, todas elas mexiam com drogas, certo? E ela era linda. Com certeza estava fazendo uma farra com um dos rapazes da família Bradford e a coisa fugiu ao controle. Talvez ela tivesse tido uma overdose. Talvez Sam a levasse para algum lugar, a ajudasse e lhe desse algum dinheiro. Exatamente como tinha dito. Então observei Sam terminar a limpeza. Eu o vi entrar no carro e ir embora com Chance Bradford.

– Chance? Chance Bradford estava lá?

– Sim, Chance era o rapaz que estava encrencado. – Wickner se recostou na cadeira e olhou para a arma. – E esse é o final de minha história, Myron.

– Espere um instante. Anita Slaughter hospedou-se no hotel com a filha. Você a viu lá?

– Não.

– Você tem ideia de onde Brenda está agora?

– Ela com certeza está enrolada com os Bradfords. Como a mãe.

– Me ajude a salvá-la, Eli.

Eli fez que não com a cabeça.

– Estou cansado, Myron. E não tenho mais nada a dizer.

Wickner levantou a espingarda.

– Isso tudo vai vir a público. Mesmo que você me mate, não vai poder esconder essa coisa toda.

– Eu sei – disse ele, mas não abaixou a arma.

– Meu telefone está conectado ao de Win, como se eu estivesse ligando para ele – apressou-se a falar Myron rapidamente. – Meu amigo ouviu cada uma de suas palavras. Mesmo que você me mate...

– Sei disso também, Myron. – Uma lágrima escorreu do olho de Eli, que jogou para Myron uma pequena chave. Para as algemas. – Diga a todos que lamento muito.

Wickner enfiou a espingarda na boca. Myron tentou pular da cadeira, mas a algema o impediu. Ele gritou "Não!", mas o som foi abafado pelo tiro. Morcegos guincharam e esvoaçaram. Então, tudo ficou em silêncio novamente.

capítulo 33

WIN CHEGOU POUCOS MINUTOS DEPOIS. Ele olhou para os dois corpos e comentou:

– Tudo limpo.

Myron permaneceu calado.

– Você tocou em alguma coisa?

– Já passei um pano.

– Um pedido – disse Win.

Myron o encarou.

– Na próxima vez que uma arma for disparada em circunstâncias semelhantes, fale alguma coisa imediatamente. Um bom exemplo pode ser "Eu não morri".

– Na *próxima* vez? – perguntou Myron.

Eles saíram do chalé e se dirigiram a um supermercado aberto 24 horas. Myron estacionou o Taurus e entrou no Jaguar com Win.

– Para onde? – perguntou Win.

– Você ouviu o que Wickner contou?

– Ouvi.

– O que você acha disso?

– Ainda estou processando tudo. Mas não há dúvida de que a resposta está nas Fazendas Bradford.

– E provavelmente Brenda.

– Sé é que ela ainda está viva.

– Então é para lá que vamos.

– Resgatar a bela donzela da torre?

– Se ela ainda estiver lá. E não podemos chegar atirando. Alguém pode entrar em pânico e matá-la. – Myron pegou o telefone. – Arthur Bradford quer ser informado das novidades. Acho que vou lhe contar uma. Agora. Pessoalmente.

– Eles vão tentar matar você.

– É aí que você entra.

Win sorriu.

– Seu puto.

Sua expressão da semana.

Eles entraram na Rodovia 80 e rumaram para o leste.

– Deixe-me expor algumas ideias a você – disse Myron.

Win fez um gesto de concordância: ele estava acostumado àquele jogo.

– Anita Slaughter é agredida. Três semanas depois ela testemunha o suicídio de Elizabeth Bradford. Passam-se nove meses. Ela foge de Horace. Limpa a conta no banco, pega a filha e se esconde no Holiday Inn. É aí que as coisas ficam confusas. Sabemos que Chance e Sam aparecem lá. Sabemos que eles acabam levando uma Anita ferida do hotel. Sabemos também que pouco antes de Anita ligar para Horace e lhe pedir que pegasse Brenda... – Myron se interrompeu e encarou Win. – Que horas teria sido isso?

– Como?

– Anita ligou para Horace e lhe pediu que pegasse Brenda. Isso só pode ter sido antes de Sam chegar ao local, certo?

– Sim.

– Mas Horace contou a Mabel que Anita ligou para ele. Talvez Horace estivesse mentindo. Quero dizer, por que Anita ligaria para Horace? Não faz o menor sentido. Ela está fugindo do cara, levou todo o dinheiro dele. Então por que ligar para Horace e entregar seu paradeiro? Ela devia telefonar para Mabel, por exemplo, mas nunca para Horace.

– Continue.

– Suponhamos... suponhamos que estejamos interpretando tudo errado. Esqueça os Bradfords por um momento. Veja as coisas do ponto de vista de Horace. Ele chega em casa e encontra o bilhete. Talvez até descubra que seu dinheiro sumiu. Ele fica furioso. Então suponhamos que Horace tenha localizado Anita no Holiday Inn. Suponhamos que ele tenha ido lá para recuperar a filha e o dinheiro.

– À força – acrescentou Win.

– Sim.

– Então ele matou Anita?

– Matou, não. Mas talvez a tenha espancado, dando-a como morta. De todo modo, ele leva de volta Brenda e o dinheiro. Horace liga para a irmã e conta uma mentira.

Win franziu a testa.

– E aí? Anita se esconde de Horace durante vinte anos, deixa que ele crie sua filha sozinho, porque estava com medo dele?

– Talvez – respondeu Myron, mas não satisfeito.

– Se eu acompanhar sua lógica, vinte anos depois, Anita se dá conta de que Horace está à sua procura. Então foi ela quem o matou? Um confronto final? Mas quem pegou Brenda? E por quê? Ou estaria Brenda de conluio com a mãe? E como os Bradfords entram nessa história toda? Por que eles ficariam preocupados em encobrir o crime de Horace? E, antes de mais nada, por que Chance estava no hotel naquela noite?

– Há furos nessa história – reconheceu Myron.

– Há furos de proporções gigantescas.

– Tem outra coisa que eu não entendo: se os Bradfords grampearam o telefone de Mabel durante todo esse tempo, por que não conseguiram localizar a origem das ligações de Anita?

Win matutou sobre aquilo.

– Talvez eles o tenham conseguido.

Silêncio. Myron ligou o rádio. O jogo estava no segundo tempo. O New York Dolphins estava sendo massacrado. Os locutores especulavam sobre o paradeiro de Brenda Slaughter. Myron abaixou o volume.

– Ainda estamos deixando de ver alguma coisa.

– Sim, mas estamos chegando perto.

– Então mantemos a decisão de ir atrás dos Bradfords.

Win aquiesceu.

– Abra o porta-luvas. Arme-se como um tirano paranoico. A coisa pode ficar feia.

Myron não discutiu. Ligou para a linha particular de Arthur, que atendeu já no meio do primeiro toque.

– Você encontrou Brenda? – perguntou Bradford.

– Estou a caminho de sua casa.

– Quer dizer que a encontrou?

– Estarei aí em quinze minutos. Avise aos seus guardas.

Myron desligou.

– Curioso.

– O quê?

E então Myron teve um estalo. Não aos poucos, mas de repente. Uma tremenda avalanche o soterrou de uma só vez. Com a mão trêmula, Myron discou outro número no celular.

– Norm Zuckerman, por favor. Sim, eu sei que ele está assistindo ao jogo. Diga-lhe que é Myron Bolitar. Diga-lhe que é urgente e que quero falar com Maureen e Tiles também.

capítulo 34

O GUARDA DAS FAZENDAS BRADFORD voltou uma lanterna para o carro.

– Você está sozinho, Sr. Bolitar?

– Sim.

O portão se ergueu.

– Por favor, siga para a residência principal.

Myron entrou devagar. Seguindo seu plano, ele diminuiu a velocidade na curva seguinte. Silêncio. Então a voz de Win veio pelo telefone:

– Estou fora. – Fora do porta-malas. Saíra tão de mansinho que Myron não ouviu nada. – Vou ficar no mudo. Me informe o tempo todo onde você está.

O plano era simples: Win iria fazer uma busca na propriedade para ver se encontrava Brenda enquanto Myron tentava não morrer.

Ele continuou avançando, com as duas mãos no volante. Parte dele queria ganhar tempo; a maior parte desejava chegar a Arthur imediatamente. Agora ele sabia a verdade. Uma parte dela, pelo menos. O bastante para salvar Brenda.

Talvez.

A propriedade era um breu só, os animais da fazenda estavam silenciosos. A mansão avultava à sua frente, quase flutuando, ligada de forma tênue ao mundo sob ela. Myron estacionou e saiu do carro. Mattius já o esperava à porta. Eram dez da noite, mas o homem ainda exibia a espinha ereta e garbosa de um mordomo. Aguardava em silêncio, com uma paciência quase inumana.

Quando Myron o alcançou, Mattius informou:

– O Sr. Bradford o receberá na biblioteca.

Myron assentiu e, no mesmo instante, foi golpeado na cabeça. Houve um ruído abafado, depois um entorpecimento lhe escureceu a vista, tomando todo o corpo. Seu crânio formigava. Ainda tonto, Myron sentiu um bastão atingir-lhe as coxas. Suas pernas se dobraram, e ele caiu de joelhos.

– Win – ainda conseguiu dizer.

Uma bota o atingiu com toda a força entre as omoplatas. Myron caiu de cara no chão, e o ar foi expulso de seus pulmões. Agora, sentia mãos sobre si. Revistando-o. Tirando-lhe as armas.

– Win – voltou a falar.

– Bela tentativa. – Sam estava de pé acima dele, segurando o celular de Myron. – Mas eu o desliguei.

Dois homens levantaram Myron pelas axilas e arrastaram-no rapidamente para o vestíbulo, depois para o corredor. Myron piscava, tentando controlar a tontura. Sentia o corpo inteiro como um polegar que tivesse recebido uma martelada. Sam andava à sua frente. Ele abriu uma porta e os homens jogaram Myron como um saco. Ele começou a rolar escada abaixo, mas conseguiu interromper a queda antes de atingir o chão.

Sam entrou. A porta se fechou atrás dele.

– Vamos acabar com isso.

Myron sentou-se. Eles estavam nos degraus de um porão.

Sam foi na sua direção e estendeu a mão. Myron segurou-a e se pôs de pé. Os outros homens desceram os degraus restantes.

– Esta parte do porão não tem janelas e é cimentada – informou Sam, como se estivesse mostrando a casa a uma visita. – Portanto, a única maneira de sair daqui é por esta porta. Está entendendo?

Myron fez que sim.

Sam pôs um cigarro entre os lábios.

– Além disso, nós vimos seu amigo pular do porta-malas. Tenho atiradores de elite escondidos naquele lugar. Veteranos da Guerra do Golfo. Se o seu amigo chegar perto da casa, ele está frito. Todas as janelas têm alarme. Há também sensores de movimento. Estou em contato, via rádio, com quatro de meus homens, em quatro frequências diferentes.

Ele mostrou a Myron uma espécie de walkie-talkie com um mostrador digital.

– Frequências diferentes – repetiu Myron. – Uau.

– Não disse isso para impressioná-lo, mas para mostrar a estupidez que seria tentar fugir. Entendeu bem?

Myron assentiu.

Eles se encontravam numa adega. Tinha um cheiro forte de carvalho de um... bem, de um Chardonnay envelhecido. Arthur estava lá. Seu rosto assemelhava-se a uma caveira, a pele esticada sobre os ossos da face. Chance também marcava presença, bebericando vinho tinto, examinando a cor, fazendo um grande esforço para parecer indiferente.

Myron deu uma olhada na adega. Montes de garrafas em prateleiras cruzadas, um pouco inclinadas para a frente, para manter as rolhas devidamente úmidas. Um termômetro imenso. Alguns barris, em sua maioria para criar uma atmosfera. Não havia janelas. Nem portas. Nenhuma outra via de acesso. No centro do recinto, se via uma pesada mesa de mogno com um reluzente conjunto de tesouras de poda.

Myron olhou para Sam, que sorriu, ainda empunhando uma arma.

– Pode me considerar intimidado.

Sam deu de ombros.

– Onde está Brenda? – perguntou Arthur.

– Eu não sei – respondeu Myron.

– E Anita? Onde está?

– Por que não pergunta a Chance?

– O quê?

Chance se endireitou.

– Ele está louco.

Arthur se pôs de pé.

– Você só vai sair daqui quando eu me convencer de que não está escondendo algo de mim.

– Ótimo. Então vamos lá, Arthur. Veja bem, eu agi como um bobo nessa história toda. Quero dizer, as pistas estavam todas lá. Os telefones grampeados há muito tempo. Seu grande interesse em tudo isso. A agressão sofrida por Anita antes da tragédia. A invasão do apartamento de Horace e o roubo das cartas de Anita. As mensagens cifradas dizendo a Brenda que entrasse em contato com a mãe. Sam cortando os tendões de aquiles dos meninos. O dinheiro das bolsas de estudo. Mas você sabe o que acabou trazendo tudo à tona?

Chance estava prestes a dizer algo, mas Arthur gesticulou para que ele silenciasse. Ele coçou o queixo com o indicador.

– O quê?

– A hora em que Elizabeth se suicidou – disse Myron.

– Não estou entendendo.

– A hora do suicídio. E, o mais importante, a tentativa que sua família fez de alterá-la. Por que Elizabeth iria querer se matar às seis da manhã, no exato momento em que Anita Slaughter chegava para trabalhar? Coincidência? Possivelmente. Mas então por que todos vocês fizeram o maior esforço para mudar a hora? Elizabeth podia muito bem sofrer o acidente tanto às seis da manhã quanto à meia-noite. Por que mudar o horário?

Arthur manteve as costas eretas.

– Me diga por quê.

– Porque o horário não foi aleatório. Sua mulher se suicidou naquele momento e daquela forma por um motivo. Ela queria que Anita a visse saltar.

Chance fez um muxoxo.

– Isso é ridículo.

– Elizabeth estava deprimida – continuou Myron, olhando diretamente para Arthur. – Não tenho a menor dúvida. E não duvido de que, em certa época, você a amou. Mas isso foi muito antes. Você disse que havia anos ela já não era a mesma. Eu tampouco duvido disso. Mas, três semanas antes do suicídio, Anita foi agredida. Pensei que o responsável fosse um de vocês. Depois, Horace. Porém, os ferimentos mais visíveis eram arranhões. Arranhões profundos. Como os de um gato, segundo Wickner.

Myron encarou Arthur, que parecia se encolher diante dele, sugado pelas próprias lembranças.

– Foi sua mulher quem atacou Anita. Primeiro ela a atacou; três semanas depois, ainda deprimida, suicidou-se na frente dela, porque Anita tinha um caso com seu marido. Foi a gota d'água mental que a destruiu, não foi, Arthur? Como foi que aconteceu? Elizabeth surpreendeu você e Anita. Ela parecia tão alienada que vocês se tornaram menos cuidadosos?

Arthur pigarreou.

– Na verdade, sim. Foi assim que aconteceu. Mas e daí? O que isso tem a ver com a situação atual?

– Seu caso com Anita. Quanto tempo durou?

– Não vejo em que isso possa importar.

Myron o fitou por longo tempo.

– Você é um homem mau. Você foi criado por um homem mau e carrega muito dele. Você provocou grandes sofrimentos. Você chegou a assassinar pessoas. Mas isso não foi uma paixonite, não é? Você a amava, não é, Arthur?

Ele permaneceu calado. Mas algo por trás da fachada começou a ruir.

– Eu não sei como aconteceu. Talvez Anita quisesse deixar Horace. Ou talvez você a tenha estimulado a fazer isso. Não importa. Anita resolveu fugir e começar uma vida nova. Me diga qual era o plano, Arthur. Você ia instalá-la num apartamento? Numa casa fora da cidade? Com certeza nenhum Bradford se casaria com uma negra de Newark.

Arthur emitiu um ruído que era meio zombaria, meio gemido.

– Claro.

– Então o que aconteceu?

Sam recuou vários passos, os olhos saltando da porta do porão para

Myron. De vez em quando, ele cochichava em seu walkie-talkie. Chance se mantinha imóvel, ao mesmo tempo nervoso e aliviado: nervoso com o que estava sendo desencavado, aliviado porque a história nunca iria sair daquele porão. Talvez tivesse razão.

– Anita era minha última esperança. – Arthur forçou um sorriso. – É irônico, não acha? Se você vem de uma família menos privilegiada, você pode culpar o ambiente por suas perversidades. Mas... e quando se trata de uma família onipotente? O que dizer dos que são criados para dominar os outros, para desfrutar do que quiserem? O que dizer dos que são criados para acreditar serem especiais e que os outros não passam de objetos sem valor? O que dizer dessas crianças?

Myron aquiesceu.

– Quando eu ficar sozinho, vou chorar por elas.

Arthur deu uma risadinha.

– É justo. Mas você está enganado. Era eu quem queria fugir. Não Anita. Sim, eu a amava. Quando eu estava com ela, tudo em mim se elevava. Não consigo explicar isso de outra forma.

Ele não precisava fazê-lo: Myron pensou em Brenda e entendeu.

– Eu ia abandonar as Fazendas Bradford – continuou Arthur. – Anita e eu íamos fugir juntos e recomeçar a vida sozinhos. Fugir desta prisão. – Ele tornou a sorrir. – Quanta ingenuidade, não é?

– E o que aconteceu?

– Anita mudou de ideia.

– Por quê?

– Havia outra pessoa.

– Quem?

– Não sei. Deveríamos nos encontrar de manhã, mas Anita não apareceu. Pensei que o marido dela lhe tivesse feito alguma coisa. Fiquei de olho nele. E então recebi um bilhete dela dizendo que queria começar uma nova vida. Sem mim. E ela mandou o anel de volta.

– Que anel?

– O que eu tinha dado para ela. Um anel de noivado não oficial.

Myron olhou para Chance, que ficou calado. Myron continuou a fitá-lo por mais alguns segundos, depois se voltou para Arthur.

– Mas você não desistiu, não é?

– Não.

– Você a procurou. Grampeou telefones. Você os manteve grampeados todos esses anos. Você imaginou que Anita telefonaria para sua família. Você queria estar em condições de localizá-la quando isso acontecesse.

– Sim.

Myron engoliu em seco, esperando que sua voz não falhasse.

– E depois vieram os microfones no quarto de Brenda. E o dinheiro das bolsas de estudo. E os tendões de aquiles cortados.

Silêncio.

Lágrimas enchiam os olhos de Myron e Arthur. Ambos sabiam o que estava por vir. Myron prosseguiu, esforçando-se para manter um tom regular e firme.

– Você colocou os microfones para vigiar Brenda. As bolsas foram criadas por alguém com muito dinheiro e capacidade de lidar com questões financeiras. Ainda que Anita tivesse lançado mão do dinheiro, não saberia encaminhá-lo para as ilhas Cayman. Mas você, sim. E finalmente os tendões de aquiles. Brenda pensou que fora obra do pai. Achava que ele estava sendo superprotetor. E tinha razão. – Mais silêncio. – Eu liguei para Norm Zuckerman e ele me informou o tipo sanguíneo de Brenda que constava dos registros médicos da equipe. A polícia sabia o tipo sanguíneo de Horace, determinado durante a autópsia. Ele não era o pai dela, Arthur. – Myron se lembrou da cor de pele de Brenda, um pouco mais clara que a dos parentes próximos. – É por isso que você estava tão interessado em Brenda. Foi por isso que se dispôs tão depressa a mantê-la fora da prisão. É por isso que está tão preocupado com ela neste momento. Brenda Slaughter é sua filha.

Lágrimas escorriam pelo rosto de Arthur. Ele nada fez para contê-las.

– Horace nunca ficou sabendo, não é? – perguntou Myron.

Arthur negou com um gesto de cabeça.

– Anita engravidou logo no começo de nosso relacionamento. Mas Brenda acabou tendo a pele escura o bastante para não despertar suspeitas. Anita insistiu em que guardássemos segredo. Ela não queria que nossa filha fosse estigmatizada. Ela também... Ela também não queria que nossa filha fosse criada nesta casa. Eu entendi.

– E o que aconteceu com Horace? Por que ele ligou para você vinte anos depois?

– Foram os Aches, tentando ajudar Davison. Não sei como, eles descobriram a origem do dinheiro das bolsas. Acho que através de um dos advogados. Eles queriam me prejudicar na disputa pelo governo do estado e contaram a Slaughter. Acharam que lhe despertariam a ganância e que ele iria seguir a pista do dinheiro.

– Mas ele não estava interessado no dinheiro. Ele queria achar Anita.

– Sim. Ele ligou para mim inúmeras vezes. Foi ao meu comitê eleitoral. Ele não iria desistir. Então fiz com que Sam o desencorajasse.

O sangue no armário.

– Ele foi espancado?

– Mas não com muita violência. Eu queria assustá-lo, não machucá-lo. Muito tempo atrás, Anita me obrigou a prometer que não lhe faria mal. Fiz o que pude para manter essa promessa.

– Sam ficou encarregado de vigiá-lo?

– Sim. Para garantir que ele não iria criar nenhum problema. E, não sei, talvez tivesse esperança de que ele achasse Anita.

– Mas ele fugiu.

– Sim.

Fazia sentido, pensou Myron. Horace estava com o nariz sangrando e foi para o St. Barnabas. Ele se limpou. Sam o assustara, sim, mas apenas o bastante para que ele se escondesse. Ele tirou todo o dinheiro do banco e desapareceu. Sam e Mario o procuraram. Eles seguiram Brenda, visitaram Mabel Edwards e a ameaçaram. Eles verificaram o grampo no telefone dela. Por fim, Horace ligou para ela.

– E então?

– Você matou Horace.

– Não. Nós não o encontramos.

Um furo, pensou Myron. Ele ainda não conseguia explicar algumas coisas.

– Mas você mandou seu pessoal fazer ligações enigmáticas para Brenda.

– Só para ver se ela sabia onde Anita estava. As outras ligações com ameaças partiram dos Aches. Eles queriam achar Horace e finalizar o contrato antes do jogo de abertura.

Aquilo também fazia sentido. Ele se voltou para Chance, que sustentou o seu olhar, exibindo um sorrisinho.

– Você vai contar a ele, Chance?

Chance levantou-se e encarou Myron.

– Você é um homem morto. Tudo o que você fez aqui foi cavar sua própria cova.

– Você vai contar a ele, Chance?

– Não, Myron. – Ele gesticulou em direção às tesouras de poda e inclinou-se ainda mais para perto. – Eu vou ver você sofrer e depois morrer.

Myron recuou a cabeça e atingiu o nariz de Chance em cheio, se contendo no último momento. Se você dá uma cabeçada com toda força, pode matar uma pessoa. Imagine uma bola de demolição de edifícios atingindo o ninho de um passarinho.

De qualquer forma, o golpe foi efetivo. Myron sentiu algo morno e pegajoso no cabelo. Chance caiu para trás, com o nariz esguichando sangue. Os olhos estavam arregalados, exprimindo toda a sua estupefação. Ninguém se mexeu para socorrê-lo. Sam, na verdade, parecia estar sorrindo.

Myron se voltou para Arthur.

– Chance sabia do seu caso, não sabia?

– Sim, claro.

– E ele sabia de seu plano de fuga?

Dessa vez a resposta veio mais lenta.

– Sim, mas o que isso tem a ver?

– Chance tem mentido para você durante vinte anos. E Sam também.

– O quê?

– Acabei de falar com o detetive Wickner. Ele também estava lá naquela noite. Não sei exatamente o que aconteceu. Nem ele sabia. Mas ele viu Sam carregar Anita para fora do Holiday Inn. E viu Chance no carro.

Arthur fuzilou o irmão com os olhos.

– Chance?

– Ele está mentindo.

Arthur sacou um revólver e apontou para o irmão.

– Fale.

Chance ainda tentava estancar o jorro de sangue.

– Em quem você vai acreditar? Em mim ou...

Arthur puxou o gatilho. A bala estourou o joelho de Chance, despedaçando a articulação. O sangue espirrou. Chance gemia de dor. Arthur apontou o revólver para o outro joelho.

– Fale.

– Você estava louco! – gritou Chance, e rilhou os dentes. Seus olhos diminuíram de tamanho, mantendo-se, porém, estranhamente claros. – Você achava mesmo que papai ia deixar você fugir daquele jeito? Você iria arruinar tudo. Tentei fazer com que você visse isso. Falei com você. Como irmão. Mas você não quis me ouvir. Então procurei Anita, só para conversar. Queria que ela visse como aquela ideia era destrutiva. Eu não queria machucá-la. Eu só pensava em ajudar.

O rosto de Chance estava tomado por sangue, mas Arthur tinha um aspecto ainda mais horrível. As lágrimas continuavam a correr livremente, mas ele não chorava. Sua pele estava acinzentada; o rosto, contorcido como uma máscara mortuária; os olhos, transtornados pela raiva.

– O que aconteceu?

– Descobri o número do quarto dela. E, quando entrei lá, a porta estava entreaberta. Juro que Anita já estava daquele jeito. Eu juro, Arthur. Eu não toquei nela. A princípio, pensei que você é que tinha feito aquilo. Que talvez vocês tivessem brigado. Mas, de todo modo, eu sabia que ia dar a maior confusão se aquilo vazasse. Havia questões demais, pontas soltas demais. Então liguei para papai. Ele deu um jeito no resto. Sam veio, limpou o local. Nós pegamos o anel e falsificamos o bilhete. Para que você parasse de procurar.

– Onde ela está agora? – perguntou Myron.

Chance o encarou, confuso.

– De que diabo você está falando?

– Você a levou a um médico? Deu dinheiro a ela? Você...

– Anita estava morta – disse Chance.

Silêncio.

Arthur soltou um gemido pavoroso, primitivo, e tombou no chão.

– Ela estava morta quando eu entrei lá, Arthur. Eu juro.

Myron sentiu seu coração afundar numa lama profunda. Tentou falar, mas as palavras não saíram. Ele olhou para Sam, que assentiu.

– E o corpo dela? – perguntou com muito esforço.

– Quando eu me livro de uma coisa, é para sempre – respondeu Sam.

Morta. Anita Slaughter estava morta. Myron tentou assimilar aquilo. Durante todos aqueles anos, Brenda se sentira desprezada pela mãe sem motivo.

– Então onde está Brenda? – indagou Myron.

A adrenalina estava começando a diminuir, mas Chance ainda conseguiu balançar a cabeça.

– Eu não sei.

Myron lançou um olhar a Sam, que deu de ombros.

Arthur sentou-se, abraçou os joelhos, abaixou a cabeça e começou a chorar.

– Minha perna – disse Chance. – Preciso de um médico.

Arthur não se mexeu.

– Precisamos matá-lo também – continuou Chance, cerrando os dentes. – Ele sabe demais, Arthur. Eu sei que você está sofrendo muito, mas não podemos deixar que ele ponha tudo a perder.

– Ele tem razão, Sr. Bradford – concordou Sam.

– Arthur – chamou Myron, e Bradford levantou a vista. – Eu sou a maior esperança de sua filha.

– Não acho. – Sam apontou o revólver. – Chance tem razão, Sr. Bradford. É arriscado demais. Nós acabamos de admitir que encobrimos um assassinato. Ele deve morrer.

De repente, o walkie-talkie de Sam emitiu um bipe e uma voz soou no minúsculo alto-falante:

– Se eu fosse você, não faria isso.

Win.

Sam olhou para o aparelho franzindo a testa. Ele girou uma chave, mudou de frequência. No mostrador digital vermelho, os números se modificaram e ele apertou o botão para falar.

– Alguém pegou Forster. Vá lá resgatá-lo.

A resposta foi uma tirada à la Steve Austin na abertura de *O homem de 6 milhões de dólares*:

– Não consigo controlar o avião! Ele está caindo!

Sam manteve a calma.

– Quantos rádios você tomou, cara?

– Peguei os quatro, que agora estão em pacotes etiquetados.

Sam soltou um assobio de admiração.

– Ótimo. Agora chegamos a um impasse. Vamos discutir sobre ele.

– Não.

Dessa vez não foi Win quem falou. Mas Arthur Bradford. Ele atirou duas vezes. As balas atingiram o peito de Sam, que caiu no chão, contorceu-se e se imobilizou.

Arthur olhou para Myron.

– Encontre minha filha. Por favor.

capítulo 35

WIN E MYRON VOLTARAM DEPRESSA para o Jaguar. Win assumiu o volante. Myron não perguntou sobre o destino dos quatro homens que estavam com walkie-talkies; pouco se importava com aquilo.

– Vasculhei toda a propriedade. Ela não está aqui.

Myron se pôs a pensar. Ele se lembrou de ter dito ao detetive Wickner, no campo da liga infantil, que não ia parar de investigar. E recordava-se da resposta dele: *Então vai morrer mais gente.*

– Você tinha razão – disse Myron, e Win continuou dirigindo. – Eu não me concentrei no que importava. Forcei demais a barra.

Win continuou calado.

Quando Myron ouviu um toque de celular, estendeu a mão para pegar o seu, esquecendo-se de que Sam o tinha tomado. O telefone de Win é que estava soando e ele atendeu.

Win apenas ouviu durante um minuto, sem balançar a cabeça nem emitir nenhum som. Por fim, agradeceu e encerrou a ligação. Diminuindo a velocidade, parou no acostamento e desligou o carro.

Win voltou-se para Myron; seu olhar tinha o peso de séculos.

Por uma fração de segundo, Myron ficou confuso. Mas só por um instante. Então sua cabeça inclinou-se para um lado e ele soltou um pequeno gemido. Win assentiu. E algo no íntimo de Myron secou e ruiu.

capítulo 36

PETER FRANKEL, UM MENINO de 6 anos de Cedar Grove, Nova Jersey, estava desaparecido havia oito horas. Desesperados, Paul e Missy Frankel, pais do menino, chamaram a polícia. O quintal deles dava para uma área arborizada de reserva de água. Os policiais e os vizinhos formaram equipes de busca, ambas auxiliadas por cães. Todos queriam ajudar.

Não demorou muito até acharem Peter. Pelo visto, o menino entrara num depósito de ferramentas de um vizinho e adormecera lá. Ao acordar, empurrou a porta, mas ela estava emperrada. Peter ficou assustado, claro, mas não muito. Todos se sentiram aliviados. O sinal de alarme de incêndio da cidade tocou, avisando que todos os que o procuravam podiam voltar.

Um cachorro não prestou atenção ao apito. Um pastor-alemão chamado Wally embrenhou-se ainda mais na mata e se pôs a latir fortemente, até que o agente Craig Reed, recém-chegado à divisão de cães, foi ver o que chamara a atenção do animal.

Quando Reed chegou, encontrou Wally latindo sobre um cadáver. Chamaram o legista. A vítima, uma mulher na casa dos 20 anos, estava morta havia menos de 24 horas. Causa da morte: dois tiros à queima-roupa na parte de trás da cabeça.

Uma hora depois, Cheryl Sutton, capitã adjunta do New York Dolphins, identificou o corpo como o de sua companheira de equipe Brenda Slaughter.

◆ ◆ ◆

O automóvel ainda estava parado no mesmo lugar.

– Quero dar uma volta com o carro – falou Myron. – Sozinho.

Win enxugou os olhos com dois dedos e saiu do carro sem dizer uma palavra. Myron se deslocou para o banco do motorista e acelerou. Passou por árvores, carros, semáforos, lojas, casas e até por pessoas que passeavam altas horas da noite. Myron não se preocupou em mudar de direção. O rádio do carro tocava música, mas Myron não se deu o trabalho de desligá-lo. Continuou dirigindo. Imagens de Brenda tentavam se infiltrar, mas Myron se esquivava.

Ainda não.

Quando ele chegou ao apartamento de Esperanza, era uma da manhã. Ela estava sentada sozinha na escada à frente da residência, quase como se o estivesse esperando. Ele parou e ficou no carro. Esperanza se aproximou. Ele notou que ela estava chorando.

– Entre – pediu ela.

Myron balançou a cabeça.

– Win falou em ato de fé – começou ele. Esperanza continuou calada. – Na verdade, eu não entendi o que ele queria dizer. Ele ficou contando suas experiências com famílias. Para Win, o casamento leva ao desastre. Ele tinha visto inúmeras pessoas se casarem e, em quase todos os casos, as pessoas feriam umas às outras. Seria preciso um tremendo ato de fé para que Win mudasse de ideia.

Esperanza o encarou, ainda chorando.

– Você a amava.

Ele fechou os olhos com força por um tempo e os abriu.

– Não estou falando disso. Estou falando de nós. Toda a minha experiência passada me diz que nossa sociedade está fadada ao fracasso. Mas então eu olho para você. Você é a melhor pessoa que conheço, Esperanza. Você é minha melhor amiga. Eu amo você.

– Eu também amo você.

– Você merece o risco. Quero que você fique.

Ela assentiu.

– Ótimo, porque de qualquer forma eu também não consigo ir embora. – Ela se aproximou do carro. – Myron, por favor, entre. Vamos dar uma caminhada, está bem? – Myron se negou. – Eu sei o que ela significava para você.

Novamente, ele fechou bem os olhos.

– Estarei na casa de Win em algumas horas – avisou ele.

– Está bem. Vou esperar por você lá.

Myron foi embora antes que ela pudesse dizer mais alguma coisa.

capítulo 37

QUANDO MYRON CHEGOU AO SEU terceiro destino, eram quatro da manhã. Uma luz ainda estava acesa. Na verdade, não era de surpreender. Ele tocou a campainha. Mabel Edwards abriu a porta usando um robe de veludo sobre uma camisola de dormir. Ela se pôs a chorar e fez menção de abraçá-lo.

Myron recuou.

– Você matou todos. Primeiro Anita. Depois Horace. E agora Brenda.

Ela ficou de queixo caído.

– Você não está falando sério.

Myron sacou o revólver e o encostou na testa da velha.

– Se mentir para mim, eu mato você.

A expressão nos olhos de Mabel passou rapidamente do choque a um frio desafio.

– Você está com escuta, Myron?

– Não.

– Não importa. Você está com um revólver apontado para minha cabeça. Vou dizer o que você quiser.

Myron empurrou-a para dentro de casa com a arma e fechou a porta. A fotografia de Horace continuava no console da lareira. Myron contemplou seu velho amigo por um instante. Então se voltou para Mabel.

– Você mentiu para mim. Desde o começo. Tudo o que você me contou era mentira. Anita não ligou para você. Ela morreu há vinte anos.

– Quem disse isso?

Chance Bradford.

Ela deu um riso de mofa.

– Você não devia acreditar num sujeito como aquele.

– Os grampos nos telefones.

– O que tem?

– Arthur Bradford grampeou seu telefone. Pelos últimos vinte anos. Ele esperava que Anita ligasse para você. Mas todos sabemos que ela não ligou.

– Isso não quer dizer nada. Talvez ele não tivesse conseguido gravar os telefonemas.

– Não acredito. E tem mais. Você me contou que Horace ligou para você quando estava escondido. Ele lhe deu aquele terrível aviso de que não tentasse encontrá-lo. Mas Arthur Bradford tinha seu telefone grampeado. Ele estava procurando Horace. Por que ele não ficou sabendo de nada?

– Acho que, mais uma vez, ele perdeu a ligação.

– Eu acabo de fazer uma visita a um bandido imbecil chamado Mario – continuou Myron. – Eu o surpreendi durante o sono e fiz umas coisas com ele das quais não me orgulho. Quando terminei, Mario reconheceu todo tipo de crime, inclusive o de tentar arrancar informações com seu parceiro magrelo, exatamente como você me descreveu. Mas ele jura que não lhe deu um soco no olho. E eu acredito nele. Porque quem a esmurrou foi Horace.

Brenda o chamara de sexista e ele andara se perguntando sobre as próprias visões racistas. Agora ele percebia a verdade. Seus preconceitos meio latentes voltaram-se contra ele como uma cobra mordendo o próprio rabo. Mabel Edwards. A velha e doce senhora negra. Como a atriz Butterfly McQueen. Miss Jane Pittman. Agulhas de tricô e óculos de leitura. Corpulenta, bondosa, uma espécie de matrona. O mal nunca podia insinuar-se num tipo tão politicamente correto.

– Você disse que se mudou para esta casa logo depois do desaparecimento de Anita. Como uma viúva de Newark podia se dar a esse luxo? Você me contou que seu filho tinha cursado a Faculdade de Direito de Yale. Me desculpe, mas trabalho em meio período também não permite cobrir esse tipo de despesa.

– E daí?

Myron manteve o revólver apontado para ela.

– Desde o princípio você sabia que Horace não era o pai de Brenda, não é? Anita era sua melhor amiga. Você ainda estava trabalhando na casa dos Bradfords. Não tinha como não saber.

Mabel não cedeu.

– E se eu soubesse?

– Então você também sabia que Anita ia fugir. Ela com certeza lhe falaria. E se ela enfrentasse um problema no Holiday Inn, ligaria para você, não para Horace.

– Pode ser. Se você está falando em termos hipotéticos, acho que tudo isso é possível.

Myron apertou a arma contra a testa dela, empurrando-a para o sofá.

– Você matou Anita pelo dinheiro?

Mabel sorriu. Na aparência, era o mesmo sorriso celestial, mas agora acreditou entrever pelo menos um mínimo sinal de podridão avultando atrás dele.

– Hipoteticamente, Myron, acho que eu poderia ter um monte de motivos. Dinheiro, sim: 14 mil dólares é um bocado de dinheiro. Ou amor fraterno: Anita ia deixar Horace de coração partido, certo? Ela ia levar embora a menina que ele pensava ser sua filha. Talvez ela fosse até dizer a Horace a verdade sobre o pai de Brenda. E talvez Horace soubesse que sua única irmã tinha ajudado a guardar o segredo durante todos aqueles anos – Mabel lançou um olhar intenso ao revólver. – Um monte de motivos, admito.

– Como você a matou, Mabel?

– Vá embora, Myron.

Myron levantou a boca da arma e atingiu-lhe a testa. Com força.

– Como?

– Pensa que tenho medo de você?

Ele tornou a golpeá-la duas vezes. Com mais força.

– Como?

– O que quer dizer com "como"? – ela cuspiu as palavras. – Seria fácil, Myron. Anita era mãe. Eu poderia tranquilamente mostrar-lhe a arma. Eu poderia falar que, se ela não me obedecesse, eu mataria sua filha. E então Anita, a boa mãe, teria ouvido. Ela teria dado um último abraço na filha e a orientado a esperar no saguão de entrada. Eu usaria um travesseiro para abafar o tiro. Simples, não?

Ele sentiu uma nova onda de raiva.

– E o que aconteceu depois?

Mabel hesitou. Myron golpeou-a novamente.

– Levei Brenda de volta a sua casa. Anita tinha deixado um bilhete dizendo a Horace que ia fugir e que Brenda não era filha dele. Eu o rasguei e escrevi outro.

– Quer dizer que Horace nem ao menos sabia que Anita planejara levar Brenda?

– Isso mesmo.

– E Brenda nunca disse nada?

– Ela tinha 5 anos, Myron. Ela não sabia o que estava acontecendo. Ela contou ao pai que eu a peguei e a tomei de sua mãe. Mas ela não se lembrava de hotel nenhum. Pelo menos era o que eu achava.

Silêncio.

– Quando o corpo de Anita desapareceu, o que você achou que tinha acontecido?

– Achei que Arthur Bradford tinha aparecido, encontrado-a morta e feito o que sua família sempre faz: jogar o lixo fora.

Outro acesso de raiva.

– E você descobriu uma maneira de usar isso. Com seu filho, Terence, e sua carreira política.

Mabel balançou a cabeça.

– Arriscado demais. Ninguém ia querer provocar os Bradfords com chantagens. Nada tenho a ver com a carreira de Terence. Mas verdade seja dita: Arthur sempre demonstrou desejo de ajudar Terence. Afinal de contas, Terence era primo de sua filha.

A raiva aumentou, fazendo pressão contra seu crânio. Ele estava doido para puxar o gatilho e acabar com aquilo.

– O que ocorreu em seguida?

– Ora, Myron, você sabe o resto da história, não sabe? Horace começou a procurar Anita de novo. Depois de todos esses anos. Ele disse que tinha uma pista e que achava que conseguiria encontrá-la. Tentei dissuadi-lo, mas... bem, o amor é uma coisa estranha.

– Horace descobriu o que aconteceu no Holiday Inn.

– Sim.

– Ele falou com uma mulher chamada Caroline Gundeck.

Mabel deu de ombros.

– Eu nunca ouvi falar no nome dessa mulher.

– Eu acordei a Srta. Gundeck de um sono profundo. Quase a matei de susto. Mas ela falou comigo. Assim como tinha falado com Horace. Àquela época, ela era arrumadeira e conhecia Anita. Veja bem, Anita prestava alguns serviços ao hotel para conseguir um pouco mais de dinheiro. Caroline Gundeck lembrava-se de ter visto Anita lá naquela noite. Ela ficou surpresa porque se registrou no hotel como hóspede, não como funcionária. Ela também se recorda de ter visto a filhinha de Anita saindo com outra mulher. Uma mulher com aspecto de drogada, segundo ela. Eu não iria imaginar que era você. Mas Horace, sim. – Mabel ficou calada. – Horace chegou a essa conclusão depois de ouvir a história. Então ele veio feito um doido para cá. Ainda procurando manter-se escondido. Ainda de posse de todo aquele dinheiro, 11 mil dólares. E ele a agrediu. Estava com tanta raiva que lhe deu um soco no olho. Então você o matou.

Ela deu de ombros novamente.

– Essa história quase soa como legítima defesa.

– Quase – concordou Myron. – Com Horace, foi fácil. Ele já estava foragido. Você só precisava fazer de conta que ele estava escondido. Tratava-se de um negro foragido, não de um homicídio. Quem iria se importar? Era como uma repetição do que acontecera com Anita. Durante todos esses anos, você fez pequenas coisas para que as pessoas pensassem que ela ainda estava viva. Você escrevia cartas. Forjava telefonemas, o diabo. Então resolveu repetir o que já tinha feito. Caramba, funcionou uma vez, certo? Mas o problema era o seguinte: você não tinha a capacidade de Sam de se livrar do corpo.

– Sam?

– O homem que trabalhava para os Bradfords. Meu palpite é que Terence a ajudou a transportar os cadáveres.

Mabel sorriu.

– Não subestime minha força, Myron. Não sou tão incapaz assim.

Ela tinha razão.

– Eu lhe apresento esses outros motivos, mas acho que o negócio mesmo era o dinheiro. Você pegou 14 mil de Anita. E 11 mil de Horace. E seu marido, o querido e doce Roland, por quem você chora, tinha um seguro de vida, aposto.

Ela assentiu.

– Apenas 5 mil dólares, coitado.

– Mas para você era o bastante. Levou um tiro na cabeça bem perto de sua casa. Sem testemunhas. E a polícia havia prendido você três vezes no ano anterior: duas por pequenos furtos, uma por porte de drogas. Parece que sua decadência começou antes de Roland ter sido assassinado.

Mabel suspirou.

– Você já acabou?

– Não.

– Acho que já tratamos de tudo, Myron.

– Não de Brenda.

– Ah, certo, claro. – Ela se inclinou um pouco para trás. – Você parece ter todas as respostas, Myron. Por que eu matei Brenda?

– Por minha culpa.

Mabel sorriu. Ele sentiu o dedo crispar-se no gatilho.

– Estou certo, não?

Mabel continuou sorrindo.

– Como Brenda não se lembrava do Holiday Inn, não representava uma ameaça. Mas fui eu que contei de nossa visita ao hotel. Fui eu que contei a você de nossa visita. Fui eu que contei a você que ela estava rememorando algumas coisas. E foi então que você achou que precisava matá-la.

O sorriso ainda persistia.

– Depois que o corpo de Horace foi descoberto e Brenda passou a ser suspeita de assassinato, seu trabalho ficou mais fácil. Incrimine-a e faça com que desapareça. Você mata dois coelhos com uma só cajadada. Você pôs a arma sob o colchão de Brenda. Mas novamente você teve problema em se livrar do corpo. Você a matou a tiros e jogou-a no mato. Suponho que pensou em voltar depois, quando tivesse mais tempo. Não esperava que uma equipe de busca a encontrasse tão depressa.

Mabel balançou a cabeça.

– Você sabe mesmo inventar uma história, Myron.

– Não é uma história. Ambos sabemos disso.

– E ambos sabemos que você não tem condições de provar nada disso.

– Deve haver fibras, Mabel. Cabelos, linhas, alguma coisa.

– E daí? – Mais uma vez o sorriso dela lhe atingia o coração como agulhas de tricô. – Você me viu abraçar minha sobrinha aqui mesmo, nesta mesma sala. Se o corpo dela tiver fibras ou linhas, terão vindo daí. E Horace me visitou antes de ser assassinado. Eu já lhe contei isso. Portanto, talvez por isso haja fibras em seu corpo... se é que vão encontrar alguma.

Uma explosão de raiva quase o cegou. Myron apertou o cano da arma com força contra a testa da mulher. Sua mão começou a tremer.

– Como você fez?

– Fez o quê?

– O que você fez para Brenda abandonar o treino?

– Eu disse que tinha encontrado a mãe dela – respondeu, sem nem ao menos piscar.

Myron fechou os olhos, tentando manter a arma firme em suas mãos. Mabel o encarou.

– Você não vai atirar em mim, Myron. Você não é o tipo de homem que atira numa mulher a sangue-frio.

Ele não se moveu.

Mabel levantou a mão e afastou a arma do rosto. Então, levantou-se, ajeitou o vestido e foi saindo do cômodo.

– Agora vou dormir. Quando sair, feche a porta.

◆ ◆ ◆

Myron fechou a porta.

Ele voltou para Manhattan. Win e Esperanza esperavam por ele. Eles não perguntaram onde ele estava. E ele não lhes contou. Na verdade, ele nunca contou.

Myron ligou para o loft de Jessica. A secretária eletrônica atendeu. Quando soou o bipe, ele avisou que pretendia ficar com Win durante algum tempo. Não sabia quanto. Mas por algum tempo.

Roy Pomeranz e Eli Wickner foram achados mortos no chalé dois dias depois. Ao que parecia, um assassinato seguido de suicídio. Os habitantes de Livingston especularam, mas ninguém chegou a saber o que levara Eli a fazer aquilo. A Barreira de Eli Wickner logo recebeu outro nome.

Esperanza voltou a trabalhar na MB Representações Esportivas. Myron, não.

Os homicídios de Brenda Slaughter e Horace Slaughter continuaram sem solução.

Nada do que aconteceu nas Fazendas Bradford naquela noite chegou aos jornais. Um relações-públicas da campanha de Bradford confirmou que Chance acabara de ser submetido a uma operação no joelho para tratar uma contusão que sofrera jogando tênis. Ele estava se recuperando muito bem.

Jessica não respondeu à mensagem gravada na secretária eletrônica.

E Myron só contou a uma pessoa sobre seu encontro com Mabel Edwards.

epílogo

15 de setembro
Duas semanas depois

O CEMITÉRIO DAVA PARA O PÁTIO de uma escola.

Não existe nada mais doloroso do que o luto. O luto é o maior fosso no mais negro oceano, a ravina sem fundo. Ele consome tudo. Sufoca. Paralisa de uma forma que nenhum nervo danificado poderia fazer.

Agora ele passava muito tempo ali.

Myron ouviu passos se aproximando, vindo por trás dele. Fechou os olhos. Estava acontecendo como tinha esperado. O som ficou ainda mais próximo. Quando se fez silêncio, Myron não virou.

– Você a matou – disse Myron.

– Sim.

– Você se sente melhor agora?

As palavras de Arthur Bradford afagaram a nuca de Myron com uma mão fria e exangue.

– A pergunta é: Myron, *você* se sente melhor agora?

Ele não sabia.

– Se é que isto significa alguma coisa para você, Mabel Edwards morreu lentamente.

Não significava nada. Mabel estava com a razão naquela noite. Ele não era do tipo que atirava em uma mulher a sangue-frio. Era pior.

– Além disso, resolvi desistir de concorrer ao governo do estado. Vou tentar me lembrar de como me sentia quando estava com Anita. Vou mudar.

Ele não iria. Mas a Myron pouco importava.

Arthur foi embora. Myron olhou para o monte de terra por mais um instante. Deitou-se junto a ele e se perguntou como algo tão esplêndido e vivo poderia não mais existir. Ele esperou pelo último toque da sineta da escola e ficou olhando as crianças correrem para fora do edifício como abelhas de uma colmeia que tivesse sido cutucada. Seus gritos não o consolavam.

Nuvens começaram a toldar o azul e a chuva teve início. Myron quase sorriu. Sim, a chuva. Vinha a calhar. Era melhor do que o céu claro de antes.

Ele fechou os olhos e deixou que as gotas caíssem sobre ele, chuva sobre as pétalas de uma rosa esmagada.

Por fim, ele se pôs de pé e desceu a colina rumo ao próprio carro. Jessica estava junto ao automóvel, feito um espectro translúcido. Seu belo rosto estava molhado – de chuva ou de lágrimas, ele não saberia dizer.

Myron parou de repente e olhou para ela. Alguma coisa dentro dele se estilhaçou como um copo caído no chão.

– Não quero magoá-la.

– Eu sei.

Ele se afastou dela. Jessica continuou onde estava e olhou-o em silêncio. Ele entrou no carro e deu a partida. Ela continuou imóvel. Myron começou a dirigir, mantendo os olhos no retrovisor. O espectro translúcido foi ficando cada vez menor. Mas nunca desapareceu totalmente.

CONHEÇA OS LIVROS DE HARLAN COBEN

Até o fim
A grande ilusão
Não fale com estranhos
Que falta você me faz
O inocente
Fique comigo
Desaparecido para sempre
Cilada
Confie em mim
Seis anos depois
Não conte a ninguém
Apenas um olhar
Custe o que custar
O menino do bosque
Win

Coleção Myron Bolitar

Quebra de confiança
Jogada mortal
Sem deixar rastros
O preço da vitória
Um passo em falso
Detalhe final
O medo mais profundo
A promessa
Quando ela se foi
Alta tensão
Volta para casa